菊地秀行

真田十忍抄

実業之日本社

実業之日本社文庫

◆真田十忍抄　目次

第一章　選別

1

深夜。

天の声がした。

「あれか?」

「左様で」

数秒後。

少年は不思議と怯《おび》えていなかった。

今の世なら、どんなことでも起こり得る。養い親の村長一家は、夜に日に神仏とやらを崇《あが》め奉っているが、少年の目には何のご利益もなかった。

そんなもの、人間《ひと》を助けてはくれない。

この世に神も仏も存在しないのだ。

そして、何が起きるかわからない——何が起きても不思議ではないのが、世の中だ。

田圃《たんぼ》を二十歩も離れた森の中——太い松の木の下で、少年は左肩の傷に手を当てた。肉はもう締まっている。幸い骨には届いていないようだ。だからどうなるものでもないが、とりあえずの悪あがきには役に立つだろう。出血はそれなりにある。引き抜くと同時に肉を嚙み破り、血を吸って吐き捨てたからだ。血止めには、肩のつけ根を手拭《ぬぐ》いで固く巻いてある。当分は持つだろう。

それよりも、お返しをしなくてはならない。少年の胸中を占めているのはそれ、それだった。

そのためには、右手の中のものも利用しなくてはならない。

重い闇の中で、少年は四方に気を配りながらも右手を開いて眼を凝《こ》らした。

月が出ている。

十分だ。

血まみれの鉄の棒。両端が鋭く尖《とが》っている。何処《どこ》からともなく——多分、天から——樹の上から——飛んできた十数本の一本だ。後は躱《かわ》したが、これだけが命中した。うまく躱した方だ、と少年は満足した。

敵は木の上だ、と少年は踏んでいた。そこから仕掛けてくるなら、弓か手裏剣《しゅりけん》。それとも、下りて斬りかかるか。

右方で、繁みが音を立てた。

「えいっ！」

気合と同時に右手の武器を放った。鏢《ひょう》という名詞だと少年は知らない。繁みのたてた音が、天から投げ落とされた数個の小石によるものだともまだ知らない。間髪容《い》れず、少年のいる位置に数本の鏢が打ちこまれ、悲鳴が上がった。
七、八メートルばかり離れた闇の中から、二つの人型が分離したのは、二秒ほど置いてのことであった。
「傑物じゃ」

と小柄な方が言った。呻《うめ》くように聞こえるのは感嘆のせいである。

「全く。生きておれば良いが」

応じたでかい方にも、惜念が強い。どちらも闇に溶ける濃紺の装束で身を固めている。大柄の方のみ背中に刀らしいものを負っている。

小柄な方がつづけた。

「それは無いものねだりじゃ。わしらは本気でかかった」

「しかし、殿もお頭《かしら》も考えようによっては惨《むご》い真似をなさる。この仕事に就《つ》いてから三年——我らが使えると思った童《わらべ》どもが何名いたか」

八人——声の主たちにはわかっていた。そして、彼ら全員を、二人は殺戮《さつりく》してのけたのであった。

二人は影のように闇の中を走った。草を踏んでも音はせず、枯枝を踏んでも砕けはしなかった。

その足の裏で、地面が苦鳴を発したのは、松の木の下に、幹に刺さった鏢のみを認めた瞬間であった。

「逃げたのか？」

「まさか——あの悲鳴は？」

解答を得る前に、二人は身を屈めて左右に跳んだ。

驚くべき事態を認めざるを得なかった。

攻守はところを替えてしまったのだ。

驚きはなお、二人の胸をゆらしていた。

相手は、小村の農家に養われている十歳ほどの餓鬼《がき》にすぎないのだ。

これまでの相手は、どれほどの素質があると見えても、彼らの技——というほどのこともない初歩の初歩で片づいた。

最初の攻撃を外しても、小石ひとつの囮《おとり》にかかり、二本目の鏢を受けて大半が小さな生命を失ったのである。

だが。

「こいつは違うぞ」

「悲鳴は囮だ」

「しかし、どちらへ逃げた？」

「音もせなんだが」

二人は眼を閉じた。月だけが明かりの世界で視覚はむしろ捜索の妨げにしかならない。頼るべきは聴覚であった。

そして、松の左側に広がる藪《やぶ》の中を、葉を揺らして何ものかが走り出していたのである。

二人の足が地を蹴って——止まった。

先に出ていた大柄の男が仲間をふり返って、

「猿飛《さるとび》!?」

思わず、口にしてはならぬ仲間の名を放った。

呼ばれた男は、闇の中でにんまりと笑った。

何故か背中に両手を廻《まわ》している。そして、彼は血を吐いた。肺から噴出する静脈血である。血泡をこびりつかせた唇がぶつぶつと、

「この猿飛《さるとび》小佐助《こさすけ》が、まさか農家の餓鬼に斃《たお》されるとは思わなんだ。小僧——名は何という？」

言葉の驚くべき内容とはうって変わって親しみをこめた物言いであった。

男――猿飛小佐助の背中から、短く声が応じた。

「佐助《さすけ》だ」

「そうか。奇しくもおれとほぼ同じだな。これも何かの縁かも知れぬ」

「離せ、くそ」

猿飛の背中で激しく暴れる気配がした。もうひとりの男には、後ろ手に腰のあたりを抱きしめられた少年の姿と、手にした血まみれの鎌がはっきりと見えた。

「小僧、森の奥へと何を走らせた？」

猿飛が訊《き》き、激しく痙攣《けいれん》した。

少年――佐助がその首すじに鎌の刃を叩きこんだのだ。最初は右の肺。これは頸骨《けいこつ》にぶつかった。

「答えろ、小僧」

猿飛の声と同時に、少年はのけぞった。強大な力に圧搾《あっさく》される小動物の呻《うめ》きが、小さな口から漏《も》れ出した。

猿飛が腕をゆるめた。

「答えろ」

「畜生――石だ」

「ほう」

自分たちの囮と同じだと感心したものか、呆れ返ったものか。

「次に、その鎌はどうした？　おまえの親には金をやって、何も持たせずに畑へ出せと命じたはずだ」

「あんな奴ら、親じゃねえ。あいつらの言うことなんざ聞いたこといっぺんもねえよ」

「隠し持って来たか。しかし、おれたちにもわからなかったぞ。次だ」

わずかな月光が、闇の中でさらに濃くなった猿飛の笑みを照らした。

「おれの背に跳び乗るまで、何処に隠れていた？」

「へっ、この木の反対側さ」

「それも気づかなかった。小僧——なぜ、逃げなかった？」

「こんなとこまで来させて殺《あや》めようとするんだ。逃げたって追いかけてくらあ。それに、やられっ放しで背中を見せられるかよ——こん畜生」

佐助の鎌が上がり、下ろされた。それは男の頸《くび》に斜めに食いこみ、一気に引き切った。

黒血が勢いよく噴出して、猿飛の上体と笹の葉に降りかかった。

「猿飛!?」

それまで予定調和のごとく立ち尽くしていた相棒が、さすがに前へ出た。

「霧隠《きりがくれ》」

と猿飛は呼びかけた。

「ついに見つけた。おれたちのどちらかに手傷を負わせるどころか、一命さえ奪える小僧をな。後は——任せたぞ」

そして彼はゆっくりと膝をつき、前のめりに倒れ伏した。

佐助は離れようとしたが、猿飛の両腕はなお鉄環のごとく胴を締めつけて逃がさなかった。

「くそ、くそお」

ふり廻す鎌を易々と躱して、霧隠と呼ばれた男は佐助の背に片脚を乗せた。

背骨と肋骨が、ぼきぼきと鳴った。

「小僧——何を考えておる」

霧隠が訊いた。猿飛に比べて若々しい張りのある声だ。

少年は苦しさを何とか押し殺し、

「決まってら。どうやっててめえの汚ねえ足から、逃げるかだよ」

「逃げられぬとしたら？　諦めるか？」

「ふざけんな。死ぬまで策を練ってやらあ」

「いい手が浮かんだか？」

「うるせえ」

佐助の右手にはなお鎌が握られている。ふり廻そうとしても、内臓が口からとびだしそうな圧力が許さない。

「お前の尻を貸せ、と言ったらどうだ？」

「な、何イ？」

驚きの声が上がったが、それだけだ。怒る余裕もないのだ。

「尻だ。おれに貸せ。そしたら助けてやる」

「本当だな？」

驚く番は霧隠に来た。

「おい、本気か？」

「当たり前だ。命あっての物種よ。何だってやるぜ。ほら、足どかせよ。尻を突き出せねえだろうが？」

「これは——猿飛の言ったとおり、傑物じゃ。どのような辱めを受けようと生き延びることを考える、否、自ら辱めを求めるのが忍びよ」

「忍び？」

「そうだ。おまえはこれから忍びとしての鍛錬を受け、いちばん金になる侍の下《もと》へと送られる。文句があれば、この場で首が跳ぶぞ。しかし、おれと猿飛が唸《うな》った逸材。そのようなことにはなるまいな。農民で一生を終わるより——いいや、終わるようなタマではないが――ずっと生きる甲斐はあるぞ。おまえなら、もうわかっていようが」

少年はうすく笑った。唇が歪んだだけなのに、恐らくは百戦錬磨――それも尋常ならざる闇の戦さを生き抜いて来た霧隠が、身体の芯が凍りつくのを覚えたのである。

――この小僧、忍びを舐めておるのか？

否、忍びとなった自分の行末を思案しておるのか？

「おれは忍びになる」

佐助ははっきりと霧隠――と闇に告げた。

霧隠はうなずいた。

「では――これからすぐ、おれと一緒に来い」

「こいつはどうする？」

佐助は苦しそうに訊いた。まだ霧隠の足が乗っている。こいつとは、猿飛小佐助の屍体のことである。

「道具だけ取って、後は放っておけ。見ず知らずの土地で犬に骨までしゃぶられ、虫どもの餌になるのも、忍びの運命《さだめ》よ」

足が離れた。

佐助は敏捷《びんしょう》に離れた。仲間の死骸を担ぎ上げた霧隠に、

「いっぺん帰る」

と申し出た。

「安心しな。すぐ戻ってくる。逃げると思うんなら、ついて来い」

「いいや、待つとしよう。何をするつもりか知らんが、早く戻って来い」

きつい視線を返して、少年は小走りに走り出した。鎌は離さない。

半刻（約一時間）ほど後で彼が戻って来たとき、霧隠はもとから細い眼をさらに細くした。

佐助は着物を替え、垢《あか》じみた顔もひどくさっぱりして見えた。鎌は帯の背中で冷たく月光を映している。

佐助は冷厳な眼差《まなざ》しを正面から受けて「村長と女房だよ」と白い歯をみせた。

「あんたらにおれを売った上に、何も持たせず外へ出しやがった。殺めようとしたのと同じさ」

「それで鎌を洗って来たのか」

「ああ、汚ねえ血が二人分も付いちまった。着物は捨ててきたけど、鎌はこの先何があるかわからねえ。切れるようにしとかねえとな。何がおかしいんだ？」

答えず、霧隠は、

「行くぞ」

と言った。彼は昼の姿――山伏姿に変わっていた。

「――何処へだよ?」

と佐助が訊いた。

「隠《なば》りの里だ」

「――何でえ、それは!」

「山と森とに囲まれて、誰の眼にも入らぬ隠れ里よ。おまえはそこの里人になるのだ」

「あんまり面白くなさそうなところだなあ」

「着けばわかる。どれほど面白いところか、な」

二人は森を出た。

月下の畦道《あぜみち》を歩き出してすぐ、

「見えるのか?」

と霧隠が訊いた。白昼を行くがごとき佐助の足運びであった。

「ああ。今夜は明るい方だぜ」

「ずっとそうか?」

「ああ。きっと生まれたときからさ」

「いつの生まれだ?」

「知らねえよ。気がついたら、山ん中の道を丸裸で歩いてた。背中にちっちゃな女の餓鬼がいたよ」

「妹か?」

「知らねえ。もう死んでたからな。矢が二本も当たってた」

霧隠は闇の中で沈黙した。

前とは変わった声で、

「おまえ、その娘を見て何か感じたか?」

「――何をだい?」

「憐《あわ》れに思ったか?」

「なんで? 初めて見る餓鬼だぜ」

「恐怖のあまり、昔のことを忘れた者には何度か会った。そいつらでさえ、家族の亡骸《なきがら》を前にすると、誰だかわからなくても涙を惜しまぬものだ。絆というものがそうさせるのだ。だが、おまえは。その娘、肉親ではないな」

「だから、わからねえって」

佐助は、怒りを隠さずに言った。

「おまえ、その娘を救うためではなく、自分の背中を庇《かば》うために負うたのではないか?」

「そうかも知れねえな」

至極あっさりした答えであった。

「——だったらどうした？　忍びにゃ向かねえとでも言うのかよ？　なら、ここで別れるぜ。村長んとこから、ありったけの銭をかっぱらって来たんだ。何だって出来るさ」

「いいや」

霧隠の声は、以前に戻っていた。

「おまえは、おれや猿飛よりも忍びに向いておるかも知れんな」

「へへ。じきに追い抜いてやるよ。じきに、な。楽しみに待ってな。もし、それが怖いんなら、今のうちに殺めときな。断っとくが、只《ただ》じゃ殺《や》られねえぜ」

「おまえを殺めたりしたら、猿飛の怨霊におれが殺められてしまう。ふむ、この仕事にもやや飽きかけていたが、おかげでまた面白くなって来おった」

「そいつあ良かった。ありがたく思いな」

「名前を付けよう」

「名前《なめえ》？」

霧隠は少年を見下ろした。異様に冷たい眼であった。

「猿飛と名乗れ」

「死人の名前じゃねえか。真っ平だ」

「隠りの里では誇り高い名だ。おまえを見れば、誰も文句は言うまい」

「やだよ」

「決まった」

「やだよ」

月光の下を、こんな会話が遠ざかっていった。

慶長十年（一六〇五）の初春《はつはる》の晩である。

この年、東西激突した関ヶ原の戦いから五年。勝者、徳川家康は征夷大将軍の地位を次男・秀忠に譲り、なおも豊臣家滅亡に知謀の焦点を合わせている。

敗者・真田幸村《さなだゆきむら》は、紀州九度山《くどやま》に配流、蟄居《ちっきょ》の日々を送りつつ、連歌や酒宴に無聊《ぶりょう》を紛らわせている——風に見える。

忍びの起源は、中国の古代にあるとされる。伊賀の上忍・藤林長門守《ふじばやしながとのかみ》の子孫・藤林左《さ》武次保武《ふじやすたけ》の手になる『万川集海《ばんせんしゅうかい》』によれば、伏羲《ふっき》帝より始まり、軒轅《けんえん》黄帝が大いに利用したとあるが、どちらも伝説上の人物で、忍びを駆使した記録はない。

一方、上杉謙信に仕えた忍び集団を軒轅黄帝にちなんで「軒猿《のきざる》」と呼んだことは、その由来を中国に求める一説の拠《よりどころ》となるものだ。

かの聖徳太子も、宿敵・物部《もののべ》氏を斃した際には「志能便《しのび》」と呼ばれる秘密集団を使ったとされているし、壬申《じんしん》の乱で甥の大友皇子（弘文天皇）を攻め滅ぼした天武天皇など、『日本書紀』に、

「天文遁甲を能くしたまえり」

とある。天文は占星術、遁甲は忍びの技の意味だ。これが事実なら、この国では最高権力者の天皇自らが、忍び――忍者だった可能性が高い。また天武天皇はそれ以前、大海人皇子の時代に、唐人の意見を容れて多胡弥《たこや》という忍者を登用、彼は情報収集の他、敵陣へ火をつけ、夜襲をしかけて、闇の戦士の任務を全うした。その他、あの楠木正成が、伊賀忍者・服部《はっとり》家の縁戚となり、四十八人の忍者を下知して、鎌倉幕府の大群を翻弄したり、有名な義経の八艘《はっそう》飛びも忍びの技であったという。

忍び――忍者たちは、かくのごとく、この国の開闢《かいびゃく》以前から、正史に残らぬ影の戦士として暗闘を繰り返しているのである。

彼らは後年の傭兵のごとく、その技術を売り物に様々な権力者たちに雇用され、その務めを果たしていった。

中国の忍者は、一族の神仙術を駆使する道士と考えるべきだが、この国の忍びの多くは、修験者――山伏を出自とする。

峨々《がが》たる山岳で荒行を積み、中国の古典『孫子』を基礎に独自の兵法を身につけた彼らは、尋常な農民とは別の生きものだったのである。

三浦茂正の『北条五代記』によれば、

「――らっぱと云うくせ者おおく有し、これらの者盗人にて、又盗人にもあらざる」

と。さらに、

「此乱波、我が国に有る盗人をよく穿鑿《せんさく》し、――首を切り、己は他国へ忍び入り、山賊、海賊、夜討、強盗して物取る事が上手也。――謀計調略めぐらすこと、凡慮に及ばず」

そして、塙保己一《はなわほきいち》と弟子たちの物した、

『武家名目抄』は、

「常に忍を役する（役目とする）ものの名称にして、一種の賤人なり」

と。

2

陸奥《むつ》多賀城と出羽《でわ》秋田城とを結ぶ奥羽《おうう》横断道は、この当時、伊達政宗《だてまさむね》と最上義光《もがみよしあき》の支配下にあった。

天平時代、律令政府の眼の上の瘤《こぶ》であった蝦夷《えぞ》地経営は、太平洋側の陸奥と日本海側の出羽を拠点にして進められていたが、両者を結ぶ道《ルート》は、その中間に奥羽山脈の峻険が横たわり、朝廷に帰順せぬ蝦夷の領土も迂回せねばならぬ等、開発は困難を極めていた。

天平九年（七三七）の春、当時の按察使《あぜち》兼鎮守府将軍大野東人《あずまんど》は、多賀城から奥羽山脈を横切り、出羽国比羅保許《ひらほこ》山まで進出、全行程約百六十里（一里は約五百二十メートル）に渡って、岩山を削り、木を伐《き》り、谷と川を埋めて新道が拓かれた。

この街道にも数本の枝道や間道、道ともいえぬ踏み分け道等が絡みついて、うち数本は山間の小村へと旅人の足を導き、うち一本に、ある小村の村人たちがつけた「沼みち」という小道があった。これは現代《いま》も残っている。

名前のとおり、奥羽横断道からここを辿《たど》ると、人口百人にも満たぬ小村の南端に広がる狭い沼へ出るのだが、慶長十年の春のある日、ささやかな、しかし、椿事《ちんじ》ともいうべき出来事が出来《しゅったい》した。

昼近く、道を木立ちの形に打ち抜いたような影の落ちる強い光の下で、喜作《きさく》という五つになる男児が溺れかけたのである。

仲間たちと水辺でオタマジャクシ採りに励んでいたものが、つい足を滑らせて沼へ落ち、そのまま上がれば済んだところを、急に日頃自慢な泳ぎぶりを見せたくなったらしく、沼の真ん中に頭を出した土島に向かって泳ぎ出した。

距離にすれば十メートルもない。

だが、いつもは気にならない水藻が、今日は喜作の足を捉えた。

もがいても離れず、男の子はたちまち怯えの虜《とりこ》になった。

岸の仲間たちが騒いでも、村の大人の耳には届かず、そのうち水を呑み、息を切らし、喜作の動きは次第に鈍くなっていった。

そこへ運良く、ひとりの寺僧が通りがかったのである。村の中央の丘に破《や》れ寺がひとつある。二年ばかり前に、そこへ住みついた旅の僧であった。彼は駆け寄ってきた。友を襲った死の恐怖と寂しさに泣き叫んでいる子供たちが、思わず呆気《あっけ》に取られたほどの巨漢であった。

「清山《せいざん》さま」

「わかっておる」

分厚い唇、大胆に胡坐《あぐら》をかいた小鼻、鉄の函《はこ》を思わせる顎《あご》。これで顔全体に漂う人懐っこさがなければ、獣とも間違われかねぬ顔立ちである。

彼は子供たちの説明にならぬ説明を聞きながら、あちこちが破れほつれた袈裟《けさ》も取らず水辺へ近づき、そこでようやく袈裟を脱いだ。泳ぐと危ない、と子供たちは立ちすくんだ。

すると、巨僧はその袈裟を水面《みなも》に広げるように放ったのである。それどころか、呆然と見つめる子供たちの前で、何とその上にひょいと右足をかけると、ひと呼吸置いて左足も乗せた。

子供たちは狐狸《こり》に化かされたような気分であったろう。

そして、たった一枚の布の小舟に少なくとも四十貫（約百五十キロ）はありそうな体重《めかた》を支えさせた僧は、それまで手にしていた数ヶ所を鉄環で締めつけた樫《かし》の六角棒を水に差し、櫂《かい》のように動かして喜作の方へ漕ぎ出した。

ぐったりと動きを止めていた少年の襟《えり》を摑《つか》み上げても、袈裟の舟は沈まなかった。僧は巧みに角棒の櫂を操り、岸辺に戻った。喜作を仲間たちに渡してから、自分も上がり、身を屈めて袈裟を引っ張り上げた。水をしたたらせる袈裟を雑巾のように絞り上げると、滝の水が勢い良く地面を叩き、それ以上一滴のしずくも垂れなかった。

彼はそれを身につけてから、草の上に横たわる喜作に近づき、ぐったりした姿を見下ろして、

「大事ない」

と鉄がきしむような声で言った。

すぐ横へ片膝をついた僧を、喜作は不気味そうに眺め、八手《やつで》の葉ほどもある手の平が鳩尾《みぞおち》の上に当てがわれたとき、軽い吐息と沼の水を洩らした。数秒の間、水は止まらなかった。

軽いひと押しで体内の水を全て吐かせた巨僧は、

「自分に過信はならぬぞ」

と、化石みたいな言葉を伝えてから、

「いま見たこと、誰にも言うな」

そう念を押してから背をむけた。

村の方から、少年と若い女がひとり息せき切ってやって来たのはそのときだ。

喜作の家の隣りに住む伊佐《いさ》という女である。

三年ばかり前、亭主が畑仕事の最中に亡くなったショックで、現代《いま》でいう記憶喪失を発症し、最近ようやく、新しい知識として過去の事物を理解しはじめたところだ。

巨僧――清山との挨拶も会釈ひとつで済ませた顔は、男以上に黒く陽灼けし、左の頬一面に紫色の痣《あざ》が貼りついている。これと猿面は生まれつきだ。家には新しい亭主がいる。


一時間ほど後、清山は寺の庫裡《くり》で、経机に巻紙を広げ、雑阿含経《ぞうあごん》の一節を筆写しはじめたところだった。

そこへ、

「ご住持《じゅうじ》はいなさるか？」

と伊佐がやって来たのである。

経机を介して向かい合うと、

「子供らに聞いたよ」

と伊佐は切り出した。

「あんた、狐か狸くらいしかできねえような真似をして見せたんだってな？」

「口止めをしておいたはずだが」

清山は苦笑した。

「銭だよ」

伊佐の返事へ、

「この貧乏村のどこに、そんな話のために出す銭があるものか。伊佐さん、あんたとご亭主は随分と貯めこんでるそうじゃないか」

「あたしはね」

伊佐は自分を指さし、

「けど亭主は吝嗇《けち》な水呑み百姓のまんまさ。あたしの貯めこんだ銭のことなんか気づいてもいないよ。それより前から気になってたんだけど、あんた何処から流れて来た坊さんだい？」

「最後に世俗の塵《ちり》にまみれたのは、ずっと南の原《はら》であるな」

伊佐はふた呼吸ほど置いて、

「ひょっとしたら――関ヶ原って野原かい？　あんたそれで、何処へ行くにもそれを持っておいでなのかね？」

伊佐の瞳は清山の左側の壁に立てかけてある鉄環の角棒を映していた。

「拙僧のことが、左様に気になるかの？」

巨僧は人の好い笑顔を見せた。

「ああ。この村へ住みついたときからね」

「実のところ、拙僧も、ある女性《にょしょう》が気になっておった」

清山の眼に危険な光が溜《たま》りはじめた。

「その女性は三年前、心の臓を病んでいた亭主殿が野良仕事で亡くなってから、昔のことどもをすべて忘却し、ここ一年ほどの間にようやく、新しい生活に馴染《なじ》んで来たという。拙僧は遠くからしかお目もじした覚えがないが、皆の話によると、亭主殿を亡くした前と後では何処となく人間《ひと》が違うとのことであった」

伊佐は無言で巨僧を見つめている。

「いちばん不可思議なのは、悲しみのあまり、何もかも忘れ果てたことじゃ。人前では見せんかったが、夫婦の家の近くに住んでいる者の話によると、亭主殿は家にいる間じゅう、女房を折檻《せっかん》漬けだったという。夜になると殴る蹴るの音や逃げ廻る足音、許しを乞う女房の声がひっきりなしに聞こえていたからじゃ。近所の者はこう言うておった。悲しんで物忘れになった？　とんでもねえ。それが本当なら、喜びのあまり忘れ果てたのよ、とな。この者は、おまえも知るように、半年ばかり前から行方不明になった。別の村人の話では、おまえひとりの家を、しょっ中覗きに行っていたそうじゃな。奴は何を見た？　前の女房になり替わったおまえが本当の姿に戻るところか？　それとも、逆か？」

「何言ってるだか」

伊佐は疲れたように笑って、右手を着物の胸もとへ入れた。合わせがずれて、外からではわからない意外と豊かな膨《ふく》らみが現われた。

彼女は足の位置を移すと、経机を廻って、清山の方へ躙《にじ》り寄っていった。

「関ヶ原からもう五年。東軍の落ち武者狩りはとうに熄《や》んでいる。このまま、破れ寺の坊主として一生を送るつもりかと思っておったのに、なぜ、不手際な真似をした？」

声は清山の耳もとで熱い息を伴った。女の左手は彼の左腕に触れていた。

「ここ数日、村の周りを訝《いぶか》しげな武士や修験者の一団がうろついておるそうな。ここを出る潮どきかと思うてな、おまえが来るのを、わしは待っておった」

こう言って清山は身じろぎをひとつした。すると、彼の左腕を押さえていた女の手は、男勝りの力なのにあっさりと外れ、懐《ふところ》から抜いた懐剣も右の手首ごと動きを封じられた。背後から近づいた形が対峙に変わり、伊佐は板の間から、のしかかる巨僧の好色な顔を見上げているのだった。

「わしは、このとおりでかい」

身をもがこうとする女体を、ぴくりともさせずに押さえつけて、清山はしみじみと口にした。

「故に、餓鬼の頃から動きが鈍く、みなに莫迦《ばか》にされておった。ある日、村の外で野犬に襲われたとき、他の者が逃げた中、わしだけが遅れて身体中をかじられた。十日近く熱が出て死ぬ思いであった。そのとき、夢うつつに誓ったのだ。もしも生き延びられたら、この国でいちばん素早く動ける男になってやる、と。そして五つのとき北条の乱波《らっぱ》——風魔一党に加わり、腕を磨いたのよ。

関ヶ原の戦さにあたり、石田三成様の侍大将・島左近様の配下に置かれ、東軍を翻弄するよう命じられた。死力を尽くしたが、敵にも手強い乱波がおったわ。わしは生き残ったが、風魔一党の下へは戻らなんだ。三年間、家康をつけ狙い、そのうち彼奴《きゃつ》の配下の伊賀者と風魔の仲間が、抜け忍としてわしを捜しはじめたのを知って、みっともなくも尻尾を巻いたのよ」

巨体に押しひしがれて、苦悶の表情をこしらえていた伊佐が、急に言った。

「——すると、あたしが伊賀者や風魔の追手とお思いか？」

「否じゃ。何よりも、おまえはわしより一年も早くこの村に来た。恐らくは、それ以前からお伊佐とやらを探り、それに成りすます準備を整えておったのだろう。だが、やはり村人たちに怪しまれずに化けるのは無理と悟ったか。亭主には心の臓を狂わす薬を盛ったとして、伊佐はどうした？」

「内緒じゃ」

痣をつけた猿面が、にっと笑った。

「あたしはおまえこそ、あたしを狙う仲間かと疑っておった。あたしも伊賀の服部一党を抜けた女じゃからな」

「何と」

「できれば一生、痣のある女としてこの村で生きたかったが、今日のおまえの振舞いを、あたしは挑発と見た。おまえの言う修験者たちはこの眼にも止まっていたからじゃ。ひとつ訊く。あたしが抜けたのは、幼い頃にさらわれ、無理矢理忍びにさせられた怨みと、年老いた女忍びから、捨て殺しの運命《さだめ》を嘆かれたからじゃ。おまえは？」

清山の眼から、死光ともいうべきかがやきが消えた。

「恐らく後世の者たちは、石田三成様を己れ知らずの文官と罵《ののし》るであろう。大将の器にあらざる者が器に潜りこもうとして、器から落ちたとな」

子供のような笑みを運んだのは、過去であったに違いない。それは悪い過去ではなかったのだ。

「だが、おれは石田様に惚《ほ》れた。あの方の秘めたる気骨、武者ぶりを近従どもでさえ知らなかった。石田様がそのようにふるまっておられたからだ。毛利の二名は知っているかも知れぬ。だが、彼奴らは、それ故に石田様を無視した。本来、西の総大将は自分たちこそ相応《ふさわ》しかったと、今も思っておるだろう。だが、彼奴がそうなれば西軍はとうに散開しておったに違いない。毛利ならわしがと、宇喜多秀家《うきたひでいえ》様も長宗我部盛親《ちょうそかべもりちか》様もつづいたに相違ない。そうさせぬためには彼らが渋々従わざるを得ぬ差配《さはい》役が必要だったのだ。石田様が本来のご自分を出さなかった理由はいまひとつある。小早川秀秋《こばやかわひであき》の裏切りがなければ、これは西軍の勝ちと誰が見てもわかる戦さだったからだ。あの方が四条河原で逝かれたのは、ひとえに運の無さによる。わしは家康にもそれを味わわせてやると願をかけたのだ。それはまだ摩耗《まもう》してはおらぬ。この村で十年二十年を平穏な坊主として過ごした後に、家康の皺《しわ》首を石田様の墓前にお供え申し上げ奉る」

一気にしゃべり終えると、彼は組み敷いた女の顔に、ごつい顔を近づけた。

「だが、もはやこの村は去らねばならぬ。その前に、おまえを貰おう。いま、わしのものになれ。もと風魔の忍び三好清山、いまは抜忍、三好清海《せいかい》のものに」

彼は女の顔に手をのばして、顔の皮膚に指をかけた。

一気にそれを引き毟《むし》ったとき、何処かで誰かが声にならない声を上げた。

痣も猿面も剝ぎ取られた下から現われたのは、牡丹《ぼたん》とも見間違う絢爛《けんらん》たる美女の顔であった。

「……これは」

と言い切るまで数秒を要した後で、清山――いや、三好清海は、満面と欲情を煮えたぎらせて、

「下の顔があるとは思っていたが、これほどとは……いや、京の都にもまず匹敵するも

のはおらぬ。女よ、隠形《おんぎょう》の法の成就に、この醜女《しこめ》を選んだ理由がわかったぞ」

高らかに宣言するや、清海はためらいなく唇を重ねた。

ふたたび、何処かで誰かが息を呑んだ。

空気を求める美女の息遣いが、官能の喘ぎに変化しつつ庫裡《くり》中に流れた。

何処かで誰かが精神《こころ》のタイミングをずらした。

本堂へと通じる戸口から飛びこんだ瞬間、三人の修験者姿の殺意は、ゆるんだ発条《ばね》であった。喉もとへ飛んでくる光へ、先頭の男は仕込み杖をふるった。

遅れた――

と思った刹那《せつな》、光は懐剣と化して男の喉からうなじまでを貫き、彼をのけぞらせた。清海が放った伊佐の懐剣であった。

ほとんど同時に、他の二人も膝を屈していた。その腿に細い光――小柄《こづか》が食いこんだのである。

それは清海が投げたものではなかった。四十貫に組み敷かれていたはずの伊佐が放ったのである。伊佐は上になっていた。

――いつ!?

修験者たちは驚きを嚙み殺しつつ小柄を引き抜いた。

もともと小柄は木の枝を削って楊枝《ようじ》などを作るための品で、武者たちの手裏剣とは異なる。パワーが違うのだ。

二人は一気に伊佐へと斬りかかった。

伊佐の身体が壁の方へ沈んだ――清海が浮き上がった。二本の刀身は鋭い音をたてて空中で停まった。

いつ摑んだのか、清海が立てかけてあった角棒で受けたのだ。それを思いきり引き下ろすと、刀身は刺客たちの手の皮ごと毟り取られていた。

二人はやや顔を歪めつつ、後方へ飛んだ。左手が懐中へと吸いこまれた。

彼らは室内戦でもプロであった。そのために仕込み杖の刀身は二尺(約六十センチ)に留め、代わりに――

びゅっと空気が鳴った。

四方に釘を露出させた忍び特有の武器――マキビシは元来、地面に撒いて追撃を食い止めるための品で、致命的効果はうすいが、至近距離ならばそれなりの殺傷力を持つ。

それは渦巻く風に吹きとばされた。

石のような下半身を誇る刺客たちさえ風圧によろめいたとき、風の拳《こぶし》がその頸骨を打ち砕いた。

現在《いま》なら「回転鉄槌打ち」とでも名付けられそうな技は、清海の桁外れの身体能力がもたらす回転によってなされた。

驚くべきは、それが慣性の法則さえ無視して、最高速度のままぴたりと静止したことであった。

人間離れした猛鍛錬によって、忍びたちの身体能力には眼を見張るものがあるが、四十貫——百五十キロの巨体が時速百五十キロ以上で移動するのは、もはや超能力に近い。そして、この巨僧にはそれが可能なのであった。

彼は吹っとんだ二人の死を視認してから、庭に面して開いた板戸の方を向いた。低く、どうだ？　と訊いた。

「おらぬ」

と板戸のそばで伊佐がこれも低く答えた。常人の耳には届かぬ忍び特有の会話である。

「ほお、逃げ路を空けてあるか」

「誘いじゃ。罠に決まっておる」

「にしては、露骨すぎるな。伊佐よ、誘いに乗ってみるか？」

「おまえはひとりで行け。この三人伊賀者ではなかった。狙いはおまえひとりじゃ」

「ところが、風魔とも違う」

「なに？」

伊佐は驚きを隠せなかった。

「少々、呆気なさすぎる。いかにわしが強うともな」

「では、何処の乱波じゃ？　仲間ではない者がなぜあたしらを狙う？」

清海は板戸の向こうに広がる庭へ顎をしゃくった。

「あそこへ行けばわかるかも知れぬぞ」

「勝手に行け。あたしは断わる」

「情の剛《こわ》い女じゃの。せっかく生命《いのち》を賭けて男女の縁《えにし》がつながったと思ったのに。——おっ!?」

驚きの声を発したのは清海であったが、伊佐も同時に緊張の表情を固めている。

庭と外をつなぐ垣根の戸を開けて、雲水のごとき網代笠《あじろがさ》をかぶった旅装束の武士が入って来たのである。

立ち止まって、呼ばれるかと思いきや、武士はそのまま足を止めず、草鞋《わらじ》も脱がずに縁側へ足をかけ、堂々と二人の待つ庫裡へと上がりこんでしまった。

「おぬしらが、風魔と伊賀の抜け忍たることは、すでに調べてある」

と武士は左の伊佐と右側の清海を交互に見ながら言った。

「どちらもこの村に永住せんと企んでおったようだが、忍びを抜けるほどの技倆《うで》と気概があるならば、左様な生き方にはじき飽きる。いま一度、その方らの腕を奮《ふる》ってみる気はないか？　我らはいま人捜《さが》しに奔走しておるのだ。正確には忍び捜しに、な」

「それは、いかなる理由でもってか？」

と清海が、やや緊張を解いた表情で訊いた。あまりにも人を食った武士の登場ぶりに毒気を抜かれたのである。

「ある御方の下で、その方を守り、同時に敵に打って出る尋常ならざる能力の持ち主が欲しいのじゃ」

「その御方とは？」

問いは伊佐の番であった。

「真田左衛門佐《さえもんのすけ》幸村様じゃ」

3

京の都だとて、無縁ではいられない。

関ヶ原から五年を経ても、天下が収まるはずもないことは、庶民も公家も天皇家も知り抜いている。

大路小路を歩む流れ人たち――油売り、飴屋、放下師《ほうかし》、薬売り。魚売り、猿回し、虚無僧、浪人ら――の足取りも、関ヶ原以前からせわしなかったものが、あの天下分け目の一戦以来さらに輪がかかって、無邪気に遊ぶ子供たちですら、その動きや雰囲気は、何かにせき立てられているかのように見える。

その職業《なりわい》の本質から世情に対する耳目を鋭くせざるを得ない小さな店を構えた職人や商人たち——鎧《よろい》師、番匠師（大工）、鍛冶師、紙漉《すき》、機織《はたおり》、畳師、桶師、笠屋、印刷師等——は、連日眼を血走らせ、爪を噛み、膝をゆする回数が増えていく。

彼らはすでに知っている。

どちらが勝つのかを。

誰がこの国の治政を一手に収めるかを。

山脈《やまなみ》の彼方から悠々と湧き上がり、蒼穹《そうきゅう》を埋め尽くす大雲のごとき支配者の名を。

だが、片方も沈黙を諒とはしない。

難波《なにわ》の地に巨大なる城と兵たちがなお健在である限り、砲火は交《か》わされ、矛は交《まじ》わらざるを得ない。

その結果が、平和なる形で世間に浸透しだすまで、人々は戦乱の渦に翻弄されるだろう。彼らはそれを怖れはしない。怖れは何も生み出さないことを、王城の地の人々は知《ち》悉《しっ》している。だから仄《ほの》かに焦る。かすかに集中ができない。どこか気が遠く見える。

それは二百四十八年後、浦賀と呼ばれる地へ、三隻の黒い鉄船がやって来たときの、江戸市民の反応に近いかも知れない。

だが、今は慶長十年（一六〇五）の春の盛り。

人々の運命や思いとは無関係の桜花《さくらばな》は加茂の岸辺を絢爛と染め、ここ四条河原の水面を蒼穹とともに飾っている。

河原の一角に、大きく流れにせり出した部分があり、そこに多数の人々と、おかしなものが作られていた。

板と丸木を荒縄で縛りつけ、色とりどりの布と莚《むしろ》を張り巡らせた小屋――というより、河面《かわも》に向いた面はがら空きだから、舞台と言った方が正確だろう。

どう見ても、少人数の素人が短期間で組み上げたに違いないいびつな形なのに、その上で人間が跳躍しても、乱暴に足を踏み鳴らしても、微動だにしない。地に触れている丸木に入った鉄の芯が、地中深く潜りこんでいるとしか思えぬ奇妙な建造物であった。

だが、周りを囲んだ人々は、そんなことは気にもしていない。

彼らの眼も、都の商人《あきんど》や職人同様血走っていたが、それは不安に昂《たか》ぶった欲望のためではなく、舞台狭しと動き廻り、見得を切り、妙にかん高い声を台詞《せりふ》に変える男のせいであった。

男にしては華奢《きゃしゃ》である。しかし、派手な武家衣装を身にまとい、朱鞘《さや》の太刀を手に右へとんでは見物人たちをはったとにらみつけ、左へ走っては茶屋の女役たちと、舞踊のごとくしなやかに大胆に絡み廻る――並みの人間に出来る動きではなかった。

しかも、女役たちとのやりとりの最中に、興奮するとひょいととんぼを切って、何と三メートルもとび上がる。無論、縄か何かを使っているのだろうが、その動きがどう見ても自然な上、いくら眼を凝らしても縄どころか紐も糸も見えないため、そのたびに群衆は大歓声を張り上げる。あまりの歓びっぷりに、土手の上を通る人々は勿論、馬借《ばしゃく》や車借《しゃしゃく》たちも馬を止め牛を止め、河原へ駆け下りてくる程であった。

さらに驚くべきことは、武士役の声よりも、見物人たちの叫びである。

「おくに」

「お国」

「阿国《おくに》」

すると、武士の顔にわずかに花のような色香がわき上がり、きびきびした体さばきさえ、妙に色っぽく見えてくる。

いや、かん高い声とやらを聞くがいい。

「我《われ》を不実となじるはわれか？」

武士の言葉は武士の声ではなかった。

女だ。

阿国という名の女なのだ。

茶屋女役の、これは女装した男が許しを乞いながら、あくまでも踊りの振り付けを崩さずその腰にすがりつくと、男装した阿国の美貌と妖しい絵具のように混り合い、言いようもない倒錯的な官能で舞台と見物人たちを魅了するのだった。

阿国――通称〝出雲《いずも》の〟阿国。

通称どおり出雲の国に生まれたといわれているが、生没年も生涯もそれに準じて、数個の記録以外はすべて曖昧な霧の中で揺曳《ようえい》している女であった。

後に歌舞伎の原形と言われる阿国の踊りは、この慶長十年（一六〇五）以前、慶長八年（一六〇三）に、同じ四条河原に小屋をかけて上演したものが最初とされている。

さらに以前、天正十年（一五八二）に、

「春日大社で幼い子二人がややこ踊りを踊った」（『多聞院日記』）

同じく慶長五年（一六〇〇年）、

「近衛殿のお屋敷で、晩まで出雲のややこ踊りがあった。ひとりはクニという踊り子だった」（『時慶卿記』）

との記録もある。

阿国たち一行は十人ほどで一座を成し、出雲大社本殿の修理費用を勧進する（寄付金を募る）という名目で諸国を歴訪。一六〇〇年頃に京都へ上がり、御所や宮中でも踊りを披露、やがて、従来の「踊り」に「演技」を加えた独創的な舞台が大人気を博したと伝えられている。

慶長五年の「クニ」が、三年後に四条河原で、後に「傾《かぶ》き」――「途方もない」と称される踊りを踊って、「歌舞伎」の生みの親とされる「阿国」と同一人物かどうかは、なおも霧の中だが、いま、ふたたび四条河原を熱狂で包んでいる女役者がそれなのは間違いない。恐らく、当人らも、二年前の大好評が忘れられず再演に訪れたものだろうが、展開される舞台は、前回以上に見物人たちの想像を絶するものであった。

演《だ》しものは同じ茶屋での客と女たちとのやり取りだ。前回も客役の阿国は宙を舞い、地を跳んだ。今回はもうひとり、それに加わったのである。女役の男もまた、阿国の演技に合わせてとんぼを切り、天井高く舞い上がる。ただし、こちらは阿国のような自己制御力はなく、明らかに第三者によって動きを操作されているのが見え見えだが、人智を越えた現象を素直に信じる素朴な群衆の眼には、奇蹟としか映らぬ至芸だったのである。

当然、彼らの眼は女を演ずる男にも注がれた。そして、ある意味、阿国に対する以上に熱狂した。

阿国は武士を演じても女であるのは一目瞭然だが、この男は、たおやかな肢体とその動き、何よりも夕顔のような美貌が女としか思えなかったのである。

豊かな胸は襤褸《ぼろ》であり、白い脚は脛毛を剃って白粉《おしろい》を塗った結果であった。人さし指に巻いた布の意味はわからない。

人々は阿国と彼との交錯を女同士の絡み合いと見、その艶やかさ淫らさに心魂をとろかした。女たちの中には興奮のあまり泣き出す者が続出し、ついに倒れる者まで出た。

幸い、彼女たちは、最後に阿国及び笛と太鼓を担当した裏方たちともども舞台に並んだ茶屋女が、別人のように野太い男の声で、自分は信吉《しんきち》という役者だと明かしたとき、揃って正気に戻った。

その晩、舞台近くの木賃宿《きちんやど》で阿国と信吉たちはどぶろくを浴びるほど飲み、商売ものの笛を吹き太鼓を叩いて他の客を怒らせ、拳を握って押し寄せた彼らを飲み友だちにしてしまった踊りに、夜を過ごしていた。

手拍子や猥歌の乱れとぶ一大宴会のあいだ、阿国も信吉も大物面などせずに、裏方や無縁の客たちに酌をして廻っていたが、ようやく隣り合わせの上座に戻ると顔を見合わせた。

阿国の統率力のせいか、信吉に言い寄る一座の女たちはおらず、代わりに芝居を見るのかどうかもわからない女客が、そこまで追いかけて来た。

「ねえ、気持ちよくお飲《や》りよお」

「あんた、女の真似して見せたそうじゃないか。それも途方もなく色っぽかったって？　化粧を落としゃ本当は男だってとこ、見せておくれ」

「はは、こりゃどうも。それじゃ遠慮なく」

役者とは何か理解しているのだろう。信吉は嫌な顔も見せず、欠けた茶碗の中身を空けてしまった。途端に、ああ、おお、とのどよめきが座敷をゆるがした。目撃者たちの声である。一座の者たち以外の男客女客が、手にした茶碗から白濁の酒をとび散らせつつ、信吉の席へと殺到した。

現代でもそうだが、役者・俳優への憧憬はたやすく剝き出しの欲望に変わる。彼らに社会的地位などなく、むしろ客たちの傲慢さの方が強い時代であった。たちまち女たちの腕が信吉の股間へとのび、熱い吐息と声が耳もとで震える。

「ねえ、凄いもの持ってるじゃないか。これから、あたしとさあ」

ひとりが露骨に絡めば、別のもっと若い女が、

「何言ってやがる。おまえ亭主持ちじゃあないか。河原の水に顔映してから出直しておいで」

それから全身を熱い声に変えて、

「こんな醜女は放っといて、あたしと河原行こうよ。芝居っ気なしで愉しもうじゃないか」

「何だって、この大穴女《あま》」

最初の女が反撃に移った。

「てめえのあそこなんざ、琵琶湖くらい広がってるくせに。この人のは人間《ひと》さま相手だよ」

「ぬかしやがったなあ」

取っ組み合いになるところを、男の客が割って入った。人足らしく衣装から露出した胸や手足は太く厚い。亭主持ちの女の胸ぐらを摑んで、

「いい加減にしねえか。亭主のおれを放っといて、こんな河原乞食風情に熱上げやがって」

一座が四条河原に傾《かぶ》いてから二年の間に、暴言としか言えぬ呼称が定着していたらしい。逆に言えば、それだけのインパクトが京の都を震撼させたのである。

そこはわかっているらしく、気を悪くした風もなく、信吉は男客の前に濁り酒を盛った茶碗を差し出した。

「あたしたちみたいな者がこの物騒なご時勢に何とか生きていけますのも、皆々さまのお引き立てがあればこそで。わずかばかりの御礼の印を受けておくんなさい」

男客ばかりか、低い口上を聞いた連中全員が眼を剝いた。信吉の声は女のものであった。なお彼らは陶然となった。女の声は途方もなく淫らだったのである。

「ねえ、気分を直しておくれな。あたしゃちょっと表へ出て来るよ」

こう言って男客の頰をひと撫でずると、阿国一座の二枚目はすっくと立ち上がった。

4

夜も更けて、一座の者も客たちもそのまま座敷でごろ寝、高鼾《たかいびき》に陥ると、阿国と信吉はようやく、さしつさされつの関係になることができた。

凄まじい鼾と歯ぎしりと寝言へ、心地良さげに耳を傾けながら、

「何遍逃げても見つかっちまうねえ」

阿国はにやついた。来る客来る客から逃げ出して、ついに十遍も姿を消した信吉であったが、そのたびに探しに出た客や雇人たちに見つかって、引き戻されたのである。

「ようやく二人きりかい」

阿国が皮肉っぽい笑みを向けると、

「やはり、座長も見落としていらっしゃいますか」

信吉は妙な返事をして、戸口に近い座敷の一隅へ顎をしゃくった。

「おや」

阿国は心底驚いた風であった。ひとりの小柄な座員が、手酌で茶碗酒を愉しんでいたのである。

確かに座員だ。その顔にも覚えがある。話したことも無論ある。それなのに、今の今

まで彼のことを忘却していたことに気づき、ついでに名前が思い出せずに、阿国は驚愕した。

「あれは……？」

と信吉の方を向くと彼も同じらしく、男の方を凝視していたものがひと呼吸置いて、

「六助《ろくすけ》です」

と答えた。

「あ」

記憶の霧が晴れた。

確かふた月ばかり前、難波の路上で腹を空かして死にかかっていたのを助けてやった男である。握り飯を渡してさよならするつもりが、自分は摂津《せっつ》の百姓だが、食えなくてこちらへ流れて来た。食うだけでいい、何でもするから使ってくれとついて来た。

下働きにでもと阿国は受け入れ、小まめに大道具、小道具の準備をしたり、按摩《あんま》代わりに一同の肩を揉んだり——それは力が強すぎて不評に終わったが——する姿を眼にしていたし、他の連中から不満のひとつも聞こえなかったしで、拾いものだったと思いはじめた頃、妙なことに気がついた。

六助を見るたびにはじめて会うような気がするのである。いや、すぐに思い出すのだが、視界からいなくなるとたちまち忘れてしまう。朝礼のときも、あ、誰？　と驚き、

それが毎日なのである。

阿国だけではないらしく、何人かの座員に、座長あれは誰でしたかね？　と訊かれたことがある。あれって誰じゃ？　と訊き直すと尋ねた方が名前も姿形も思い出せない。これで阿国はピン、と来た——と思ったら、それきりになってしまう。

目立たないどころか、これではいないのと同じだ。

当人も仲間に与える印象は知っているはずだが、丸っきり我関せずを貫いて少しも気にする風がない。

「大したもんだ」

と感心した阿国が次の瞬間、あれ、誰のことじゃ、と首を傾げてしまう——六助とはそんな男であった。

小柄な姿が茶碗酒を静かに空けるのを見ながら、

「あそこまで凄いと芸になるよ」

と阿国がしみじみ洩らすと、信吉は、

「いやあ、術ですぜ」

と、こちらもしみじみと返した。

向こうはこちらを見もせず、こちらも声をかける気にならず黙念と酌み交わしているうちに、阿国は小さく、

「ところで信さん――あたしゃ、一座から罪人を出したかあないんだ」

と言った。ささやきよりも小さな声だから、六助まで届くはずもない。

「へ、何のこって?」

信吉ははっと阿国を見たが、こちらの声もあって無きが如しであった。

「あたしにもわからない。一昨日、朱雀通りで河原興行の知らせに踊ってたとき、町の者から聞かされたのさ。半月ほど前から、京の大商人《おおあきんど》やお公家さまの蔵が三つも開いて、下手人は捕まるどころか見つかっていない、幸い大した額は盗られなかったけど、だからこそ盗っ人はまた繰り返すだろう、とね」

「座長――ひょっとして、あたしを?」

「そんなこた、ひとことも言ってないさ。半月前といや、あたしたちはまだ京へ上がる途中だし、あんたも確かに一緒にいた。いくらなんでも、夜中にひとりで京へと走り、盗みを働いて帰ってくるなんざ、人間《ひと》に出来るこっちゃない」

「ならどうして、わざわざあたしにそんなことを?　一座に入ってふた月にもならねえ、氏素性もよくわからねえ野郎だからですかい?」

「そんなこた皆同じさ。このあたしだって、出雲の生まれだと言われてるけど、あたしゃそんなこと口にした覚えは一遍もないよ。なのにどうしてわざわざと?　あたしにもわからない。強いて言いや、あんたとあれ、――ええと、誰だったっけ」

「そうだ。奴さんと同じに思えるからかね」

「あいつとあたしが同じ?」

信吉の仰天は本物であった。阿国は座敷の隅へ眼をやって、

「誰が見てもまるで逆だけど、あたしにゃ同じ臭いがする。色や形は違うけど、同じ枝になった木の実なのかも知れないよ」

「よして下さいよ。あいつと同じだなんて」

「どんな人混みにまじってても目立っちまう男と、ひとりでいても誰にもわかってもらえない男――同《おんな》じさ、と言っても信じる者はいやしないだろうがね」

訥々《とつとつ》と語る阿国の横顔を、信吉はじっと眺めていたが、沈黙が舞い下りるとおかしな話題をふって来た。

「舞台のことなんですがね、座長――あれをこしらえる、というか丸太をつなぐには、何を使ってらっしゃるんで?」

阿国の眼は糸のようになった。

「いえね、あたしも色んな家やらお屋敷やらをこの眼で見て来ましたが、こちらの舞台ほどしっかりした造りのものはお目にかかったことがねえ。丸木を荒縄で結んだだけなのに、あたしが何遍ぶちかましをかけても、沢庵《たくあん》石をぶつけても、寸毫《すんごう》も動きやしねえ。

まるで石垣だ。ところが、畳むときは縄をほどいただけで、あっという間にばらばらと来た」

「十人かそこらで組んだ舞台なんざそんなもんさ。石垣と来たかい。ぶちかましや石をぶつけるときは、素面《しらふ》でおやりな」

信吉は、ちら、と座敷の隅へ眼をやって、

「座長、あたしゃ見ちまったんで」

と言った。

「何をさ？」

阿国の眼は変わらず細い。

「夜中に座長が柱を結び直してるとこをですよ。それまでどっか弛《ゆる》んでたのが、後から確かめてみたら石の柱だ。眼力《めぢから》で柱に穴が開くくらい調べましたよ。で、はねる前の晩も河原に隠れて様子を窺ってたってわけで」

「へえ、あたしは何をしでかしたのかねえ」

「糸でさあ、鋼《はがね》の」

「鋼の――糸？」

「ええ、いくら眼を凝らしても、とうとう見えなかったくらいに細い、そのくせ、あたしの人さし指の先をどんな名刀よりもきっぱり削いじまったくらい鋭い糸でさあ」

信吉はそう言って布を巻いたその指を立てた。

二人の会話が、この後どう終わったかはわからない。半刻（一時間）ほどして、木賃宿の屋根に黒い塊りが生じた。月のない晩に、それは不吉な夜の魔性であったかも知れない。塊りは屋根から屋根へと音もなくとび移り、都の闇に溶けこんでしまった。


名だたる商家が軒を競う四条室町筋でひときわ目立つ大店《おおだな》といえば「古着屋」である。店名はなく、厚い樫の板に墨痕淋漓《ぼっこんりんり》とそう記してある。三代目の主人、桐屋清兵衛《せいべえ》は、先代先々代以上のしわい五十男で、三百坪もある裏庭に建つ蔵には、一国の軍事予算を賄い得る金銀が眠っていると評判だ。こういう評判は当然、清兵衛の耳にも入ってくるから、彼は五人もの浪人を警備に雇った。

そのせいか、これまでのところ侵入者もなく、清兵衛は枕を高くして眠っていられたのだが。

深夜、母家の屋根から蔵の屋根へととび移った影は、扉の前で篝火《かがりび》を友に不寝番を務める三人の浪人の背後へ、音もなく舞い下りた。

体重を消し気配も消していたはずが、三人のうち最も背が高い痩身の浪人が、ふり向きざまに一刀を抜き打った。

切ったのは影の漏らした声である。満腔の自信を誇る隠形が破れたのだ。

「貴様！」

「何者だ!?」

後の二人も抜刀し、ひとりは左手に篝火の薪《まき》を摑んで闇の中の人影に向けた。

暗黒色の衣装の中から眼ばかりを露出した男であった。背に一刀を負っている。

「忍びか」

と、抜き打ちの浪人が言った。

「他に仲間の気配もなしの独り忍び。名を名乗る気があるか？」

「根津甚八《ねづじんぱち》」

闇が名乗った。浪人たちを緊張が抱きしめた。名を知られてはならぬ忍びが名乗る
――聞いた者を生かして帰さぬ表明だと承知しているのだ。

「では、おれも名乗ろう。浪人、筧十蔵《かけいじゅうぞう》だ」

遠くで夜の鳥がひとつ鳴いた。

第二章　盗人《ぬすびと》奇譚

1

「他の二人は知らず、うぬはひと山幾らの木っ葉浪人ではあるまい」

独り忍びと呼ばれた男――根津甚八は、双眸《そうぼう》を光らせた。

「今の抜き打ち――久方ぶりに血が凍った。筧十蔵、その腕をひっ下げ、徳川、豊臣の門を叩けば、何処でも召し抱えてくれたであろう。何ならわしが口を利いてやっても良かった。たかが古着屋の用心棒などに身を売ったのが一代の不運じゃ。我は卑賤《ひせん》の忍びにあらず。お市の方さまの実子《じっし》にして、太閤秀吉さまのご正室淀君《よどぎみ》さまの実弟たる根津甚八の手にかかって死ぬがよい」

このとき、十蔵以外の浪人たちは憎悪の塊りと化していた。〝他の二人〟と呼ばれたからである。

それが不意に尋常に戻った。

狂人のたわごととしか思えぬ甚八の宣言に、真実を感じたのである。

そういえば、その声の華やかさよ。いや、その辺の盗っ人とは思えぬ艶やかな気品は――記憶が片方の浪人を直撃した。彼は四条河原の舞台を見たことがあった。

「おまえは――!?」

愕然《がくぜん》と叫んだとき、彼と――もうひとりの眉間に黒い物体が叩きこまれ、脳まで粉砕した。崩れ落ちる彼らは、きんという鋭い音を聴くことができなかった。

三人目――筧十蔵だけが、根津甚八の放った短い手裏剣――鏢を打ち落としたのである。のみならず――

うっと呻いて立ち姿を崩したのは根津甚八であった。彼も右胸に鏢の一撃を食らったのだ。犯人は十蔵である。だが、鏢は甚八が放ったものであった。

「打ち返したか」

片手で傷口を押さえながら、甚八は呻いた。怒りよりも驚きよりも感嘆が強い。

「たまたまに、ではないな。狙ったところへ返せるのか?」

「それがおれの特技でな」

と十蔵は笑った。精悍《せいかん》な男臭い笑みである。

「あらゆる攻撃は仕かけた者に返る。目下は飛道具に限るがの。敵の手に握られた剣や槍もそうできぬかと、目下思案中よ」

「おれならできるぞ」

「なに!?」

この忍び、傷の痛みのせいで異常を来したか、いや、それなら先程の素姓暴露も同断《どうだん》だが、こちらはどう考えても本物だ。

「よく見ろ、筧。おれの顔を」

盗賊は傷口を押さえた血まみれの手を頭巾にかけた。

顔を見せるつもりか？ 十蔵の思案は乱れた。そんな真似をしてどうなる？ 絶世の美女の顔でも覗くというつもりか？

だが、十蔵は自分の推理を証明することができなかった。

このとき、母屋の方で人声と物音が聞こえたのである。

小用にでも起きた家の者が庭先での闘争に気づいたのだ。

足音が羽目板を踏み踏み近づいてくる。甚八は母屋からこぼれた人影の方を向いた。

「先にあちらにかけるか。おぬしとは二度と会うこともあるまい。何かの縁だとよく見ておけ」

渡り廊下を光がやって来た。龕灯《がんどう》を手にした三名の手代であった。

「押し込みじゃ」

呆然と向けられた強いともいえぬ光の中で、甚八は頭巾を下ろした。その下の顔がどのようなものであったか、咄嗟《とっさ》のことで、十蔵の位置からは見ることができなかった。ただ——三人の手代が廊下のほぼ中央で硬直したきり、声ひとつ出さなくなったのはわかった。あまりに恐ろしい形相でも見て金縛りに遭《あ》ったのか？

否だ。それは手代たちの感じで、わかった。伝わってくる気配は恐怖にあらず——恍《こう》惚《こつ》ではないか。

「みな忘れろ」

と甚八は三人に命じた。そして、十蔵の方を向き直った。反射的に十蔵は眼を閉じていた。

「それが利巧だ」

と怪盗は笑った。その声に、母屋の方から聞こえる新しい物音が混じった。

「もういかんな。そろそろ盗みを終える刻限だ。さらばだ。おぬしの技——忘れぬ」

声は空中から聞こえた。

渡り廊下の屋根へと跳躍した影が、蔵へと跳び上がるのを、十蔵は追い討たなかった。この男の返し技とて尋常ならざる秘術であったように、三人の男をひとにらみで呪縛した甚八の技に毒気を抜かれてしまったのである。

真っ先に、蠟燭《ろうそく》を手にした桐屋清兵衛が番頭ともども駆けつけ、浪人二人の死体を見つけて腰を抜かしながらも、刀を収める十蔵に蔵は大丈夫かと尋ねた。

「心配はござらん」

この返事を聞いて、安堵のあまり本格的に腰を抜かしかかる清兵衛を番頭が抱き止め、念のためにお調べをと提案して、二人は蔵へ入った。

手代たちを奥へ呼び、奉行所へ人をやれ、死体に菰《こも》を被せろ等々、店中が大騒ぎになったところで、憮然と立ち尽くす十蔵へ、見覚えのある男が声をかけた。

「旦那は何処だね？」

番頭であった。

かすかな混乱が十蔵の脳に生じた。

この男はさっき、清兵衛と蔵へ行かなかったか？　違う。この男ではなかった。待てよ、清兵衛は？　そうだ。

「ご主人はひとりで蔵に入られたが」

自分でも、半ば納得していない答えであった。

番頭は早速主人の後を追い、少しして戻ると、十蔵と店の者に重そうな風呂敷包みを示し、

「確かに中にいらっしゃった。いま、誰にも見せぬ秘匿《ひとく》の品を点検しておられるから、もう少しお待ちとのことじゃ。あたしはこのお品をお内儀さんのところへお届けして来

ますよ」

こう告げて、母屋の方へと去った。

その後ろ姿を見送りながら十蔵は妙なことを考えた。あれは最初の番頭ではないか？すると、清兵衛はやはり伴を連れて蔵へ入ったのだ。そして、この古着屋に番頭はひとりしかいない。

――後から入ったもうひとりは何処に？

はっとしたのも半ば朧《おぼろ》な精神状態のまま、彼は蔵へと走った。そして、床に倒れた清兵衛と二人目の――本物の番頭とを見つけ出したのである。

どちらも当身《あてみ》を食らっていたが、十蔵が活を入れるとすぐ蘇生した。

後に判明したが、蔵からは千両近い金が盗み出されていたのである。

後から蔵へ入り先に出て来た番頭と、手の風呂敷包みをみな目撃していた。十蔵はともかく、店の者は、はっきりと彼が見ず知らずの他人だと気づいたはずである。それなのに誰ひとり怪しみもせず誰も何もせず、千両の大金もろとも通過させてしまった。それどころか、後日、役人の吟味を受けたときでさえ、数名は見知らぬ番頭と風呂敷包みの一件をころりと記憶から喪失し、番頭の人相に至っては、誰ひとり覚えてもいなかったのである。

三人の手代はすぐには我に返らなかった。彼らは揃って頬を染め、恍惚と何かを夢見ている風であった。十蔵が束の間想像したとおり、絶世の美女を眼のあたりにしたかのように見えた。何とか仕事に戻ったのは四日を経てからだが、その後も夢見心地で何度も不始末をしでかし、その月も終わらぬうちに全員が暇を出された。

十蔵はこの件に関して何も語らなかった。役人が来る前に姿を消していたのである。当然、主人の清兵衛も役人たちも彼を盗賊の一味として町筋のあちこちに人相書きを貼り出したが、四条河原の小屋掛け芝居の人気者でもなし、奉行所へ届け出る者はついにいなかった。

被害者にも役人にもよくわからない盗賊事件のあと五日ほど経ってから、ひとりの男が、阿国一行の宿泊先である木賃宿を訪ねて来た。

例によって酒盛りを兼ねた夕餉《ゆうげ》の最中であったが、阿国自らが応待に出た。

訪問者は武士であった。ひと目見て阿国は口元をほころばせた。

「ここのところずっと」

観劇に来ていた客である。武士も微笑を返し、

「筧十蔵という者だ。信吉とやらに少々用がある」

とあばら屋に近い店先で告げた。

どんちゃん騒ぎの真ん中で飯盛女《めしもりおんな》たちに囲まれて唇をせがまれていた信吉は、折り畳

まれた手紙を受け取った。眼を返し、何気ない風に懐に入れようとする手を、女たちが押さえた。

「何よ、その手紙？」

「女からじゃろ。憎い男」

「見せてみい」

口々に呪詛《じゅそ》する女どもの鼻先で、手紙は揶揄《やゆ》するようにふられた。女たちはあらゆる方角から手をのばしたが、不思議なことに、どうしても奪い取れなかった。

そのうち、手紙ネタの遊びにも飽きたか、信吉は手紙を懐へ戻して、厠《かわや》へ行くと立ち上がった。

「逃がさないよ」

女のひとりがついて来た。信吉は拒まず目的地に入り、すぐに出て来た。

女の眼が大きく見開かれた。

闇の落ちた四条河原には人っ子ひとり見当たらなかった。加茂の流れは血と怨念に澱《よど》んでいるのである。

豊臣秀吉の生命を狙った大盗賊・石川五右衛門は、その家族もろとも煮えたぎる油を満たした大釜で処刑された。三条河原であった。

その秀吉から、異常のふるまい多しとして高野山で自刃を申しつけられた関白秀次の側室・お駒の方も、他の女房たち十余名とともに斬首の刑に処された。三条河原であった。

そして、人々の記憶にも新しい五年前、石田三成《いしだみつなり》の斬首も、六条河原で行われた。

彼らの血とともに怨みも加茂の水に流す――そう考えての川べりの処刑であったろうが、そこで暮らす人々は易々とうなずきはしなかった。

血は流れ去っても怨みは残ると彼らは考えた。魂魄《こんぱく》この世に留まりて――死後なおもこの世の諸相を見届けたい。身を焼く怨みを晴らしたい。そう願って戦国の武将たちは神仏にすがったのである。

王城の地はまた戦乱の地でもある。応仁の乱で帝の聖地さえ火に包まれるのを肌で味わった人々は、死を無だと信じはしなかった。

怨みは晴らす。

無念に苛《さいな》まれて散った人々の思いはその処刑場たる河原に留まり、消えることはない。だから、誰ひとり近づかぬ。

それなのに今夜は――

水音ばかりが滔々《とうとう》と流れる河原を、三条の方からひとつの影が歩んできた。

時刻は戌の下刻――午後の九時に当たる。月もない。それでも何処かに都の光が息づいているのか、朧《おぼろ》に形は見てとれる。

影は阿国一座の舞台の前で止まった。

「おお、良く来た良く来た」

舞台の上に、もうひとつの影が立ち上がった。

「来たか、信吉、いや甚八――京洛に盗っ人としか知られぬ名無しの大泥棒」

先の影は顔を上げている。瞳には確かに闇人の顔が映っている。

二本差しの浪人――筧十蔵であった。

ぽおっと灯が点《とも》った。手にした龕灯の先の覆いを外したのである。銅製の筒の奥に仕込んだ蠟燭には、最初から火がついていたとみえる。

蠟燭の一本くらいでは、自分の足下を照らすのがやっとの闇であった。

それでも十蔵の眼には十分らしく、彼は派手に精悍な顔を歪ませた。

「信吉と思いきや、これは確か一座のお染《そめ》ではないか。何をしに参った？」

女――お染は舞台の前で、じっと彼を見つめていたが、

「厠の前であの人に言われたの。ここへ行くようにって」

十蔵が、ほお、と納得したのは、あの人が誰か知っているとみえる。

「おれの手紙には彼奴の本名を書いたつもりだが。はて、何を企んでおる？」

十蔵が思案している間に、女は立ち止まりもせず、舞台の裏へ廻って、十蔵と同じ舞

台の上に立った。

「話を聞かせて」

十蔵は眼を丸くした。彼の思案を全て裏切る反応だったからだ。女を使者に立てる？そんなことをおれが認めると思ったのか。いや、その前にあいつは女にそれを託すような男であったのか。

「帰って奴に告げい。女とは話さぬとな」

この間にも女——お染は足を止めず、十蔵の前まで来た。腕をのばせば届く——輪の中にすっぽり包める距離であった。

そして、十蔵は太い眉を寄せた。女の白い生腕が、包むように彼の首に巻きついたのである。

——どういうつもりだ？

百もの思案が渦巻いたが、彼はそれを忘却し、女の行為に身をまかせることに決めた。恐らく阿国一座の信吉こと根津甚八は闇の何処かにまぎれてこちらの様子を窺っているに違いない。その意図は藪の中だが、暴くにはこちらから踏み込むしかあるまい。

お染の髪を鷲摑《わしづか》みにして、恍惚と近づいて来た顔をねじ曲げるや、十蔵は唇にかぶりついた。待ちかねていたように女の方から濡れた舌を差し入れ、重く熱い乳房が十蔵の胸でつぶれた。

体重をかけて来たのもお染からであった。

月すら眼を閉じた舞台の上で、二人は男と女の形を取った。

ひと呼吸も置かずにお染の悲鳴が上がった。二人は上体を起こした。お染の右手首は十蔵の左手に摑まれ、手首は一本の銅の簪《かんざし》を握りしめていた。

難なくそれを奪い取り、横に置いた龕灯の火に照らしてしげしげと眺めながら、

「男と女の姿勢になれば確かに隙は出来るだろう。だが、おまえのこれへ手をのばす動き、摑んでからふり下ろそうとする呼吸――あまりにもお粗末だ。慣れておらぬ。つまりはただの女――と言いたいが、緊張もしておらぬ。何か術にかけられたな」

誰もいないが、いても聞こえぬはずの低声であった。にもかかわらず、

「そうだ。根津甚八という名の術にな」

声がした。十蔵が耳を凝らしても、その位置がわからぬ声であった。

「その姿を阿国殿にまんま見せたのは誉めてやる。だが、時刻を深更、所を河辺と定め、違わず待っているなどと――おぬし、所詮は武士の出だな。これでは自ら死に場所をこしらえたようなものだ。透波《すっぱ》根津甚八に葬《ほうむ》られるためのな」

「やはり、忍びか」

十蔵の声と同時に、つぶれるような呻きを発して、お染がそのかたわらに崩れ落ちた。当身を食らったのである。

「忍び」と書いたが、これも当時から「志能便」「志乃比」「陰術」「隠忍術」などと当てられて、世に広く流布していた。ここでは「忍び」を使う。

「人も殺さず何も残さず、最初からそこにお宝などなかったような水際立った盗みぶり――浪人に身をやつして探索していた甲斐があった。おぬし、その技をある御方のために使ってみるつもりはないか？」

甚八の声は途絶えた。さすがに意外だったのである。

ややあって、

「無い」

断つように返って来た。

「おれは何処の誰の差配も受けぬ。おまえの申し出――はじめてではないぞ。豊臣からもあった。徳川からもあった。石田からも大谷からも毛利からも、おお、虎退治の加藤《かとう》清正《きよまさ》からもだ。だが、わしは轡《くつわ》をはめられた軍馬よりも自由な息吹きを誇る野生馬たるを選んだ。どんな相手だろうと、おれに手綱はつけられぬぞ。そんなことより、おまえはおれが阿国一座の芸人だと、どうやって見破った？」

「阿国はおれの贔屓《ひいき》でな」

と十蔵は笑った。

「ほとんど毎日、かぶりつきであの顔と身体と見事な踊りを見ておった。眼福であったよ。当然、おぬしも眼に入る。それだけ見ていれば、忘れたくても忘れられなくなるものさ」

「おまえ、頭巾の下のおれの顔がわかったというのか？」

「いや、顔じゃない。眼だ」

「眼か」

「あれだけは変えられん。甚八、おれと一緒に来い」

「いいや断わる。だが、おまえは何処へ逃げても追ってくるだろうな」

「無論だ。おぬしほどの逸材――好き勝手に生かしておくのは勿体ない」

「ならば、ここで死んでもらおう。みな出て来るがいい」

突如、流れ水の音だけだった舞台の周囲におびただしい気配が生じた。

人影――女だ。

一瞬、十蔵は阿国一座の芸人たちかと考えたが、それはすぐ否定された。数が多すぎる。五人十人ではない。少なくとも二十を越える気配が、ゆっくりと、しかし着実に舞台へと歩み寄って来る。

そして、女たちは全員、氏素性が異なるようであった。服装は時刻もあって、ほとんどが寝巻姿だが、中には小袖に袴《はかま》、小袖に被衣《かつぎ》、小袖に湯巻《ゆまき》、小袖に打掛《うちかけ》と、家を出る前に着替えたとしか思えぬ連中もいて、彼女たちの服がまた安物から金糸銀糸をふんだんに使った、公家の奥方でもなければ身につけられるはずもない絹の逸品まで勢揃いしていた。

　こんなにも多種多様な女たちが一体何処からどうやってここまで来たものか。十蔵にも訳がわからなかった。

　何人かは後方の階段を使い、何人かは柱や横木を使って舞台の上に立った。意志のいの字も感じられない奇妙な女たちを前に、十蔵は大刀の柄に手をかけた。

　虚ろな女たちにも、その決意の凄味がわかるのか、舞台上の歩みは一斉に停止した。

「なぜ止まる？　えーい抜け」

　甚八の声と同時に、女たちの手が揃って腰の後ろへ廻り、差してあった短刀やら簪やら、農家の女房風なのに到っては薪割り用の手斧、鎌、玄能《げんのう》まで抜き取ったのである。

「貴様――この女たちは何者だ？」

　判断を絶したか、十蔵が叫んだ。

「はは、ついにわからなくなったか？　全員がおれだよ。根津甚八さまよ」

　と言われてもわからないのは同じだ。武器を手にしても殺気の風は一陣すら吹かず、それは却《かえ》って不気味そのものであった。

「ははは、おまえ武士だろう。たとえ武器を手にしているとしても、罪科もない女たちの骨と肉とを断てるのか？　ひとりふたりではないぞ」

正しく闇の底からの指摘どおり、女たちの数はさらに増え、舞台上の隙間はさらに少なくなっていった。十蔵の腕なら全員を鏖すことも簡単であったろう。だが、甚八の声が指摘したとおり、女を平然と斬殺できるほど、筧十蔵の精神は病んでもいないし、虚無的でもなかった。

舞台上の女たちが一斉に斬りかかり、殴りかかってきたとき、彼は鞘ごと大刀を抜いた。

女たちが声もなくその場へ倒れていくのは、一種の「芸」とも見える鮮やかさであった。

鞘で倒した二十人近い女たちに眼もくれず、十蔵はなおも地上に残る女たちを見廻した。

「――やるなぁ」

呻くような甚八の声が聞こえた。だが、内心感嘆を隠せなかったのは、十蔵の方であったろう。彼は甚八の術に気づいていた。

どんな女も傀儡《かいらい》にし得る術――肌を重ねていた女にいきなり斬りかかられては、どんな強者《つわもの》も為す術もなく葬られるに違いない。しかも一度に十人二十人――これが敵将の正室、側室、侍女、端女《はしため》にまで及べば、一城の男どもを一夜のうちにみな殺しにすることも可能だ。

「根津甚八とやら、おれはどうあろうとおぬしを紀州九度山へ連れて行く。もう一度考え直せ。こうなったら何人かかって来ても同じだ」

「甘く見過ぎた」

返事はすぐにあった。

「おまえなら百人の女も打ち倒して息ひとつ乱すまい。おれに言わせると、それも術よ。だが、考えてみろ。おれを紀州へ連れて行くまで二十里——男の足なら一日で着くであろう。しかし、その間に何人の女と出会うと思う？　街道ですれ違う旅の女、畑で鋤鍬《すきくわ》をふるう農婦、旅籠《はたご》の飯盛女、商家の女将、路傍の子供たち。尼僧、武士の妻とて油断できぬぞ。今度はしくじったが、次は不意をつく。一里と無事に行けるかどうか」

「世の女のすべてがおぬしの手下というわけか」

十蔵の声には怒りや怖れよりも感嘆が深い。

「だが、周りが男ばかりならどうだ？」

「なに？」

このとき、甚八は舞台を見下ろせる堤の上に隠れていた。忍者の眼で選んだ場所である。十蔵がいかに眼を凝らしても発見できぬという自信はあった。

背後の気配に気づいたときはもう遅かったのも、このせいかも知れない。

うなじに刺すような痛みを感じて彼は手を当てた。針のようなものが刺さっていた。

引き抜く前に全身から力が抜けた。

「痺《しび》れ薬だが、意識はある」

下手人は仰向けになった甚八の腰のあたりに来た。忍びの眼には、はっきりとその顔が見えた。

「――おまえは!?」

放ってから、彼は混乱した。

おまえは――誰だ!?　いや確かに見た覚えのある男だ。いやいや、はじめて見る。

「六助だよ」

――そうだ！　阿国一座の――いや、それだけでは。

「わからぬか。わかるまい。十蔵は人材の探索方。おれは勘定方だ。顔を見られても、不思議と盗む際にみな忘れてくれる。ひとりでに銭が消えたと騒ぎよる。五日前、古着屋清兵衛の店でもな。おまえとは出がけに木賃宿の玄関で会うた。しかし、おまえはすぐに忘れ、ここへ来るまで用心もしなかった」

「おれたちの主人は、徳川の手で紀州九度山に配流された真田左衛門佐幸村様じゃ」

と舞台の上で、からかうように大見得を切って十蔵が言った。ささやくような声は、しかしはっきりと甚八の耳の奥で鳴った。六助がそれに合わせた。

「おれの名は望月六郎《もちづきろくろう》。おまえは只今より、おれたちの手で九度山へ流される。覚悟を決めい」

かくして阿国一座は二人の座員を失った。しかし、阿国も座員たちも、うちひとりの顔と名前がどうしても思い出せず、やがて消えたのはひとり——信吉だけということに落ち着いた。

実はもうひとつ失われたものがあったのだが、それに気づいたのは阿国だけだった。

2

それなりに広い道は、すでに暮れかかっていた。

南へ向かう道の方は深い森が連なり、むせ返りそうに濃厚な夏の緑は黒く変わっている。左は山脈だ。

南へと下る道の端は、いつの間にか見えなくなった僧形の旅人たちの目的地——高野山である。いま闇に追われるように光を失っていく道は、高野街道と呼ばれ、江戸時代に高野七口と称された山内への入口のうち、不動坂口へと通じる参詣路であった。

高野街道と呼ばれる道は、西高野街道と東高野街道に分けられるが、河内から紀見《きみ》峠を越えて橋本を経、不動坂口へと抜ける東高野街道は、山城、和泉、大和等から幾すじもの道が合流し、東街道や他の道を凌《しの》ぐ活況を呈していた。

闇を喜ぶように軽快な足を進めていくのは、十三、四と思《おぼ》しい少年であった。腰の脇差が不釣り合いに大きく見えるほど小柄だが、その歩きぶりといい、身体の動きといい、しなやかな鋼で出来ているようだ。

程なく少年は小さな宿場に着いた。規模の割りにどの宿もしっかりした造りで、明るい窓から笑い声や読経の声が聞こえてくるのは、さすが高野参詣の中継所であった。

宿の名を書いた提灯を吊るした玄関の前には、いわゆる客引き女が出て、腕組みしながら通りを睥睨《へいげい》していた。

少年はたちまち捕まった。それなりにたくましい身体も、倍はありそうな巨女《おおおんな》に後ろから抱きつかれ、あっという間にいちばん近い宿へと引きずりこまれてしまった。

「へい、おひとり泊りい」

女が帳場へ豚のうなり声みたいな叫びを上げるや、すぐに番頭らしい男が揉み手しながらとび出して来たが、少年をひとめ見て、露骨にシワそうな顔を歪めた。

「なんだい、こんな餓鬼――おまえどこに眼をつけてるんだ。外れの木賃宿にでもぶちこんでおいで」

しかし、その顔は突然こわばった。土間に立った少年が、じろりとにらみつけたのだ。

恐らくはやくざや博徒、盗っ人とも渡り合って来た百戦錬磨の番頭の背すじに、冷たいものが走った。少年の眼差しは彼ら以上のものだったのである。

「金かい。ほれ」

ぴたりと嵌《は》まったセリフにつづいて、番頭の足下で、じゃらんと金ものが板と打ち合う響きが弾けた。

「ひえぇ」

と放ったのは、少年を拉致してきた巨女である。その眼は山吹色に染まっていた。

「小判でねえか。うちは飯つきで百文だぞ」

びびったのは一瞬、客の気が変わらぬうちにと山吹色のかがやきを拾い上げた番頭へ、少年はけっと吐き捨て、

「隠りからここまで歩きづめだったからよ。たまにゃ贅沢してやろうと入ったら、なんでえ、客あしらいもまともに出来ねえ宿と来てやがる。おい、いちばんいい座敷へ通すんだ。飯も逸品をよこしな。ちょっとでも手抜きしたら、この旅籠に天罰が下るぜ」

街道の旅籠といっても、後に幕府の独裁によって強制的に整備され、それに応じて旅籠の格も決まった時代のものではない。屋根は茅《かや》葺き、ひとり用など三部屋がいいところ、後は金の乏しい客をまとめてぶちこむ大部屋だけが並んでいる作りだ。女たちも専門の女中ではなく、その辺の農家の女房である。小判にふさわしいもてなしなど出来る出来ない以前——夢物語に等しい。

しかし、番頭は小判も少年も手離すつもりはなく、

――どうせ、こそ泥がどこぞの商家からかっぱらったものだろ。それなりの世話をして追い出しちまえ。ごねたら、役人に知らせると脅せばいちころよ。

かくして少年は、この旅籠いち上等な部屋に通された。

すぐ食事になった。小判の力か、飯盛女がついた。後にそれが通称となる娼婦ではないが、与えられた役目は等しい。

どういう理由か、少年と同年齢くらいの、こんな田舎にと思える顔立ちの娘が来た。

「暑いな、脱ぐぜ」

一応断わって、少年は上半身をさらした。

娘は眼を剝《む》いた。鍛え抜かれた筋肉の層が鎧《よろい》のように浮いている。腹筋など石を並べたようだ。

それに眼を見張った娘がひっ、と息を呑んだのは、その筋肉と皮膚の上に走るおびただしい傷痕であった。

刀傷と刺傷ばかりだが、火傷の痕もある。

「毎日、斬り合ってるだべか？」

「里を出てからほとんどだったな」

にべもなく答える。娘は呆れた風に、

「里って?」

「隠りの里だ」

「へえ——遠くだか?」

「ああ」

と焼魚を毟っているところを見ると、何処にでもいる農家の倅《せがれ》だ。

「なんで斬り合いなんか? その肩の傷なんか、随分新しいべ。今日もやっただか?」

「ああ、五里ばかり向こうの峠でな。野郎ども、六部に化けて襲って来やがった」

「何人もいだのか?」

「六人だ。三人やったら、残りは逃げやがった」

「強えだな、おめえ」

「おめえじゃねえ。猿飛佐助って名がある」

「猿が宙を飛ぶのは当たり前だで。おめえも飛べるのけ?」

極めて素朴な問いに、少年——猿飛佐助はにやりと笑った。

「ああ、飛ぶよ。鳥にゃ及ばねえが、どこの国でもいちばん飛べる。おかげで今日も無事に済みそうだ」

「へえ」

娘は呆れた風に佐助を見つめた。半開きの口が素朴な感動を示していた。

「よくわかんねえけど、餓鬼のくせになあ。隠りの里ってどこにある？」

「あっちだ」

——と箸《はし》の先でやって来た方をさす。

「——どこさ行く？」

「こっちだ」

反対側をさす。

「もお」

ふくれっ面になる娘へ、

「おまえ、名前は？」

「知らねえ」

そっぽを向いて、

「訊ぐのが遅え」

「こいつは悪かった。何て名だ？」

「たえだ」

「ふうん」

「いい名前だとか言えねえのか？」

「いい名前だ」

また不貞腐れる娘へ猪口《ちょこ》を勧めて、

「それより、下にいた侍——ありゃ用心棒か?」

と佐助は聞いた。

たえはちょっと眉を寄せ、

「ああ、鎌之助《かまのすけ》さん」

と言った。

「うちだけじゃなく、この宿場全体の用心棒だよ。どっかの旅籠で騒ぎが起きると、出てって片づけて来るだ」

去年の秋頃にふらりと宿場にやって来て、いちばん大きな「長寿屋」という旅籠に宿泊し、今もそこにいるという。

「はじめて来たとき、『長寿屋』に泊ってたゴロツキが帳場へ因縁吹っかけてるのを、あっという間に五人もやっつけちまったって聞いたよ」

たえの口調がどうも手放しの賞讃ではないことに佐助は気づいていたが、娘はここで急に声をひそめて、

「誰かにしゃべったら殺すぞ」

と言った。

佐助、にやりと笑って、

「いいとも」

たえはさらに声を細くした。

「ときどきだけど、あの人、帳場にいるくせに、二階にもいるんだよ」

「はあ？」

「嘘でねえよ。他の旅籠の人や、うちにいるお蔦《つた》さんもそう言ってる。階段の上がり口で、お酒食らってたのが、おいらが二階へ上がってみると、もう廊下を歩いてるんだ」

その声と表情から、嘘ではない、と佐助は判断した。

「ほお、すると、おれを追っかけてる奴らの仲間か。しかし、去年の秋からとなると――草か？　まさか、こんなちっぽけな宿場になあ」

ここで、きょとんとしているたえに気づいて、

「はは、草ってもわからねえよな。いつの間にか根づいてる他所《よそ》のおっさんて意味だ。しかし、同じ男が同じときに別の場所にいるなんざ、まるで狐狸妖怪の類じゃねえか。一緒にいるところは見たのか？」

「いんや」

たえの首は横にふられた。

そんな気味が悪い奴をよく置いとくもんだなと詰めると、腕は立つし、それに気味は悪いけど、時たま見せる笑い顔が別人みたいに可愛らしくて、決して悪い人間《ひと》じゃない

と思わせる、多分そのせいだろう、と返って来た。

姓は？ と訊くと、名前しか名乗らない。

「どうやら、おれの敵じゃなさそうだが、旅するとおかしなところでおかしな奴と出くわすもんでな。霧隠のおっさんの言うとおりだ」

「きりがくれ？」

「――何でもねえ。それより、おめえ」

佐助に摑まれた右手首を、たえはびくんと震えながら見つめた。

「お、おらは――」

次の言葉を紡《つむ》ぐ前に唇はふさがれ、子供とは思えぬ力で抱き寄せられると、軽々と持ち上げられて、部屋の真ん中へ運ばれてしまった。

板の間へ下ろされたときは、もう男と女の形を取っていた。

佐助の動きにぎこちなさなどなかった。それは素早く的確に動いた。

「嫌、いや」

と首をふるうちに、たえの胸元はかき開かれ、そこから溢れた年齢に似合わぬ豊かな乳肉は、佐助の手と舌の蹂躙《じゅうりん》を許していた。

乱れた脚のつけ根にあるものを感じたとき、たえは眼を丸くした。

「なんて硬《かて》えんだ。これ、本当におめえのもんか？」

「佐助のものだ」

と彼は答えて、奥へと進もうとしたとき、

「きゃっ!?」

とたえが叫んだ。

曖昧に視線をとばしてから、

「どうした?」

と尋ねた。

たえは密着した部分全てから震えを伝えながら、恐怖に引きつった表情と眼を天井に据えて、

「上を見たら、あの人があたしらを見下ろしてた」

と、虚ろな声で言い、またひええと両手で顔を覆った。

佐助は愕然と顔を上げた。行灯《あんどん》は消していないが、天井まで届く光量は無論ない。夜を白日のごとく見る彼の眼にも、悲鳴を上げさせるようなものは何も見当たらなかった。

「あの人って——誰だ?」

声も出ないたえへ、

「鎌之助か?」

小刻みに何度もうなずいた。

3

「おれに気配も感じさせせんとは——世の中、怖しい奴がおる」

佐助は嘆息《たんそく》した。震えつづけるたえへ、

「なあ、おれはおまえが嘘をついたとは思っていねえ。その震え方、怯え方は本物だ。だが、下の用心棒がいつの間にかこの部屋に忍び込み、天井からおまえをおどかして、おれの眼に止まらず逃亡したなんてたわごとは、もっと信じちゃいねえ」

「じゃあ、じゃあ、なんだよお、あれは？」

「おまえの見間違いだ」

「へ？」

「見ろ。天井には誰も何もいない。影だけが揺れている。おまえはそれを下の用心棒と勘違いしたんだ」

「違う。絶対違う」

「忍んで来たなら唐紙か窓が開くはずだ。出て行くときも、な。おれがそれに気づかない男なら、もう百遍も殺されているぜ」

「――でも……」

たえは口を閉じた。

「起きる」

身づくろいをして膳のところへ行った。手酌で猪口《ちょこ》に酒を注ぎ、ためらいもしないで空けた。

それでもせわしなく上下する胸と肩を、佐助が後ろから抱いた。

「やめろ。こんなときに」

たえは抗《あらが》ったが、乳房をじかにいじられ、首すじにも舌を這《は》わされると、低く呻いて抵抗をやめた。

「もう一杯飲ませて」

「いいとも」

佐助は大きな二合とっくりを摑んで、猪口にも移さずらっぱ飲みすると、たえの顎に手をかけてこちらへねじ向け、唇を重ねた。

流しこまれた酒を干し、たえは、

「おらの酒も飲んでくれ」

とすがった。

「あんたと同じもの食って、同じ酒飲めば、ふたりでひとつ身だ。おらも安心できる」

「いいとも」

佐助はとっくりに手をのばしたが、たえは先にそれを奪い取った。残りを口腔内に留めて、佐助の方へ唇を突き出した。

「よしよし」

唇が重なった。ふくらんでいたたえの頬が普通に戻り、佐助の喉仏が動いた。それが三度つづいてから、たえは唇を離した。

「どうだ？」

と、はじめて耳にする粘り声で訊いた。

佐助は答えられなかった。たえから注ぎこまれた酒は、胃に届いた瞬間全身に広がり、神経細胞を麻痺させたのである。

「お……おま……えは……」

喉を押さえて前屈みになる少年から、娘は別人のようなしなやかな動きで離脱し、床板を風のように滑って、窓際に行った。

合わさった板戸の右手を少し引くと同時に、もう一枚が大きく開け放たれて、灰色の影がとび込んできた。三つ。

床に草鞋《わらじ》の爪先をつけても、音はしなかった。

影たちは手に手に短い忍者刀をかざして、身悶えする佐助を取り囲んだ。

「猿飛佐助」

とひとりが呼びかけた。年配の男の声である。頭《かしら》であろう。

「うぬが九度山へ到着する前に、ついに捕らえた。一緒に来てもらおう」

男がうなずくと、後の二人の手から投網のようなものが投げかけられ、佐助を包んだ。端を引くと網は締まって、佐助の大きさになった。

「てめえら、何処の忍びだ？」

苦しげな声に、男たちは驚いた様子を見せた。頭が顔を寄せて、

「しゃべれるのか？　この地獄網に絡め取られたら、呼吸もろくに出来ぬはず――たえ、薬は間違いなく含ませたのであろうな？」

娘はうなずいた。眼は底光りしていた。素朴な田舎娘は何処にもいなかった。

「話は後だ。連れて行け」

残る二人が佐助を小脇に抱えて、侵入してきた窓辺へと走った。

つぶれたような声を合図に、足は止まった。

窓の前に忽然と幽鬼のような影が現れたのである。

正しく忽然――何もない空間にふわと出現したものだから、訓練に訓練を積んだ忍びたちもあわてた。

「鎌之助!?」

たえの叫びにやや遅れて、頭の手から黒い光が鎌之助の胸に吸い込まれた。

それは確かに鈍い打撃音をたてて、肉に食い込んだのである。

「物盗りではなさそうだな」

旅籠の用心棒は、陰々たる声でおかしなしゃべり方をした。

「声が違う」

たえが頭にささやいた。頭が訊いた。

「別人か?」

「いや、どう見ても鎌之助そのものじゃ。やはり、もうひとりいたか」

右手を懐に入れて、たえが前へ出た。

鎌之助がふとそちらを向いて、

「ここの主人は骨の髄まで吝嗇《りんしょく》でな、飯に女などつけぬ。その小僧も初見からただの餓鬼でないことはわかっていた。どうなるかと黙って見ておれば——うぬは何処の忍びじゃ?」

それは佐助と同じ問いであった。鎌之助はにっと笑った。

「よい。おれには関わりのないことだ。この宿場の用心棒としての仕事だけ果たすとしよう。子供を置いて去れ」

その胸もとへ音もなくたえがぶつかった。瞬時に元の位置へと飛び下がった後には、鎌之助の鳩尾《みぞおち》に刺し通された懐剣だけが、異なる光景をつくり出していた。

「無駄だ」

鎌之助が一刀を抜いた。声は前よりつぶれ、嗄《しゃが》れていた。

頭が、下がれと命じるや、懐から、直径二センチ、長さ十四、五センチくらいの小円筒を取り出した。片方の端から錐状の鉄芯が露出し、もう片方からは、黒くて短い糸の輪がついている。頭は輪を咥《くわ》えて引き抜いた。円筒は青紅の火花を噴いた。男がそれを投擲《とうてき》しようとした刹那、鎌之助が前へ出ざま、佐助の上半身を抱えた男に一刀をふるった。

不死身とも思える男の不気味さに、練達の忍びが反応を遅らせた。

刃をその左頸部に受けて配下がよろめいた瞬間、鎌之助の頭部は爆発した。奇怪な戦いがはじまってからはじめて、それらしい効果音が生じたのである。

頭部を失った身体は、どおと倒れた。

こちらも片膝をつく配下へ、頭が駆け寄り、傷口を調べた。彼は妙な表情をこしらえた。

「浅い。刃と見えたが、ひどい鈍《なまくら》か。行けるか?」

配下は苦しげに、

「お任せを」

「よし」

と頭がうなずいたとき、背後で二つの悲鳴が上がった。たえと、佐助の下半身を抱えた男だ。

空を摑んで倒れる二人の背後から、唐紙を開けて入ったばかりの影が、血刀を掲げて頭へと走った。

風を巻いて斬り下ろされた刀は、まぎれもなく本物であった。間一髪それを受けた頭の上腕が、かっと青白い火花を発した。手の甲から肘にかけて、鉄の小手を装着していたのである。

大きく東の隅へとびずさりつつ、新たな爆裂鏢《ひょう》を取り出して、頭は眼を剝いた。佐助を放り出して忍者刀を抜いた血まみれの配下に、眼だけを向けて立ちはだかっているのは、頭部を四散させたはずの鎌之助ではないか。

「おれが本物だ。おまえたちの戦いぶりはすべて下で見た。その衣装、仕事ぶりからして伊賀の忍びか。去れと言ったおれを殺めた以上、生きて帰れるとは思っていまいな」

「うぬこそ、何者だ？　うぬのような男が、何故かような田舎の宿場におるのか？」

「伊賀者ならば、頭領は服部半蔵《はんぞう》――その主人は徳川家康よな」

鎌之助はうすく笑った。死んだ彼より酷薄で不気味な笑いであった。

「おれがこのような土地で朽ちる気になったのも、もとはと言えばあの古狸のせいよ。

彼奴、この小僧をなぜ捕らえ、何を訊くつもりでいるのか？　答えよ」

「うぬ――わしらに加わらぬか？」

意外な問いを頭は発した。

「……」

「わしらは優れた忍びを集めておる。遠からず、我らの力が要りような世になることは間違いない。闇が我らの戦場とはいえ、それなりの恩賞は十分に望めるぞ」

少し沈黙があった。それを破ったのは、階段を昇る足音であった。

「先生――鎌之助先生。何があったんで？」

番頭の声である。

「読めたぞ」

と用心棒はつぶやくように言った。

「徳川配下の忍びがその数を増やそうとするならば、その敵が同じことをせぬ道理がない。この小僧、九度山の真田幸村の下へと向かう忍びか」

「大当たり」

小馬鹿にしたような声がどちらのものでもないと気づいた三人が、畳の上の塊りを見下ろした刹那、網の中の小柄な影が噴出し、窓の外へととび出したのである。

茅葺きの屋根にすっくと立って、猿飛佐助は室内の闇に巣食う男たちに笑いかけた。

「やはり、徳川の腐れ忍びか。隠りの里を出る仲間の中からおれに眼をつけたことは誉めてやらあ。けどよ、ここまでの生命のやり取りで、おれ様の実力は身に染みたはずだぜ。とっとと駿府《すんぷ》へ帰りゃあいいものを、どうやらまだおれに未練があるらしい。これ以上、まとわりつかれるわけにもいかねえ。その用心棒さんの台詞じゃねえが、もう生かしちゃ帰さねえ。さ、とっととかかって来やがれ」

「小僧」

と呻いたのは血まみれの配下であった。いかに浅傷とはいえ、奇怪な刀身は左鎖骨を砕いている。全身を激痛が駆け巡っているはずだ。彼を支えているのは、両眼に止《とど》まる憎悪の光であった。

「増長しおって。お頭、かくなる上は――」

「出るぞ。奴を上へ廻すな」

「承知」

言うなり、配下は板の間を蹴って外へとんだ。

「先生」

唐紙の向こうから、こちらを呼ぶ声が聞こえたとき、室内には男女二つの死骸しか残っていなかった。頭部を吹きとばされた鎌之助は何処にも見えず、倒れた位置には何やら灰色の麩《ふ》のような塊りが幾つも散らばっていたが、番頭以下使用人たちが怖る怖る顔を出したときには、空気に溶けたかのように消滅していた。

二つの死体と血臭にめまいを感じながらも、番頭は窓辺に走り寄って外を覗いた。

通りをはさんだ向かいの旅籠の屋根に、何やら人影のようなものを一瞬認めて眼をしばたたいたものの、影はたちまち闇に溶け、世俗の男の双眸から魔天の戦闘を隠し去った。

4

二人の忍びは逃亡に移っていた。

与えられた使命は、隠りの里から九度山へと向かう者の抹殺であった。到着するまでに斃《たお》せば良い。たやすい相手と見えた小僧は予想を外れて手強く、加えてこれは想像もしなかった伏兵が出現した上、ひとりは手傷を負っている。力押しの出来る状況ではなかった。

彼らは、夜の街道を黒い風のように疾《はし》り、宿場から半里ばかりの森の中でようやく足を止めた。

松の巨木の根元で配下の傷に薬を塗りながら、

「あの小僧――」

と呻いたきり、頭は言葉を呑みこんだ。

「見た目に騙されましたな。かなりの腕前ですぞ」

配下の歯がきしんだ。薬草がしみたのではない。怒りと屈辱の歯ぎしりであった。

「しかも、あの身の軽さ。猿《ましら》を思わせました」

「――猿」

と頭もつぶやいて、

「隠りの里から逃げて、わしらの一党に加わった者に聞いたことがある。それまで巣立ったいかなる忍びをも嘲笑し得るほどの逸材がひとりいた。それはあらゆる技において仲間の追随を許さず、しかも十を幾つか過ぎたばかりの小僧の身で、猿のごとく木から木へ跳び移り、あるときは縄もなしで宙に浮かんでいた、と。名は確か猿飛。あれか」

「隠りの忍びがいかなる者であろうと、我ら服部一党の名にかけてこのままではおきませぬ。彼奴は明日必ず九度山へ入るはず。たとえ幸村の屋敷の門前であろうと、斃せば我らの役は果たせます」

彼はまさか頭に水をさされるとは思っていなかった。

「そうとも、斃せば、な」

それは確かに彼の耳もとで聞こえたのである。しかし、彼が身をよじる前に当の頭が愕然と、

「隠れい」

と叱咤しざま、自ら巨木の背後に廻ったのだ。

気配を探りつつ、頭は配下の方を見た。

もとの位置から動かないでいる。

闇の中ではあるが、忍びの猫眼《びょうがん》は配下の首すじから生えた細い影を見ることが出来た。

鏢である。

頭は配下の一切を意識から外した。

耳元でささやいた声は、あの小僧のものだ。――尾《つ》けて来おったか。しかも、このおれに気配ひとつ感じさせず。

こめかみを冷たい汗が伝わった。

頭上から殺気が降って来た。

跳び離れた元の位置で地面が小さな悲鳴を上げた。二本の鏢が垂直にめりこんだのである。

――上か!?

同時にこう閃いた。

街道へ出ろ。猿は地上に下りれば人に劣る。

距離は約十メートル。生と死と――どちらにも転びそうな距離であった。

頭上で枝が鳴った。

──彼奴め、わしの上におる‼

驚きが絶望に変わる寸前、頭は地を蹴った。

一気に駆け抜け、街道の真ん中で身を屈めた。街道の幅は九メートルもある。上空からの攻撃は不可能だ。

頭は敵の気配を探りながら呼吸を整えた。鼻から全身に空気を吸いこみ、十分に行き渡らせてから一気に吐く。

二回で心臓は回復した。

今度はこちらの番──と考えたくなるのを必死で抑えた。要らざる闘志は精神的な緊張よりも弛緩──油断を生む。忍びが最も怖れねばならぬ事態であった。

だが、突破して来た森の方からは気配も物音も生じない。

逃げたとは思えなかった。理由がない。敵はなお闇に潜んで彼の動きを探っているに違いない。

頭目は懐から数十本の線香を重ねたような円筒と火打ち石を取り出した。

風は西から吹いている。円筒を咥え、その先で火打ち石を打った。火花が飛ぶと同時に四肢の発条《ばね》を効かせて後方へ飛んだ。石を打つ音を聞かれたかも知れない。

火花ひとつで煙を噴きはじめた円筒を手に取って、森へと投じた。

呼吸を四つしたとき、円筒の落下地点あたりで、白煙が上がった。

流れる霧のように、森全体を覆っていく。あらゆる薬草を収集し、忍びの攻防において駆使させて来た仲間から渡された品だ。ひと息吸いこんだだけで、鳥も獣も意識を失う。人間ならふた息だ。風の方向、強さからして、少なくとも森の半分は白煙の領土と化す。敵が逃げられるとは思えなかった。

鳥の鳴き声が上がった。無数の羽搏《はばた》きが影を伴って空中へと躍り出、虚しく落ちていく。草を踏む小動物の足音が近づき、すぐ消えた。

――甚左《じんざ》め、大したものだ。

開発者の名前を口にしたとき、

「面白いものを持ってるなあ」

と声がした。

最も呪うべき位置――頭上から。

大きく彼方へ跳ねとびながら、頭は夜空を見上げた。

敵はいた。

地上からほぼ三丈（約九メートル）の空中にあの小僧が仁王立ちであった。

眼には見えなかったが、細引きだ、と頭は判断した。黒く塗った綱を街道に渡し、その上に乗っている――他に考えようがなかった。

「おれの名は猿飛佐助。おめえの言ったとおり、上を取らせたらおしまいだぜ」

ついさっき、旅籠の二階から戸外へと戦いの場を移す寸前、頭自身が生き残りの配下に伝えた言葉は、〝上に廻すな〟であった。

頭は佐助めがけて十字手裏剣を投げた。同時に三本。

「お——っとお」

空中で軽々と跳ねた身体が静止位置まで下りて、大きくバランスを崩した。

そこに綱はなかった。頭の手裏剣の一本が切断したのである。ほとんど勘が頼りの一投であったが、ここはさすが伊賀忍びの頭、というより幸運と解すべきだろう。

佐助は落ちた。地面に激突する音を頭は聞いたような気がした。

佐助の影が地に触れた。彼は刹那に上昇した。そして、ふたたび、さらなる高みにすっくと立ったのである。

「貴様——地面にも」

頭は移動する基本も忘れて呻いた。

そして、身を翻そうとした頭の頭頂へと閃いた鏢は、その短い刃がすべて没するまで食いこんだ。

「空中にも、な」

声も立てずに動かなくなった忍びの影を見下ろして、空中の佐助は腕を組んだ。

自ら奪った生命への、若さゆえの悔悟か苦悩の表情か。否。

「おれの『猿飛』。この程度の奴に見破られ、破綻を来すようでは、術とはまだ呼べねえな。あとひと工夫もふた工夫も要りようだぞ」

それから腕を下ろして、

「本来なら、そのまま九度山へ向かうのが筋だが、あの旅籠の用心棒——侍面してありゃ忍者に違いねえ。今のうちに何とかしとかねえと、先々厄介の種になるような気もするし——さて、どっちを選んだものかな」

彼なりの苦渋の選択であったろう。それはすぐに終わった。

「小僧と見た」

風に乗って漂って来た声が、佐助を凍りつかせた。

「——腕利きとも見た。しかし、ここまでやるとは思わなかったぞ」

陰々たる声の主は——

「——用心棒。鎌之助先生かよ」

佐助の指摘に、

「そのとおりだ。猿飛佐助と言うたか、奇態な技を使いよる。正《まさ》しく猿じゃ」

「何処にいる？」

さり気なく視線だけを移動させる佐助の右隣で、

「ここじゃ」

愕然とふり向いた佐助の眼は、これも宙に浮かぶ着流しの武士を見た。

「へえ――凄え」

佐助は遠慮なく眼を丸くした。驚きを隠そうという忍び的見栄は持ち合わせていないらしい。

「おれの隣りにいるのも凄いが、おれに気配も感じさせず――凄え、本当に凄え」

「面白い小僧だな」

鎌之助は破顔した。笑い慣れていないらしく、苦悶に見える。

「おぬし、九度山の真田左衛門佐殿の下へ向かうと申したな。気をつけて行くがよい」

「？」

佐助は眉をひそめた。

「へえ。気にしてくれるのかい？　そりゃまた、どうして？」

鎌之助は笑っただけである。

「ま、あんたが真田様の敵じゃねえのはわかったから、いいようなもんだけどよ。それじゃあ、おれの気が済まねえ。あんた何者だ？　教えてくれ。でなきゃ今夜のこと、みいんなしゃべっちまうぜ。おかしな奴がいるってんで、真田様の家来どもがあの旅籠へ押しかけるかも知れねえ。ま、何人いたってあんたをどうこうできるとは思えねえがよ」

自らの実力を読み取った少年への労《ねぎら》いか、鎌之助の青白い口もとに、淡い笑いがかすめた。

「そうだ！」

佐助がぽんと右の拳を左手に打ちつけて、

「あんた、おれと一緒に九度山へ行こうや。そうすりゃ隠すこともねえ。あんたもおれも真田の殿様もすっきりするぜ、な？」

「呆れた小僧だ」

鎌之助の表情を、怒りが刷《は》いた。

「子供にしては思慮深いと思ったが、単にものを考えぬだけか。小僧、どうあってもわしのことをしゃべるか？」

「そらあもう」

「では、やむを得ぬ。不憫ながら旅の途中で生命を落とすことになるぞ」

「よせやい」

佐助はうすく笑った。

「おれより自分を心配しなよ」

声が終わらぬうちに、彼は左手を横にふった。頭を斃した鏢の残りだ。それは空を切った。

「いねえ！」

言いざま、その身体が身を屈めつつもといた森へと疾った。松の幹から大枝へ、そこから五メートルも離れた別の松に飛んで、その後ろに隠れた。この間、三秒弱——凄まじい速度を可能にする体術であった。

「野郎——ここまではわかるめえ」

自分の耳にも聞き取りづらいほどの小声でつぶやいた。

「残念であったな」

と幹が答えた。同時に幹の向こうから佐助の眼の前に、ぬうと青白い顔が突き出された。

「ひええ」

のけぞりながらも、猿飛と呼ばれる若者は——大きく空中でとんぼを切りざま、別の松の大枝へとび移る。さらにもう一跳躍へ移ろうとする耳もとへ背後から、

「無駄じゃ」

声と同時に鋭い痛みが脇腹に食いこんだ。

5

佐助は落ちた。彼は草の上に大の字になった。脇腹から血が流れ出ていく。

かたわらに気配が凝結した。

「もうおしまいか——ん、何をつぶやいておる。はは、忍びが念仏とはな」

青白い用心棒の脳は、自然に入って来た言葉を解読して、持ち主にあっ!?　と叫ばせた。

それは念仏でも呪詛でもなかったのだ。

「——やっぱり、細引きじゃあ駄目だ。千倍も細く、万倍も強え、鉄みてえな紐——いや、糸でなくちゃ」

死地に落ちてなお、迫り来る死よりも自らの技の改良を思案する若者を、鎌之助は呆然と眺めていたが、

「小僧、その年齢《とし》で死ぬのが怖くないのか?」

草の上の小さな顔が、いかにもうるせえなという表情で鎌之助を見上げた。

「何だ、てめえ生きてたのか。さっき斃したのは幻かよ。ま、いい。死ぬの生きるのに年齢が関係あるもんか。おれは十歳《とお》になる前に欲深爺《じじ》いを殺してるぜ。その瞬間に死ぬ

ことなんか怖くなくなっちまったよ。どうせまともな死に方なんか出来やしねえんだってな」

「ふむ。それで〝隠りの里〟の修業にも耐えられたというわけか」

鎌之助の言葉は、当人の期待どおりの効果を上げた。

少年の顔は苦悩に歪んだのである。

だが、それはすぐに尋常の、人を人とも思わぬ傲岸な意志を湛《たた》えたものに戻った。

「なんでえ、あんなもの。餓鬼のお遊びだったぜ。どいつもこいつもあれが辛え、それがしんどいってすぐに泣き出しやがって。情けねえったらありゃしねえ。泣いてる暇があったら、さっさと技を磨いて、あそこから出られるようにしろい。おれはそうしたぜ」

「泣いていた仲間たちはどうした？」

「へ。みいんなくたばっちまったよ。仲間同士で斬り合いをさせられたり、調合した痺れ薬を飲まされて血ィ吐いたりしてな」

「変わっておらぬな」

ぽつりと洩らした鎌之助の言葉に、

「何ィ!?」

と眼を剝いたとき、鎌之助はもう背を向けて、街道の方へ歩き出していた。

「隙ありィ！」

上体を撥《は》ね上げると同時に、佐助は右手をふった。

鏢は鎌之助の後頭部にめりこみ、彼の左眼球を砕いて、前方の松の幹に突き刺さった。

「はン？」

と眉を思いっきり寄せたのは佐助である。

鎌之助の姿はよろめき、想像どおりやや後ろへのめりつつ左膝をついて――ふっと消えてしまったのだ。

予想と大外れのこの現象は、佐助に残っていた体力を完全に奪い去った。

精神的な驚愕と肉体的な失血のせめぎ合いの中で、少年忍者は意識を失った。


細面の月が笑っていた。

「え？」

眼を開けると、夜明けの月であった。

水のような黎明の光を背景にした月は、十六、七――佐助より上の娘の顔になった。

粗末な服で農家の者と知れた。

「――誰だ、おめえは？」

佐助の問いに、娘はかなと答えた。

街道に沿って二町（約二百十八メートル）ばかり高野山寄りにある家へ、着流しの青白い顔をした武士がやって来て、ここに倒れている子供が気づくまで面倒を見てやってくれと告げ、礼金を置いて去ったという。家へ運ぼうと思ったが、血止めが施してあるゆえ動かさぬようにとも言われたため、かなが付くことになった。

「野郎、ふざけた真似しやがって」

苦痛に顔を歪めながら怨嗟《えんさ》する佐助へ、娘は眉をひそめた。

「そんなこと言っちゃなんねえ。あのお侍は生命の恩人だど」

「おれをこんな目に遭わせたのはあいつだ。しかも殺めるならともかく、助けるなんざ、傷口に塩塗りつけるような真似しやがって、野郎、今度会ったら絶対に許さねえ」

かなは敵愾《てきがい》心剝き出しの少年へ悲痛な眼を注いでから、

「立てるか？　なら家へくるだ。ちゃんと血止めしなきゃいけねえ」

肩を貸そうとしたが、

「ふざけるな！」

と少年は押しのけて立ち上がった。

「親の敵の世話になってもご下命は果たせとの霧隠の教えだが、おらあ真っ平だ。おれの生き死にに他人の力は借りねえ。おめえもおれのことは忘れろ」

かなは呆れ返った眼差しを、血の気を失った少年の顔に当てていたが、それはたちまち怒りに変わった。

「えらそうな餓鬼め。死にたきゃ勝手にせえ。おらに忘れろなんて言うな！」

「しゃべるつもりか、おめえは？」

「ああ。おめえが誰かにやられてひと晩ぶっ倒れてたことも――そうだ、もうひとつあるぞ」

それなりに美しい顔だちが歯を剝いた。

「何だ、もうひとつってのは？」

「へん。ぶるぶる震えておらに抱きついたまま、おっ母おっ母だとよ。まあだおっぱいの味が忘れられねえ尻の青い餓鬼が、えらそうにすってねえ」

「てめえ」

佐助は青くなり、またすぐ赤くなった。尋常の赤さではなった。恥部を知られたものの隠蔽のための激怒だった。

彼はかなにとびかかった。

二度三度、土と草の上を転がり、娘は押さえつけられた。つぎはぎだらけの着物の下から感じられる若い肉の感触と匂いが、口封じのための脅しだという意識を拡大解釈させた。

少年の手が前をはだけ、黎明の光に剝き出しになった乳房に顔を埋めてくると、かなは悲鳴を上げて押しのけようと努めた。それが無駄な努力と知れるまで、数秒とかからなかった。少年の膂力《りょりょく》は、力仕事が生き方の父や兄を凌いでたのである。

「しゃべらねえ。誰にも何にもいわねえ。だからやめてくれ」

娘の哀願は佐助の獣欲に火をつけただけであった。彼は娘の頬を張った。二発で大人しくなった。

二人の下半身をゆるめ、佐助は娘の手を自分の器官へ導いた。

「嫌あ」

叫んでもぎ離そうとするその耳もとで、

「殺めるぞ」

と凄んだ。本気だった。かなは硬直し、抵抗をやめた。

指を触れさせると、ためらいもせず握ってきた。

はじめての女への強制が佐助を昂ぶらせていた。自ら娘の手首を摑んで動かすと、それは限界まで熱く硬くなった。

「よし」

娘の手をふり払い、佐助は力を失った両腿の間に腰を入れた。

娘の唇が動いたのはそのときだ。

「坊」

とそれは言った。驚愕が佐助を捉えた。

「おめえ、母親だったのか？」

かなは顔を背けた。眼尻から光るものが頬を伝わった。

昴ぶりが潮のように引いていくのを佐助は意識した。怒張は嘘のように萎えている。舌打ちして彼は上体を起こし、それから横倒しになった。突発的な全身運動に、傷口がまた開いたのだ。

かなは撥ね起きて身づくろいをした。上気した顔は恐怖が逆転した怒りに歪んでいた。

「この畜生――くたばれ！」

街道を右へと走り去る娘を見送って、佐助はふたたび大の字になった。結局これでおしまいなのか。

「やはり、向いてなかったかな、忍びには」

彼はそびえる松の木――その間からのぞく明け方の空へ話しかけた。

「母親だ、と思っただけで萎えちまうなんてよ。いいや、違う。傷口が開いたからだぜ。でなきゃ、絶対に犯して口止めしといたな」

傷口に手を当てた。出血の真っ最中だ。長くは持つまい。

「おい、隠りの里の衆、真田の殿様、おれはせめて朝の光の下で死ねるぞ。他の忍びみえてに誰にも知られず、闇の中で朽ちてくんじゃなくてよ」

佐助は思いきり伸びをした。

ひと月後のことである。

慶長十三年（一六〇八）、八月。

紀州九度山の真田庵は、ひとりの少年を迎え入れた。

陽の光に万遍なく灼《や》かれたような、顔も四肢も黒に近い彼は、左手に赤い布包みを下げたまま、門番に、

「上田のお屋敷から小間使いの用に参りました。佐助と申します」

と告げた。

待つ程もなく勝手口から土間へと通された。ここで差配頭と目通りするのである。

現われたのは、美髯《びぜん》をたくわえた堂々たる偉丈夫であった。背後に従ってきた五人の武士のうち二人が土間へ下り、佐助の両側に立った。右手は太刀の柄にかかっている。

着物こそ質素だが高慢といってもいい雰囲気をまといつかせた少年が、思わず見惚れたほどの気品と野生がみなぎる顔が、

「よくぞ参った。猿飛佐助――〝隠りの里〟から知らせがあった。余が真田左衛門佐幸村じゃ」

下人を見る主人《あるじ》の侮蔑や優越など微塵もない慈相温顔なのに、佐助は思わず眼を伏せ

てしまった。

「しかし、若いの。霧隠からも伝えられておったが、この眼で見ると、許せよ、〝隠りの里〟が誇る腕利きとは思えぬ」

「仰せのとおりで」

佐助は悪びれる風もなく破顔した。そうこなくちゃ、と顔が言っている。

「で、そのご懸念を打ち砕くために、手土産を持参いたしました。いまここでお目にかけてもよろしゅうございましょうか？」

幸村の左側に正座していた中年の武士があわてて、

「これ――いかに忍びとはいえ、無礼な。左様なものは差配頭に渡せ」

と叱咤したが、幸村は構わず、

「よい。何やら子供とは思えぬ精神《こころ》の持ち主。見せい」

「はい」

ぶら下げて来た布包みを、佐助は正座した自分の前に移して、結び目をほどきはじめた。

誰もが西瓜だと思った。季節と大きさから、そうとしか考えられなかったのである。

中身が土の上に現われたとき、幸村を除く全員が、おおっと眼を剝いた。それは男の生首であった。

「二刻ほど前、こちらへ参上する途中の野原で襲撃してきた忍びの首でございます。徳川――服部半蔵支配の伊賀者でございましょう。場違いな手土産――お許し下さいませ」

流れ水のような淀みない口上を、ただひとりにこやかに聞いていた幸村が、さらに笑みを深くした。

「霧隠の言に偽りはなし。猿飛佐助よ、今日これより、この左衛門佐幸村の配下として働いてもらうぞ」

なお徳川の間断なき監視の眼が注がれる紀州九度山の幽閉地、真田庵。夏の光に蒸せ返る土間で、凄絶なる土産を前に、これが真田幸村と猿飛佐助の出会いであった。

第三章　時間《とき》を越える話

1

徳川家康が、真田一族に一生がかりの悪印象を抱いたのは、一般には天正十三年（一五八五）――武田氏滅亡後に、家康の庇護《ひご》を受けると決めながら、領内の沼田の地を割譲せよと命じられるや、あっさりと拒否、当時の徳川の宿敵であった上杉景勝《うえすぎかげかつ》に寝返ったときだとされる。

天正十年（一五八二）、三月。主人《あるじ》を失った甲斐の国に、織田信長、北条氏政《ほうじょううじまさ》・氏直《うじなお》父子、上杉景勝、そして徳川家康の領土欲に血走った眼が注がれた。誰が見てもこの征服レースの優勝者は織田信長であった。家康も北条父子も、レースを棄権するつもりでいた。

そこへ運命という名の疾風《はやて》のひと吹き――信長は同年六月、明智光秀の手で京都・本能寺に斃れ、レースはふたたび開始されたのである。

まず激突したのは、徳川と北条であった。信長の死を契機に信濃へ侵入した両軍は、百日を越す攻防を展開したものの、師走に到《いた》って和議を結び、ともに軍を退《ひ》いた。

このときすでに、幸村の父——真田昌幸《まさゆき》は家康に恭順の姿勢を取っていた。そのせいか家康は、

「甲州の都留《つる》と信州の佐久《さく》、小県《ちいさがた》は徳川の領土とし、北条には上野、沼田を与える」

との条件で講和を結んだ。沼田はなお真田の所領である。それを無視した。

家康は昌幸の知将・猛将ぶりを十分に聞き知っていた。ぶつかれば厄介な敵との意識を常々抱いていたのである。その昌幸が矛も交えず、誘いに応じて臣下の礼を取った。

——組みし易し
と思った。古狸と呼ばれる後の日本の支配者も、時にはこういうミスを犯す。

家康に恭順する時点で、昌幸は何処に付くべきかなお迷走中であった。

それを昌幸に決めさせたものは、甲府にあった家康の意を受けた武田時代の僚友・依田信蕃《よだのぶしげ》や同じく曽根下野守昌世《そねしもつけのかみまさただ》、そして、昌幸の実弟・加津野隠岐守昌春《かづのおきのかみまさはる》らによる説得工作の成果であった。

昌幸に言わせれば、「こちらから頼んだわけではない」となる。「向こうから来てくれというので出向いた」というところだろう。胸の中にわだかまるこの思いが、後に家康

からの離反をいともあっさりと実現させてしまう。

戦国の世で人が人に従うのは力関係もある。時の勢いもある。人間的な魅力もある。しかし、最大の理由は、「運」ではなかろうか。眼には見えぬこれを備えた者が覇者となり、感じ得る者こそが栄光への随伴《ずいはん》を可能とする。

昌幸にもそれがあった。

かつての朋輩から家康の人となりを聞き、

「付こう」

と迷いをふっ切ったのである。

だが、彼にも運があった。それは幸運と言うよりは、「強運」と呼ぶべきものであった。往々にしてこれが「幸運」を妨げることがある。

こうして、一度は家康に恭順しながらも、「沼田割譲」に際してあっさりと袂《たもと》を分かち、上杉に身を寄せるのである。

沼田の土地は、真田領の半ばを占める。それを一方的に北条へくれてやれと来たものだから、昌幸は家康を見限った。

「そっちから家来にならんかと言って来たくせに、やけにエラそーなことを。わしが頼んだわけじゃない。人の上に立つものがこそ泥みたいな真似をするな」

今風に書けば、こんなところだろう。昌幸自身も意識している「強運」が、家康の命に従ったことで得られる「幸運」に横槍を入れたともいえる。少なくともこの時点で、主従たることは不可能な二武将であった。

当然、家康は激怒した。

「稀代の横着者めが」

翻訳すれば、

「途方もない大嘘つき」

裏切り者と罵ったのである。

しかし、その家康が後に主家たる豊臣家に背信し、天下を強奪するのである。筋の通らぬ言い草であった。真田昌幸にすれば、

「言いがかりである」

と澄ましていたいところであったろう。裏切りが当たり前、下剋上が当然の戦国時代にあって、家康のこの思いは確かに「甘い」とも言えるが、それこそ昌幸を信頼していたものであろうし、昌幸にもそうさせる何かがあったに相違ない。「狸親父《たぬきおやじ》」の人間性の底に隠れた「弱さ」――というより「人の好《よ》さ」であったのかも知れない。

もう一例を挙げる。

歴史好きの方はご存知のように、昌幸は「第一次上田合戦」で家康に勝利した後、上杉とも手を切り、当時天下一の大権力者・豊臣秀吉の傘下に入る。この忘恩行為に、上

杉はもちろん、家康も怒りに身を震わせたことは想像に難くない。

ところが、そんな家康へ、この忘恩の徒は破廉恥極まりない要求をする。

「嫡男の信之を家臣に加えていただきたい」

家康は激怒を通り越して、呆れ返った。度肝と毒気を一遍に抜かれてしまったと思しい。なぜなら、その要求を受け入れたからである。こうなると、家康という人物は、「人が好い」のも通り越して「途方もないお人好し」と評価すべきではなかろうか。彼の「幸運」を支えていたものは、案外これであったかも知れない。

知者は知者を知ると言う。八方破れな昌幸の「節操の無さ」は、家康が心の底で求めていたものだったのではなかろうか。

同時に彼は、この性情が持つ危険さを十分に知り尽くしていた。二代目に勇将・結城《ゆうき》秀康《ひでやす》を選ばず、篤実温厚な、そして少し鈍いところのある秀忠《ひでただ》を抜擢したのも、それを回避するためであったし、その秀忠の二人の子――竹千代と国千代との相続争いにおいて、「神祖御定法」なる掟を定め、長子相続という厳たる「枠」を構築し、徳川千年の盤石を築こうと試みたのも、稀代の謀略家としての冷徹な心底に潜む浮動の泥濘《ぬかるみ》を圧殺せんとするためであったかも知れない。

少なくとも家康にはこの不敵かつ不埒《ふらち》な横着者の首を断つ機会が一度あった。

関ヶ原の戦いである。

家康の東軍は大勝利を収め、昌幸とその次子幸村の西軍は敗れた。しかるに、昌幸はこの天下分け目の一戦に際しても、家康に煮え湯を呑ませたのである。

昌幸の居城――上田城攻略の後、関ヶ原へ出陣せよと命じられた秀忠軍三万八千の尖兵を、彼は巧みに城下へ引き込み、わずか二千五百の手兵でもって大攪乱、攻撃軍への援護も、神川の堰《せき》を切って押し寄せた増水によって阻止。八日間もの足止めは成功したばかりか、ついに関ヶ原への参陣も阻んだのであった。

関ヶ原の西軍への処分が真田に及ぶときを、家康は心待ちにしていた。

「昌幸、幸村、ともに斬首とせよ。さすれば、おぬしに百万石をつかわそう」

昌幸の長男・信之にこう命じたと、『真武内伝《しんぶないでん》』にある。

しかるに、信之は、

「父を売って富み栄えるなど、人倫にもとりまする」

と拒絶、父と弟の赦免を請うた。そして驚くべきことに、彼の請願は受け入れられたのである。

家康にとっては憎きも憎しはずの真田昌幸、幸村父子は死罪を免れ、紀州九度山へと配流の途につく。

誰でも、おかしいと思うであろう。

たとえ、自らの家臣たる敵の長男の嘆願があろうと、憎きも憎し宿敵の罪一等を減じるなど、徳川三百年の礎を築かんとする大策謀家にとって、あり得ない行動だからである。世紀の愚行と言ってもいい。

豊臣家といずれ勝敗を決さずにはいられぬことは、家康のみか庶民にも明らかであったし、この際、生ける真田父子がいかなる行動に出、いかなる結果を徳川家に付きつけるかもまた、明らかなはずである。

家康が百一のこころを持っていたとして、百までは斬首を選ぶだろう。ひとつだけがそれに反対した。そして、家康はそちらを選んだのである。

現実的な問題として、二度の煮え湯を呑まされてはいるが、その実質的損害はさして大きくもない。二度に及ぶ上田城攻防戦における数千名の死者ぐらいである。

それを考慮し、なおかつ忠臣のひとりとなった信之の懇願があったにせよ、救命の処置は甘すぎる。あり得ない。となれば、後々家康が真田父子を殺める必要がない、と考えたかだが、これも策謀家の資質から無理だ。やはり、世俗的な損得勘定を越えた心情――家康自身も気づいていないかも知れない――奇怪なこころが、父子を救ったと考えるべきだろう。

或いは――さらに別の外的要因が？

だが――ここが家康の古狸らしいところだが――彼は配流した真田父子への監視の眼をゆるめようなどとは夢々考えなかった。

監視役は和歌山三十七万四千石の城主・浅野長政《あさのながまさ》、幸長《よしなが》のこれも父子である。

生粋の秀吉子飼いの大名だが、家康とも親しく、時節を見る眼もあって関ヶ原では東軍についた。

それでも秀吉の恩顧を受けたことは忘れず、大坂の秀頼にも臣下の礼は取っている。

「徳川殿からの御下命じゃ。真田殿の監視は厳しく、しかし厳しすぎてはならぬぞ」

長政は伜にこう告げ、伜・幸長もまた、

「心得てござる」

と破顔した。この父子の胸中には、自分たちが戦いたかった戦さを、真田父子が関ヶ原で果たしてくれたという思いが強かった。自然と監視の眼も穏やかなものになって来る。

一方、昌幸・幸村父子も、はためにはひたすら恭順の姿勢をとった。

付き従う家臣は十六名。

池田綱重《いけだつなしげ》、原出羽守《はらでわのかみ》、高梨内記《たかなしないき》、小山田治左衛門《おやまだじざえもん》、青木半左衛門、飯島市之丞、石《いし》井《い》舎人《とねり》、田口久左衛門、窪田作之丞、関口角左衛門、関口忠右衛門、前島作左衛門、三井仁左衛門、河野清右衛門、青柳清庵《あおやぎせいあん》、大瀬儀八《おおせぎはち》。

九度山村の背後には、弘法大師・空海の開山になる真言密教の大聖地・高野山が屹立《きつりつ》する。

雲を払ってそびえる大峰を眼にしたとき、池田長門守《ながとのかみ》綱重は、

「地の果てというが、冥府の大門に来たような気がいたします」

と嘆息した。真田の地も四方は大山脈に閉ざされている。決して見慣れぬ光景ではないし、綱重は真田家の中でも群を抜く猛者である。にもかかわらず、弱音とも思える慨《がい》嘆《たん》を口にした。この大聖山は、はじめて一望した者すべてにかくの如き心滅の思いを抱かせる神秘さ、幽玄さをまとっているのだった。

だが、幸村は、にやりとして、こう応じた。

「高野山といえど山じゃ。山さえあれば、長門よ、わしは京の都とも、内府（家康のこと）の城とももつながっておるぞ」

それから、笑みをさらに深くした顔で、

「おぬし――九度山という地名から、何か思いつかぬか？」

池田綱重が、

「はあ？」

と当惑の反応を示すと、
右の人さし指と中指を立てて、素早く胸前でふった。それはある法則に則った動きであり形であった。

「どうじゃ？」

「どうにも」


「は。申し訳ござりませぬ。それがしには、どうにも」

「九度山じゃ」

「は?」

「ふむ」

　幸村は失望も侮蔑も示さず去り、綱重も下がった。数日後の深夜、宿舎と定められた一心谷・蓮華定院《れんげじょういん》の宿房で眠りについていた綱重は、愕然と上体を起こし、

「まさか、九字を切るの九字」

　とつぶやいたが、勿論、何ひとつ裏づけはなく、当人もじき眠りに落ちた。それきり忘れてしまったのである。

　真田の一行は、蓮華定院に入ってから三度居を移した挙げ句、九度山村に屋敷を建てて定住することになった。

　昌幸と幸村はそれぞれ屋敷を持ち、家臣たちもその周囲に住んだ。目的は主君を守るためであるが、幾人かは守る意味が複数になったことに気づいていたかも知れない。

　それは真田父子が忠臣まごうことなき彼らにすら、上位のもの数名にしか伝えていなかった秘中の秘であった。

　守る。

　主君とその御子の生活を、徳川を含む世の荒波から守り抜く。

そして――

守る。

徳川一団の意を受けた刺客から守り通す。

真田家がふたたび、天下に覇を唱える日まで。

2

後世の説によれば、十四年に亘る配流生活のあいだ、昌幸は失意のうちに身罷《みまか》り、幸村もひたすら徳川へ恭順の日々を送ったとされる。

だからこそ、徳川も気をゆるめ、大坂城からの誘いによる逃亡を許してしまったのである。

確かに昌幸は九度山に果て、幸村が慎ましい生活を嘆いた手紙も残されている。

大名の領地に名のある人物が幽囚された場合は、大名から生活の糧《かて》を送るのが常識とされている。

浅野家は年に五十石の援助を真田父子に送り、上田に残した昌幸の正室・お咲の方や家臣たち、加えて上田藩主となった長男・信之が仕送りを欠かさず、生活に不足はなかった。

衣食住が賄えれば、後は心身の錬磨に人間の存在はかかっている。

昌幸と幸村は、浦野川の清流で泳法を磨き、付近の山を歩いて山菜採りに精を出すと同時に、足腰の鍛錬に努めた。

ただひとつ——昌幸が幸村と家臣団にも固く禁じたものがある。

撃剣の修業であった。

言うまでもなく、監視役の浅野家と、それに遠く連なる徳川家を考慮した結果であった。剣の稽古は、戦いへの怠りなさを意味する。気合いひとつ掛け声ひとつで、

「謀反の意志あり」

と見なされ、ある日、切腹を言い渡されかねない。

「刀槍弓その他の武具はすべて仕舞い込め。拳法・柔《やわら》、手裏剣等の鍛錬も一切まかりならぬ」

代わりに昌幸と幸村は、上田から運んで来た兵書を繙《ひもと》き、囲碁に無聊を慰めた。

特に囲碁は昌幸の十八番であり、

「とても及ばぬゆえ」

と辞退する幸村を
「打ってみなければわからぬ」

と強引に引っ張り出しては、碁石を並べた。

徳川時代以前に三枚の碁譜が現存し、うち一枚が昌幸と信之の対局だというが、敵の手を予測しつつそれを迎え討つ囲碁の勝負は、戦場において大軍を指揮する二人にとって、正《まさ》しく戦さのシミュレーション、否、戦さそのものであった。

最初は嫌がっていた幸村も、五手十手と重ねるうちに眼光爛々として黒白の石に魂を溶融させ、脳細胞は煮えたぎりはじめる。

自分にとって致命的な一手《チェック・メイト》を置いた昌幸に、

「なりませぬ」

と告げる——お待ち下さいではない。もはや恫喝《どうかつ》だ。昌幸は当然、

「戦場《いくさば》で敵が待ったを聞いてくれると思うてか？　ならぬ」

と一蹴する。

それでも、この次子は引き下がらぬ。

「待てと申しておるのではありませぬ。ならぬ、と申しておる。その手を打ってはなりませぬ」

昌幸は温厚篤実な長子・信之よりも、天才的な閃きを見せる幸村の方をむしろ買っていたが、時折り、

——こやつ、おかしいのではないか？

と真剣に案じることがあった。それは九度山でも変わらなかった。

「おまえ、戦さ場でこちらの不利な手を敵が弄して来たら、その前に立って、ならぬ、下がれと喚くつもりか？」

「無論」

「気は確かか、幸村？」

「その石、どうなさるおつもりか、父上？」

「やめぬ。打つ」

幸村は激昂して立ち上がり、昌幸もそれに倣う。

昌幸にしてみれば、成り行きとはいえ、碁盤を引っくり返してお終いかと考えた。ところが、狂気が憑いたとしか思えぬ次子は、

「左様か」

あっさりうなずいて、また坐りこんでしまった。

拍子抜けした昌幸が、

「これでやめじゃ」

と座を立ち、しばらくして戻ると、

「参りましてございます」

幸村は深々と平伏して
「もうよい」

昌幸が溜息をつくと、

「はっ」

そそくさと立ち上がり、さっさと部屋を出て行ってしまった。

昨日今日はじまったことではない。

不意の激昂と不論理極まりない言動、そして突然の平穏。物ごころついたときからこれだ。

何事もなかったかのように平然と歩み去る息子の背中を見送りながら、

「彼奴、戦場でああなったら、どうするつもりじゃ？　敵が相すまぬと詫びて兵を引くと思うか？　誰も待ってなどくれぬぞ」

呆然とつぶやくしかない昌幸であった。


慶長六年（一六〇一）、幸村に長男・大助が生まれた。

正室・お竹の方も殊《こと》のほか喜び、

「これで、真田の血筋は安泰でございます」

赤子ながら、精悍の相さえ湛えた息子を惚れ惚れと眺めた。お竹は猛将・大谷吉継の娘である。大助はその父の面影も宿していた。

幸村は上田から二人の娘も同行させていた。次女・お市と三女・お梅である。長女・

お末《すえ》は家臣・堀田作兵衛《ほったさくべえ》の養女に出ていたため上田に留まった。

九度山へ来てから、大助の他にもう一人の男子と三人の女子が生まれた。次男・大八《だいはち》と菖蒲《しょうぶ》、おかね。もうひとりの娘の名は伝わっていない。

このうち、大八とお市は早くに病死、お梅は滝川三九郎の下に引き取られ、後に伊達家の片倉小十郎の妻となるが、問題は長男・大助であった。

後世、最後まで父とともに奮戦、大坂の陣に散った健気なる少年武将と伝えられるこの若者は、父母の喜びとは裏腹に幼年時から奇態な行状で、周囲を驚かせた。

五歳の頃——と言うから慶長十一年（一六〇六）のことであろう。晩春の昼近く、お竹の方の居室から、寂しい泣き声が幸村の屋敷を蹂躙した。お竹と乳母がおっとり刀で駆けつけると、部屋の真ん中に坐りこんだお梅が泣きじゃくり、そこから庭へ一メートルほどのところで、ヤマカガシが不気味に蛇体をくねらせていた。胴には頭がなく、血まみれのそれは胴から少し離れた床の上で息を止めていたが、二人に遅れて駆けつけた下男の眼を見張らせたのは、頭のすぐ横に停車中の小さな——縦横五寸、幅も同じくらいの小さな車輛《しゃりょう》であった。左右に小さな車輪が二つくっついている。

お梅を乳母に渡したまま、お竹の方が手を出しかねていると、下男が勇を奮ってオモチャのようなそれを取り上げ、しげしげと眺めてから、上の覆いを取って、またしげしげと内部《なか》を覗きこみ、

「何とまあ。大助さまはかような品《もの》をお作りになっていらしたとは。どのような頭を持っていらっしゃるのか。見てごらんなさいまし、奥方さま」

と恭《うやうや》しくお竹の方に手渡した。

木の車輪がついた車は、こちらも木製で、下男が上蓋を開いたおかげで、狭い内部《なか》が完全に見渡せた。

「外のここに小さなネジがついております。これを目一杯廻すと、内側——ここの薄い発条《ばね》がたわみ、この歯車を動かします。ここ——三つ目の歯車は、この楊枝《ようじ》みたいな棒で車輪《くるま》を動かして、前へ進めます。そして、何かにぶつかると——」

下男は怯え切った眼差しを、小さな車輛——車箱に注いだ。箱の側面から細長い板切れが一方的に反り返り、その先の細い切り込みに嵌めこまれた短く薄い刃に、全員の眼が吸いついた。小柄の刃を研ぎ澄ましたらしい約二十センチほどのそれは、どちらも血にまみれていた。

「これが蛇の首を落としたと言うのかえ？」

晴天に降る冷雨のようなお竹の方の声であった。

「へえ。邪魔ものにぶつかった途端に、その力でここの発条《ばね》が外れて、ばっさり」

「おまえ、随分と詳しいようだね？」

乳母が、なおも泣きじゃくるお梅をなだめながら、固い声で聞いた。

「へえ。蛇じゃございませんが、蛇の頭よりずっとでかい蜜柑を真っぷたつにするところを見せていただきました」

お竹の方が不安に満ちた表情で、

「これを大助が作ったとお言いかえ?」

「へえ」

ようやくヤマカガシの首ひとつでは収まりそうにない気配を感じ取って、下男は口ごもった。

「その蜜柑を切ったというのは、いつのことじゃ?」

「……」

「申せ」

乳母が歯を剝いた。

「へえ。二年も前。三つの頃でございます」


すぐに当人が呼ばれ、丁度、山歩きから戻って来た幸村も加わった。奇妙な審問の座が設けられた。下男と乳母は同席を許されなかった。

いかにも利発、という感じの色白の少年は、お竹の方の問いに、

「はい。お梅姉さまがいつぞや、母上の部屋に蛇がいるのを見た、それが自分に向かっ

て来た。あの不気味に持たげた頭、口の先からちろちろと吐き出される赤い舌、左右にくねくねとうねりながら自分に近づいて来る怪異な胴。咬みつかれでもしたら死んでしまう、とお泣きになるので、万が一の用心にとこしらえたものでございます」

自分の戦果を誇るような笑みを投げかけながら、

「蛇を見たら、このネジを一度巻いて、そちらへ放りなされ。さすれば車は勝手に蛇へと向かい、姉上が指一本動かすことなく、その首を落とすであろう、と申し上げました」

「そのとおりになった」

と父――幸村がうなずいた。興味津々たる顔である。

「これの十倍、いや五十倍のものを百台も作れば――大助、これの作り方、誰ぞより習ったのか？」

「とんでもございませぬ。大助がこの頭の中で図面を引き、この手でこしらえました」

「――何かが憑いたか？」

お竹の方が、ひいっと息を引いて幸村の問いに答えた。

「とんでもございませぬ。大助にはからくり作りの血が流れているのでございます」

母の叫びに、希有な武将の後継ぎは晴れ晴れと、誇らしげに胸を張って見せた。

3

「からくり？」

幸村には初耳であった。驚きの表情になる。それを見たお竹の方は、はっと我に返った。というより、致命的なミスに気づいた。

「いえ。何でもございませぬ」

と否定したが、この夫にそのような返事が通用しないことは、誰よりも知っている。言い訳を模索しているうちに、

「申せ」

変わらぬ幸村の声に、恫喝の響きが加わった。お竹は諦めた。途端に腹がすわった。

「これは母から聞いた話でございます。まだ、誰にも話したことがございません。夫《つま》さまも他所のお人にお話しにならぬよう願います」

「よい」

幸村の返事は短い。もともと余計なことは口にせぬ男だ。秘密主義なのではなく、そういう性格なのだろう。彼に比べると兄の信之、父の昌幸は遥かに饒舌《じょうぜつ》である。

上田時代、この父と兄がひと晩中、古い軍略について侃々諤々《かんかんがくがく》とやらかし、側にいる

幸村も離してもらえず閉口した、と記録にある。結局、昌幸が疲れて眠り込んでしまうまで議論はつづき、それは翌日の夕暮れどきであったという。

お竹の方の話とは祖母に関するものであった。

彼女の祖母は和《かず》と言い、肥前の山中にある神社の禰宜《ねぎ》の娘だったが、なぜか二十歳を五つも越すまで、持ち込まれる縁談すべてに首を横にふりつづけた。

呆れた両親が、親の権限で無理矢理嫁がせようとすると、

――承知いたしました。でも、あちら様が和でいいと申されますかどうか、一度話し合ってみましょう。

こう言って、自ら相手の家へ乗り込む。話し合いとやらが半刻（一時間）の四半分――十五分と続いたことはなかったという。

「私は祖母に会うたことはございませんが、母の言によれば、祖母を求める相手はみな祖母の示した何かに驚いて、縁談はすべてご破算になったと申します」

「それは何じゃ？」

と幸村は訊いた。興味津々たる表情である。九度山幽閉から六年。折り返し地点にも達していないせいか、まだ矍鑠《かくしゃく》としている。

「からくりでございます」

「ほお。そなた所持しておるか？」

「いえ。ですが、見たことはございます」

「それは何処にある？」

「いえ」

いつもながらの早過ぎる畳み掛けに、お竹の方は苦笑せざるを得ない。この御方と会話する相手は、怒りを常に腹中に収めているのではないか。

「幼い頃、母の下で。それは小さな人形でございました」

「人形？」

「はい。縦一尺。横と幅が五寸ほどの桐の箱に入っておりました」

「どのような人形じゃ？」

「頭には冠、手に弓を、背中に矢筒を負い、紅掛花色《べにかけはないろ》の褐衣《かちえ》をまとった古《いにし》えの武者でございました」

紅掛花色とは、花色の下染《したぞめ》に紅を染め重ねた色で、明るい青紫をさす。褐衣は肩のところで袖と身が縫い合わされ、これに冠《かむり》、括袴《くくりばかま》、藁脛巾《いちびはばき》に藁履《わらぐつ》をつければ、平安時代の下級武官の正装となる。しかし、わざわざ人形に仕立てるような素材《モデル》とは言えない。

「ふむ、冠の後ろには何かついておったか？」

「そう言えば、紐のようなものが楕円のように曲がって、冠よりも高く」

幸村は視線をやや上に移し、少しのあいだ考えこんでいたが、じきに、

「芸が細かいの。それは細纓《ほそえい》というて冠の飾りじゃ。で、その人形がひとりでに歩いたのか？」

お竹の方は目を剝いて夫を見た。

「なぜ左様なことを？」

「人が人形を見て驚くならば、それしかあるまい。後は天を駆けるか、海に潜るかだが、夫たらんとする男の家で、それは無理であろう」

そりゃ当然でございます、と思ったが、お竹の方は何も言わず、

「ですが、それは伺った話の中のことでございます。私が見た人形は、あちこちが傷つき、褐衣の糸もほぐれて、ぴくりとも動きませんでした」

それが、祖母を求める男の方へひとりでに動き出したのみか、弓に矢をつがえ、ひょうと放ったという。

「どんな相手にもか？」

「いえ。祖母に不埒な真似を仕掛けた相手にのみ、と聞きました」

その相手とやらは天照大神を祀《まつ》る神社の神主の倅であったというが、祖母が婚姻の中止について訴えている最中にとびかかって、関係を結ぼうとした。

剝きだしの乳房を吸い、太腿の間に手を差し入れて、秘所の濡れ具合を確かめようとしたとき、

――待て

と声がかかった。

ふり向いて、部屋の真ん中に仁王立ちになった褐衣の若者を見た不埒者の驚きは、いかばかりであったか。

祖母の上にまたがったまま凍りついた彼の鼻を、風を切って飛来した矢が貫いた。のみならず射《う》ち剝がした。

そして、血まみれの不埒者の前で、褐衣の武者はみるみる青い鬼に姿を変え、不埒者はその場に昏倒《こんとう》してしまった。

幸村は腕組みをしてから訊いた。

「和殿は、どうして左様な品を所持していらしたのじゃ?」

「祖母が契りを結んだ方から頂戴した品だと、母は言うておりました」

「それで二十五まで」

と幸村は感慨深げに言った。

「和殿も奇妙な相手に惚れたものじゃな。竹、他に母上から頂戴した品はないのか?」

「それだけでございます。祖母も、その方から頂戴した品で、残っているのはそれだけと申しておりましたようでございます」

「その品、大谷殿は知っておるのか？」

「いえ。母も子孫に伝える以外は他言無用と、固く言い渡されたと申しておりました」

「ふむ、異形の契りか。そのような奇態なからくりを作り操る血が、そなたから大助に伝えられたというわけか」

そして、もしや自分は大助の生死に関わる大失態をしでかしたのでは、とお竹の方は血も凍るような思いで見つめる中、幸村はその車を凝視していたが、すぐに家人を呼びつけ、

「才蔵をこれへ」

と命じた。

何やら密命を受けた霧隠才蔵が、道に散り敷きまかれた梅の花びらを踏みつつ、何処《いずこ》へか旅立ったのは、翌日の昼下がりであった。


それから五年後――慶長十六年のこれも春、佐助は幸村の隠宅から東へ一キロばかりのところを流れる浦野川で根津甚八と釣り糸を垂れていた。

左右には奇石巨岩が品評会のように立ち並び、その間を縫って木立ちが枝を伸ばしている。九度山の春は陽炎《かげろう》が立つほど暖かく、枝は緑の葉を自由気儘《きまま》に広げている。

下方三メートルほどのところに清流の水と音とを聞く岩の上に、二人は並んで腰を下

ろしていた。

かたわらのびくには十匹近い鯉が、激しく尾をふって脱出に努めていた。

「ほい、また釣れた」

佐助が竿を引くと、二十センチを越す鯉が、木洩れ陽に銀鱗《ぎんりん》をきらめかせつつ宙に舞った。

「敵《かな》わぬなあ」

と甚八は、細い眼で年少の朋輩を見つめて溜め息をついた。

「それでおまえは十匹、おれはまだ一匹こっきりだ。これでは殿に申し訳が立たぬ」

「んなこと、あの殿様が気にするもんか」

空中で跳ね廻る鯉を器用に針から外し、びくへ放りこんで、佐助は嘲笑した。

遥かに年下の子供にやられたから、甚八はさすがにムッとしたが、相手が悪い。唇を歪めただけで沈黙した。これは他の連中も同じで、佐助をとっちめられる相手となれば、霧隠才蔵しかいない。それでいて、並んで魚釣りに没頭する甚八を見てもわかるとおり、佐助を嫌ったり憎んだりする者はひとりもいないのだから、この若者は得な性格——というより、天与の徳みたいなものがあるらしい。

「おい甚八、手を出せ」

「ん?」

訝りながらも、先に佐助が竿を左手にまかせて、目一杯広げた右の掌《たなごころ》を空に出すものだから、甚八も左手を持ち上げた。それにぴたりと掌を重ね、

「ほとんど同じだ。おれたちが殿様と比べても、あまり変わりゃあしねえ。けど、あの方の掌は、おれたちなんか比べものにならねえほど大きくて深いんだ。力比べでも組もうもんなら、力を入れた瞬間、呑みこまれてしまう。おれは出会い頭にそれがわかった。だから、こんなど田舎で、地道にお仕えしているのさ。もっとも、地道でも地味とは言えねえがな」

「全くだ」

甚八の目が別人のような凄い光を帯びた。それでも、手にした竿は穏やかに、ゆっくりと上下して、清流の魚を捜している。

「家康の古狸め、よくも飽きもせずに、忍びを送りこんで来るもんだ。そして――」

にやりと笑って、つくづく呆れたように、

「――おまえもよくひとり残らず。もう何人になる？」

「百人は越えてる。なんせ、春夏秋冬を問わずだからな。あの爺い、よっぽど暇なんだな」

「しかし、それだけ放った忍びがひとりも帰らないとなれば、昌幸様と幸村様のことを怪しんでしかるべきだ。それが何の音沙汰もないとは――奴め、何を企んでおるのか」

「なーんも」

「なに？」

「いや、おれの推測だがよ、狸爺いにとって、殿様は眼の上の瘤《こぶ》なんだろ？」

「おお、二度に亘る上田戦役、関ヶ原とさんざん煮え湯を呑まされておるからの。しかも、どのような手を使われたのか、昌幸様はご嫡男の信之様を、東軍に加わらせておる」

「怨み骨髄の相手が、自分の手の中に入った。誰でも嬲《なぶ》り殺しにするか、或いは千歩譲って、こいつは役に立つと新しい手足にするか――だが、狸親父の胸中を察すれば、おれは前の方を取る」

「おれもだ」

甚八は興味津々たる顔つきになって来た。昌幸、幸村父子の家来にとって、それは最大の謎であるからだ。佐助は小首を傾げた。

「ところが爺いめ、九度山幽閉なんてまどろっこしい手を使いやがって、そのくせ、忍びだの間者《かんじゃ》だのはしょっ中送りこんでくる。殿様を殺すつもりかと返り討ちにして来たが、どうも様子が違う。あれはただの探り間者だ。こんなまどろっこしい幽閉が世にあるか。間者どもの件を殿様にお知らせしても、良きにはからえとこっちへ投げっ放しだし」

「ふむ。それについては、おれも望月と筧に尋ねてみたが、はかばかしい返事は返って来なかった」

「あいつら、とぼけてるんだろ。男女衒《ぜげん》どもが」

佐助は侮蔑を言葉に乗せて吐いた。男女衒とはもちろん、筧十蔵と望月六郎が、日本中を廻って、対徳川戦用の特殊技能兵士を求めていた仕事をさす。佐助自身も、小佐助と霧隠才蔵の手で忍びに育て上げられた人間だが、どうやらスカウトに対しては、愛憎半ば――憎しみの方が勝っているらしい。

「おれの見たところ、そうではない。彼らにも真実は闇の中なのだ――くそ、また」

糸と針だけが空しく宙に舞った。

「それではみなに面目が立たねえな。ほれ」

佐助はびくから一匹取り出し、甚八の腿の上に投げた。甚八は勢いよく跳ね廻るその首もとを指で押さえた。

鯉が、ぎゅう、と鳴いた。

「面白え声を出すな。こっちはどうだ?」

もう一匹取り出して、佐助も同じように、ぎゅうと鳴かせた。

「はは、面白れえ面白れえ。ほら、ぎゅう～」

鯉はそのとおりに鳴いた。

甚八の耳にはこう聞こえた。

――ここだけの話だが、殿様は何かしら切り札をお持ちだ。

甚八はなお暴れ廻る魚を扱いかねたように、鰓《えら》のあたりを押さえた。

きゅきゅ
――同感だ。しかし、考えてみるとそれは大変なことだぞ。最早、天下一といっていい徳川家康に、こちらの言い分だけを呑ませて、向こうに指一本触れさせぬ幽閉者。一体、その切り札とは何なのだ？

「あーあ」

と佐助は伸びをして、鯉をいじくった。

――わかんね。多分、知ってるのは殿様だけで、大殿様も知らぬが仏じゃあねえのかな？

――幸村様とは一体、何者じゃ？

彼は佐助の返事を期待していた。返って来なかった。佐助を見た。

若々しい呑気な顔が、別人のように凄惨な表情を浮かべていた。甚八の耳の奥で、川の音が遠くなり、ある声だけが木魂《こだま》のごとく鳴り響いた。

――ひとつだけ、思い当たることがある。甚八、おまえにも関係があるぞ。

「何だ、それは？」

思わず声が出た。次の瞬間、わかった。鯉が叫んだ。

――あの糸か？

――そうだ。おまえが出雲の阿国の一座から持ち出して来たあれだ。おれは一度、幸村様にご覧に入れたことがある。あんな眼つきで見られたのは初めてだ。奉公先を間違えたかと思ったぞ。

――あの糸なら、おれも阿国一座にいたときから怪しいものと思っていた。自在に操れるのは阿国だけ。そこにおれが加わったので、大層喜ばれた。ずっと居すわっていられたのも、そのせいだろう。

「ありゃあ、この世のもんじゃねえ」

佐助は少年とも思えない大人びた声で言った。

「おれだって使いこなすまで、何度か指を落としかけた。阿国が平気だってのは、多分、あれをこしらえた者《もん》の一族だったからじゃねえのか」

甚八はじっと考えこんだ。またか、と佐助は思った。この話になると、こいつはいつもこうだ。思い当たる節があるのかねえのか、さっぱりわからねえ。本当に心当たりがねえのかも知らねえが。結局、だんまりを決めこんで終わってしまうんだ。

だが、今日は違った。

「――前から思っていたんだがな、佐助」

と来た。

「お、おお」

「おまえの言う通り、阿国があんな品を操る一族の血を引いているとしたら、このおれも危ない。阿国からあの糸をはじめて見せられたとき、平気で芸にしちまったんだ」

「芸にした？」

佐助は薄気味悪そうな眼で、隣りの仲間を見つめた。

「ああ。こうやってな」

甚八が野良着の懐から光るものを取り出した。それは細い銀色の糸を束ねたもので、真ん中でまとめているのも同じ糸であった。

どうやってその端を見つけたのかはわからない。

彼が手の中で束を動かすと、先の方からひとすじの糸が、うねくり出て、そのまま岩を伝わり、足下の流れに吸いこまれた。

このとき、佐助は対岸の五メートルも先にある小道に眼をやっていたが、

「また悪ふざけか、よせよ」

甚八を横眼でにらみつけた。

川に沿って走る道の上を、このとき西から東へ、農家の夫婦らしい、籠を背負った男女が通りかかったのである。

どちらも若い。殊に女の方は農家の出とは思えぬ美形で、真っ昼間でも付き添いがいなければ男なら餓狼になりそうな肉体が、着物の下でゆれていた。

はじめて見る顔だが、どちらも真田家のことは知っているらしく、こちらを向いて深々とお辞儀をして見せた。

「よお」

佐助も甚八も片手を上げた。

笑顔で十歩ほど進んだとき、女が立ち止まった。

先に行きかけた男が気づいて振り返った。

女の顔に貼りついたのは、恍惚の表情であった。

「タカ――どうした？」

男の声に、切迫した風はない。判断がつかないのだ。

「おい――どうした!!」

その声に恐怖が混じったのは、女がその場に蹲《うずくま》ったときである。

「おい」

佐助が甚八に眼を剝いて威嚇した。

「どこか痛むのか？」

おろおろと気遣う男の首に、白い生腕が巻きついた。

「抱いて」

と女は喘いだ。息は炎のようである。

「タカ、おめえ——しっかりせえ」

男は腕を廻して引き剝がそうとしたが、女は信じられないほどの力を込めて、男を道の上にねじ伏せた。

「タカ——どうした？　何すっだ？」

「抱いておくれ、抱いておくれ」

「き、急にどうしただ？　川の向こうで人が見てるぞ」

「見たけりゃ見りゃいいべ。虫が入っただ。角《つの》とくちばしで、おらのあそこを突きまくってるだ」

「莫迦こくでねえ。いま取ってやる」

「あ、ああ」

「だけど——恒《つね》にゃ内緒だぞ。いいな？」

「ああ、何でもいいから、早く」

女——タカの声はすすり泣いていた。虫はよほど巧みに秘所に食らいつき、奇怪な責めを与えているらしかった。

そして、男は——タカの夫ではない男は、毛穴という毛穴から脂肪と色情を吐き出しながら、タカの着物の裾を割り——そこで気がついた。

「こら、タカ。いかん。川の向こうから見てる。あっちさ行くべ」

と道の先を指さし、女を抱き起こした。こういうことになると、多少の奇怪さなど消しとんでしまうのが男というものだ。意外な返事が返ってきた。

「やだ。ここで抱いておくれ」

「お、おめえ」

「誰が見てようと構わねえ、早く、早く来ておくれ」

女の手は夫以外の男の股間にのびていた。

気遅れしながらも、男は我を忘れようと努めた。他人の女房との密通は、村八分では済まない罪だ。しかも、男には女房も子供もいた。

にもかかわらず、土と小石の上に横たわる人妻の女体は、恐怖を忘れさせるに足る欲望の対象であった。

女がまた意外な言葉を口にした。

「裸にしてくれ。そして、後ろから来ておくれ」

「ほ、本気か、タカ？　人が——人が見てるぞ」

「見られた方がええ。その方が燃える」

「タカ」

男は獣になった。

道に影を落とす木立ちはなかった。一糸まとわぬ裸身は欲情に白く溶けた。

「八助《やすけ》——見ろ」

タカは自分の手で乳房を取り上げ、顔の方に近づけた。村いちばんの豊乳は、男たちの何人かが味を知っていると噂されている。

「ほおれ、八助」

タカは右の乳房を八助の方へ向け、左の乳首を舐めた。

大胆淫らな行為に吸いこまれるように、八助はタカの胸に顔を入れ、差し出された乳房を口腔いっぱいに頬張った。たっぷりと唾で汚してから、

「そんなにおれが欲しかったのか、タカよ？」

と訊いてから、ふくらみに舌を這わせはじめた。

タカの顔に怒りが溢れた。

「誰がおめえなんかを。おらには亭主がいる。おめえとしてえと思ったことなんざ一度もねえ。今だってそうだ」

「なんだ？　ならどうして？」

「急に、したくなった。そばにおめえがいた。それだけのこった。ああ、早く、早く舐めんのなんかよしにして突いとくれ。あん中がもう熱いおつゆで爛《ただ》れてるよ」

「この女《あま》、好き放題言いやがって。よおし、二度と亭主に抱かれる気にならねえくれえ、突きまくってやらあ」

タカは後ろ向きになった。

八助が指を入れてきた。

「あ、ああ」

タカは尻をふった。人妻の肉の脂肪《あぶら》に陽光が妖しくきらめいた。

「これでおれが嫌えだ？　ふざけるな。どうだ、タカ、どうだ？」

肉と肉とがぶつかる音は、濡れていた。よろこびに、タカは高い声を上げて、地面を掻き毟った。

「いい加減にしろ」

ついに佐助は竿を置いて立ち上がった。

「わかった」

甚八は糸の束を懐に仕舞った。

「あっ‼」

とタカが呻いたのはこのときだ。

「――何すっだ⁉」

いきなり腰をひねった。

八助がのけぞった。両手でおさえたものは、濡れた先端から根元まで、見事に縦に裂けていた。屈強な身体と血液と絶叫が路上をのたうち廻った。

「人の女房に何すっだ？　只で済むと思うなよ」

タカは着物をひっ摑み、川向こうの二人へ眼をやった。

揃ってそっぽを向いた。

女は八助をにらみつけると、衣装を抱いて走り去った。

とどまることを知らぬ男の悲鳴に、佐助はうんざりしたように、甚八の尻を蹴った。

「見ろ、おまえが面白半分に悪ふざけをするからだ」

「おれの糸はいい女を歓ばせ、悪い男は二つにする。天罰だ」

川向こうの淫事と悲劇が、ひとすじの糸のしわざだと、誰が想像しただろう。

甚八は懐からこぼれていた糸をつまみ上げ、しげしげと眺めた。

「確かに、幸村様の不可思議さに匹敵するのは、これだけだ。しかし、この二つを結びつけるのは、かなりの難事だぞ、佐助よ」

「そうかい」

佐助は少年のものとは見えぬ不敵な笑みを見せた。

4

「おまえ——何か知っておるのか？」

甚八が不審と期待の眼を向けたとき、佐助は別の——タカが姿を消した道の奥を見て、

「やれやれ」

とうんざりしたように言った。

理由はすぐにわかった。

墨染めの袈裟をまとった僧形《そうぎょう》の大男が、それこそ歩く大仏のごとく重たい足取りで、のっしのっしとやって来たのである。右手にぶら下げているのは、三十貫（約百十キロ）はあると言われる鉄の棒だ。先に行くに従って太くなるすりこぎタイプだから、バランスは悪いが、いったん当たれば破壊力は想像を絶する。殊にこの男が持ったらどうなるか、甚八も佐助も十分すぎるほど知っている。

大男は川をはさんで二人と正面から対峙するや、鉄棒を地面に打ちこむように突き立て、

「やい、そこの二人」

と声をかけた。それが完全に敵対者の声であったから、甚八と佐助は顔を見合わせた。

大男は彼らの仲間であったからだ。足下には男根を切断された農夫——八助が蠢《うごめ》いている。

「拙僧はいま、この道の先で裸の農婦と出会い、おまえたちの非道を訴えられた。その結果、わが足下で惨苦《さんく》に身悶えるこの男は、おまえたちの犠牲者と判明。それを償わせるべくこのわし——三好清海入道がやって来た」

「なぜ、いちいちおれたちに姓名を名乗るかな」

と甚八が鬱陶しそうに眼をしばたたかせ、

「おれたちのせいだと、どうやって判断した」

と佐助もそっぽを向いたが、清海は委細構わず、

「根津甚八、猿飛佐助——両名、女とこの男に詫び、その方らの主君に相応の償い金を支払うよう交渉せい」

「主君は同じだろうが、トンチキめ」

「女にすがりつかれるとすぐこれだ。ご主君のことも仲間の顔も忘れちまう」

「今度《こたび》は裸であったからな」

「全くだ」

こう言って、佐助は、川向こうで胸を張る大男に、

「おまえの報酬は何だ？　あの女を何回抱かせてもらう？」

「一回だ」

堂々と答えてから、

「莫迦者、何を言わせるのだ?」

と顔中を口にして喚いた。

「罪のねえ野郎だ」

佐助は苦笑し、

「根は善人だな」

と甚八も認めた。

「野郎、威張《いば》るのはいいが、どうやって川の幅を埋める気だ?」

佐助の問いに、甚八が、

「油断するな。この頃、鉄棒を使っておかしな技を——」

言った途端、

「えーい、口をつぐんでやり過ごすつもりか、この性悪ども。許さぬ。南無《なむ》天魔退散」

首から垂らしたばかでかい数珠《じゅず》を摑んで拝むや、さあと後方へ退《しりぞ》き、鉄の棒を頭上でぶん廻しはじめた。

「おい——本気だぜ」

甚八の声が合図のようであった。

ぶうんぶうんと風切る鉄棒を、現代ならヘリのローターのごとく回転させつつ、清海は川べりへとダッシュしたのである。

「莫迦、落ちるぞ！」

道から水面までは三メートルだが、深さも同じくらいある。三十貫の鉄棒を担いだ男がどうなるか、火を見るより明らかだ。ちなみに川幅は十メートルを越す。

だが、清海は道の切れる寸前で地を蹴った。

「わわ!?」

「落ちねえ!?」

二人が呆然と立ち尽くしたのも当然だ。ヘリのローターと言ったが、正《まさ》しくそのとおり、頭上でふり廻す鉄の棒は自身も四十貫を越す巨体を、愛らしい鳩のごとく飛翔させ、今まで二人が腰を下ろしていた石の上に、とん、と立たせたのである。川の流れはその背後になった。

「新しい技を開発しよったか!?」

と甚八が眼を丸くした。

「こら、凄え」

佐助も感嘆を隠さない。

「おまえたちは――」

と清海はひと息ついて言った。

「このわしを、ただの怪力の大男としか評価しておらん。それに対する純粋な怒りが、わしをしてかような技を会得《えとく》させたのだ。覚悟せい」

「おい」

「やめろ！」

二人の制止を、風が薙《な》ぐ怒号が四散させた。

左右に跳躍した身体は、着地と同時に激しくよろめいた。鉄棒が地面を打った衝撃のせいである。常人なら撥ねとばされているところだ。

うぬ、躱したか、許さんとまたもふり上げ、ふり下ろした速度も信じられぬ神速ぶりであった。

正に間一髪で、頭上をかすめた風圧から身を屈めて逃がれた甚八を尻目に、三撃目は跳躍した巨体と一体化して、これも跳躍して逃れた佐助を襲った。

着地した若者の頭上へふり下ろされた鉄塊の凶々《まがまが》しさよ。だが、それは佐助の頭上数センチのところで、ぴん、と撥ね返された。

「おおっ!?」

と跳び下がって清海入道、何もない空間をにらみつけてから、もう一度、鉄棒をふりかぶったが、すでに佐助の姿はない。

「おのれ――またも。何処に隠れた？」

ぎりぎりと食いしばった歯の間から絞り出した声を聞くと、しょっ中やられているようだ。

その頭上から佐助の声が降ってきた。

「ははははは、清海よ。何度やっても同じ手にかかるな。しかし、今度《こたび》は別の術にかかったようだ」

「黙れ！」

巨体が風を巻いて来るや、右方にそびえる松の巨木に鉄棒激突。何とひと抱えもある幹が半ばまで裂けて、めりめりと倒れて来た。

その頂きあたりの枝から、黒いものがすぐ隣りの木に飛び移るや、

「空を飛び、この怪力――うーむ、清海よ。正気に戻れ」

「うるさい！」

聞く耳持たずと突進し、しかし、今度は身体が弾き返された。新しい幹のすぐ前に、眼に見えぬ縄張りがあるかのような奇妙な現象であった。

棒が躍った。それも跳ね上がって清海はよろめいた。

とととと、と後ろ向きに走ってもバランスは保てず、ついに倒れた――と思いきや、またも幻の縄張りの成果か、びいんと弾き返され、見事に直立してしまった。

「眼がいつもより赤い。汗も激しく噴き出し過ぎだ。呼吸もずっと荒い――清海、一服盛られたな」

「な、何をぬかす?」

「そいつじゃあるまい」

言い方は、むしろのんびりとしていたが、川向こうで呻き疲れていた農夫の身体が、斬られたみたいに撥ね上がり、動かなくなった。

失神したのである
「佐助!?」

咎《とが》めるように叫んだのは、二人から二十メートルも離れたところにいる根津甚八であった。

「刺激を与えただけだ。甚八、清海を見てろ」

樹上で若い声が喚くや、気配がひとつ、空中に躍って消えた。

「さて――清海よ」

甚八はとまどったような視線を、移動しては不可視の縄張りに弾き返されている大入道に当てた。

「どうやってそこを出る?　みなが知りたがっているんだ。今度こそ脱《ぬ》けて見せてくれ」

「出せえ」

ついに清海が叫んだ。鉄棒をふり廻し、叩きつけ、呪縛を解こうとするが、見えざる縄は真っ向勝負を避けて柔らかく剛力の一撃を受け止め、そっと押し返す方を選んだらしかった。

「出せえ、猿飛、ここから出せえ」

ついに清海はその場へへたりこんだ。鉄棒をふり廻しての飛翔術も、肝心の棒を動かすことができない以上、本領を発揮すべくもない。

「やっぱり、いかんか」

甚八が残念そうにつぶやいた。


白い光の下を行く足取りは、誰が見ても酔いどれだ。

だから眼の前に飛燕《ひえん》のような人影が舞い下り、野性味たっぷりの若者に化けて立ち上がったときも、足は止まらなかった。

タカの豊満な肢体を頭のてっぺんから爪の先まで二度も見上げ見下ろして、

「百姓の女房にしとくのは勿体ない」

と猿飛佐助はしみじみと口にした。

「これでもういっぺん裸に剝けば、清海どころかおれだって危ない。だけど、この歩き方――術にかけられたな。そして、おまえは通りかかった清海を誘惑し、さらに、おまえをこうした奴が隙を見て清海にも術をかけ――ほお、そこか」

のんびりした声が空気に紛れぬうちに、びゅっと風を切る音がして、右方の松の幹に短い武器――鏢が食いこんだのである。

幹の後方から跳ね飛んだ影が、森の奥へと走った。

「うぉっ!?」

驚愕の瞬間には息だけを吐くよう訓練されていた影が声まで上げたのは、次の一歩を踏み出す位置に鏢が命中したためだ。

制動をかけずに右へと跳んだのは、見事としかいいようのない体術であった。肉がしなり、骨がきしむ。

激痛が終わらぬうちに、

「おーい」

頭上から若い男の声が降って来た。

陽光を思わせる響きであった。

あまりの屈託のなさに、影は一瞬、安堵してしまった程である。

「狸爺いの忍びか?――おれは真田幸村様配下の忍び、猿飛佐助。他にも何人かいるぞ。ここまで入って来るとはいい度胸だ」

影は必死で声の出所《でどころ》を捜した。こちらの位置は知られている以上、一刹那一刹那が死の瞬間だった。

「しかし、これまでは監視がせいぜいだった。村の者にはちょっかいを出しても、幸村様にもおれたちにも手は出さなかったのに、今度は別か。家康のところで何が起こったんだ?」

影の頭上の一点に気配が生じた。

——罠か?

と思いつつ、影の手から飛んだ手裏剣は、一瞬の間に気配を貫いて、同時に影も地を蹴った。

突如、影は空中で短く呻いた。

午後の光に深紅の霧が舞った。

影は草の中で右の膝を見た。きれいに裂けている。手練《てだ》れの板前が切った鮪《まぐろ》のような切り口であった。

——どんな刀でも無理だ。この切り口——美しすぎる。

素早く血止めをし、影は負傷させた品《もの》を求めて双眸を移動させた。

空中に何かがあるのはわかっていた。

だが、いくら目を凝らしても、蜘蛛の糸ほどのきらめきも届かない。

「名は何てんだ？」

佐助の声は楽しそうに響いた。

返事はない。

「断っとくが、この辺一帯——いいや、九度山と呼ばれる土地にゃあ丸ごと〈猿飛の枝〉が張ってある。おれは、隠りの里からここへ送られたが、到着するのがひと月も遅れた。それは、九度山一帯におれが渡るための枝を張り巡らせておいたからよ。幸村様の土地へ入った徳川の忍びは、誰ひとり生かしちゃあ帰さねえ。おまえも運が悪かったな」

天上からも地下からも右からも左からも聞こえる声を、影は無視することに決めていた。

「さあ——どうする？」

佐助の声は笑い、次の瞬間、あっ!?　と驚きに変わった。

影の地点が白煙に包まれたのだ。

「ちい、目くらましか」

煙玉である。しかし、

「おいおい、無駄だぜ」

佐助の呼びかけに、またも低い苦鳴が重なった。

「言わんこっちゃねえ。腕が落ちたか、足が飛んだか」

声が姿を取ったのは、佐助の顔の右斜め後方――十メートルほどの草むらであった。にやにや笑いを浮かべて白煙の方へ近づく。その胸に、びしっと音を立てて十字手裏剣が打ちこまれた。

「こっ――これは、やる!?」

彼はその場に倒れ伏した。

みるみる薄れていく白煙の中から、平凡な農婦姿の人影が現れた。ひと目で誰もが息を呑みそうな美貌――女であった。右の腿に固く布を巻いているが、半ば切断された左の肘はそのままだ。

女は佐助を見下ろして笑い、懐から手拭いを取り出して器用に左腕のつけ根に巻いた。地面を叩いていた血の帯が消えた。

「その場凌《しの》ぎだ」

倒れた佐助が上体を起こした。

「早いとこ、まともな手当てをしねえと、腐って落ちちまうぞ」

「貴様――どうして!?」

「これか?」

佐助は心臓を貫いた凶器を抜き取って捨て、その手で胸を叩いた。固い音が女忍びの耳に届いた。

「急所にゃ厚板よ。残念だったな――よせ！」

佐助の右手が女を指さすと同時に、手裏剣を摑んだ女の手が止まった。

敵の指示に従ったのではない。手首に食い込んだ凄まじい痛みに、全身が凍りついたのだ。眼を凝らしたが、呪縛する品《もの》は見えなかった。

「糸だよ、糸」

と、佐助は笑いかけた。

「眼に見えねえくらい細い糸だ。この国で出来たもんじゃねえ。かと言って、唐《から》だの天竺《てんじく》だの――いまこの世にある土地とも違う。ずうっと昔、海の藻屑《もくず》になっちまった国さ」

「やはり、真田は徳川家に牙を剝くつもりであったか」

女は血の気を失った唇で呻いた。

「今まで送りこんだ仲間は、みな帰らなんだ。それだけでも謀反の意図ありと見なされるものを、殿はなぜ放置しておられるのか。その問いの答えは知らぬが、もはや放ってはおかぬ。明日と言わず今夜にでも、浅野の家臣が真田庵を取り囲むであろう」

「だといいがな」

とぼけてはいるが、どこか含みのある物言いを佐助はした。

「徳川の狸親父が、おれたちにちょっかいを出すのをおまえたちに許したのは何故だ?」

「知らぬ」

女は底光りする眼で佐助をにらみつけた。唇が尖った。

「よせよ、吹き針なら、逆風だぞ」

その鼻先に、かぐわしい風が吹き寄せた。

数秒。

「かかったな」

女は妖しく笑った。農婦の衣装を身につけてはいても、身震いするほどの美女だ。それが右の膝は裂け、左肘はかろうじてぶら下がっている状態で、蠟《ろう》のごとく色を失った顔を邪悪な笑みに歪めている。不気味な官能が煙るような艶めかしさであった。

「私の吐息――わずかでも嗅げば、その精神《こころ》は私のものとなる。さあ、おまえの技とやらから、私を無事連れ出せ」

言い終えて女は左の肘を見た。応急処置は施したものの、血はなおも噴き出ている。

笑みは冷笑的《ニヒル》なそれに変わった。

「これでは長く持つまい。よし、せめて徳川にとって厄介者になるに決まっておるおのれを冥土へ送り、私もまた後を追おう。猿飛とやら、途中で私の後につけ」

低い言葉は命令であった。棒立ちのまま佐助はうなずき、右手を無雑作にふった。糸の呪縛は解けた。

用心深く、左手で周囲を探り、

「よし」

女は小走りに佐助に近づくと、苦無《くない》をふりかぶった。

「私の名は香月《かづき》――死んでも覚えておくがいい」

苦無はふり下ろされた。

そのとき、香月は見た。

佐助の肩越しに二つの光点を。いや、光ってはいない。彼女がそう思っただけだ。それほど、その点は深い暗色を湛えていた。

それは十メートルも離れた位置に立つ男の瞳であった。苦無は佐助の左胸に先端を食い込ませたところで止まっていた。

「根津甚八!?」

「知っていたか」

と甚八は笑った。

「では、おれの技も知っているか？　女――もうかかったぞ」

「黙れ！」

香月は右手の苦無をふたたびふり上げた。

その頭蓋の中で、甚八の声が、低い銅鑼《どら》のように鳴り響いた。

「下ろせ。放せ」

香月の右手は垂れ下がり、指は苦無を放した。

甚八は近づいて来て、棒立ちの女忍者にこう話しかけた。

「佐助がひと思いに殺さなかったのも、むべなるかな。大層な美女だ。今度の家康の心変わりの理由《わけ》を殿の前で詰問する前に、この根津甚八が訊いてやろう」

怪光を放つ眼に射られながら、香月は人形のように無表情のままであった。

「佐助、済まぬな」

女を横抱きにして甚八は草むらへ倒れた。

「根津よ」

と声がかかるまで二秒とかからなかった。

甚八は跳ね起きた。声に聞き覚えがあったからだ。

道の上に二つの騎馬の姿があった。

片方は、上田からの家臣・小山田治左衛門だが、片方は——

「ゆ、幸村さま！」

家来の中でも佐助以外には傲岸不遜《ごうがんふそん》で通っている甚八が、身も世もない声を上げてあわてふためいた。

「こ、この女は——徳川の」

「黙らっしゃい！」

一喝したのは小山田治左衛門である。

「徳川の間者なら、すぐに幸村さまの下へ召し連れるのが本道であろうが。かような場所でかような振舞いに及ぶとは、家臣どころか男の風上にも置けぬ奴。幸村様、ここはお叱りで済ませてはなりませぬぞ」

真っ赤な顔から怒りの湯気が噴き出るのが見えるような老臣へ、馬上の幸村はうすく微笑み、脱いだ衣服をまとおうと必死な甚八に向かって、

「よい。この女——佐助ともども連れて参れ」

と命じた。


屋敷へ戻ると、幸村はすぐ、父・昌幸の寝所を訪ねた。

九度山へ来て以来、知謀の将との呼び名も過去のものとなったかのように、心身ともに衰弱の極みにある昌幸であったが、女忍びの一件を聞くや、幸村に勝る妖光を眼に湛えて、寝床から上体を起こした。

「家康の心算《こころづもり》——測り得るな？」

と幸村を見つめた。

「無論。我らの守護神の効果が薄れたということでございます」

「少々、厄介なことになってきたな」

「仰せのとおりで」

こう言いながら、幸村の眼にも不敵な光が宿っている。この辺、後世に伝わる九度山の疲弊し切った昌幸・幸村像とは大いに異なる。

「その女どう処置するつもりじゃ？」

「は。忍びひとりが家康の心算に通じているとは思えません。指示された内容を訊き出した上で――」

「斬るか――」

「いえ」

「なんと？」

「ただひとり、女の身で我が陣に潜入したばかりか、猿飛を仕止めかかったほどの技倆《わざ》の持ち主――人間である限り、殺す以外の使い途《みち》は幾らもございます」

「ふむ。任せよう」

昌幸はたちまち、やる気の失せた、枯れ木のごとき印象の老人に戻った。

幸村が去ると、昌幸は開け放した障子から春の庭を眺めた。

小さな池がしつらえてある。

「家康め、真田の〈宝〉にようやく気づきおったか。だが、そうたやすく、これはくれてやらぬ。地の果てへ来てから九年。わしらにはまだまだ、必要なものがある。それを手に入れるには、何人《なんぴと》にも気づかれず、邪魔の入らぬことが必要であった。九度山行きは、徳川にとってではない、我らにとって願ってもない処置であったのだ。だが、我らが目的、いまだに半ばだ。今しばし待て、家康よ。あと五年、我らは眠り猫のようにこのひなびた里におる。気がついた以上、忍びを放つがよい。それらはすべて、我らが勇士が食い止めてくれよう。それ以上のことはしてくれるな。五年間、ともに血を流しながら、謎めいた歳月を送ろうではないか」

聞くものとてない、春の午後の独白であった。

この年、真田昌幸六十三歳。長年の幽閉による鬱屈と絶望により、病いの床にあったと伝えられる。

だが、いまその眼は獲物を必殺圏内に収めた肉食獣のように爛々《らんらん》とかがやき、狭庭《さにわ》の平穏に挑んでいる。庭を占める和やかさこそ敵であるかのごとく。

塀の外で、村人らしい声が上がった。

「あら、風が」

「春嵐だで」

二つの声を生んだだけで春の突風は去った。

だが、それは立ち上がった寝巻姿の昌幸の髪の毛を角《つの》のごとく逆立て、寝巻の袖と裾とをなびかせ、めくり上げて、家臣たちも気づかぬ針のような剛毛を露出させていた。

「徳川よ、家康よ、五年待て」

と昌幸は低く叫んだ。声は庭に満ちて消えた。

「いや、待ってくれい。それだけを、わしは伏して頼む。天に願う。忍びならいくらでも、だが、軍勢だけは差し向けるな」

昌幸の眼は血光を放ち、歯はがちがちと鳴った。

あくまでも静かな白い春の光の下で、小さな庭は明らかに恐怖し、凍《い》てついたように見えた。

幸村は裏庭にある蔵へ入った。

雑多な品の収蔵の他に、拷問尋問を目的に造られた場所である。

いかなる絶叫も洩らさぬ石を積んだ内部には、不気味な責め道具が並び、うち幾つかには明らかに黒い血の染みが付着していた。

そんな凄惨さに逆らうように、

「いやあ、まいった。おまえの術、大したもんだな。おかげで甚八の野郎に借りができちまったぜ」

あっけらかんと笑う佐助の足下で、白い顔が、憎悪の視線を向けた。香月であった。石の床に這った女忍者は、一糸まとわぬ全裸を妖しくさらしていた。

5

「女の忍びがいるとは佐助から聞いていたが、本物を見るのは正直、はじめてじゃ」

幸村は内容とは裏腹に、さして驚いた風もなく言って香月を見下ろした。

佐助がほおという表情になった。幸村と眼が合った途端に、女の憎悪がすうと霧消したのである。

「そう怖い顔をするな。取って食らうとは言わぬ。この者たちに酷い目に遭わされてはおらぬであろう。これからも遭わせはせぬ」

「ふん——代償は何じゃ？」

香月はそっぽを向いた。

「おまえじゃ」

香月が眼を丸くしたのは、返事の内容よりも、幸村の率直さのせいだったかも知れない。

驚きはすぐ、嘲笑に変わった。

「ほほ、やはり女の身体が目当てか。鬼謀の将といえど、やはり男——女の裸を見たらそれしか思い浮かばぬか」

「無礼者」

清海が手にした鉄棒の頭を床に叩きつけた。蔵が悲鳴を上げた。

「よい——脅えさすな」

幸村は命じて、香月のかたわらにしゃがみこんだ。香月はそっぽを向いた。

「わしには各地に遊興の知己《ちき》が多い。わしが遊びが好きというわけではないぞ。そのような、職業《なりわい》に就いておるものが多いということじゃ。さして報いてやることも出来なんだが、年の暮れと明けには、訪れる彼らに塒《ねぐら》を提供し、わずかな酒手《さかて》を取らせた。どうやら彼らはそれを恩に着てくれたらしい。いつとも知れぬ時に訪れては、諸国の出来事や大名の動向を教えてくれる。この九度山には徳川殿の監視の眼が光っておるので、前ほどにはいかぬがの。どうじゃ、香月とやら」

ここで少し間を置いて、全裸の女を見つめ、

「——おぬしもそのひとりに加わってみぬか?」

へ？　という表情になったのは、幸村と香月以外の全員であった。

言われた当人はどうしたか？

蔵の中をかん高い笑い声が席捲した。

「この私に、真田の狗《いぬ》になれと？　服部一党の香月を舐めてはならぬぞ。私が舌を嚙まぬのは、あくまでも家康様の眼の上の瘤たる真田昌幸殿とその二子幸村殿とを殺める隙を狙ってのことじゃ。しかし、いまその片割れがどの程度の器かは見通せた。人間の値打ちも見抜けぬ愚昧《ぐまい》な輩よ。いつかあの世で逢うたときも笑い倒してくれる」

「言わせておけば、忍びごときが」

清海の額とこめかみは青筋が走っていた。

髪の毛を摑んでぐいと顔をのけぞらせた刹那、裸身が痙攣した。

「お、おい」

やりすぎたかと、清海が手をゆるめたのは当然の反応だが、すでに白眼を剝いた香月の顔は、みるみる土気色になった。

佐助が近づき脈を取り、瞳孔を調べて、

「こと切れました」

あっさりと告げた。

「この臭いは――口の中、歯の中にでも毒薬が仕込んであったと思われます。殿を殺めるなどと言うた割りには横着な奴めが」

のぞきこんだ清海が吐き捨て、

「夜になりましたら、埋めて参ります」

と言った。

幸村は荘重にうなずき、

「よろしく頼む」

と応じたが、佐助は何故か、肩をすくめた。


その深夜、村の北にある森の中から、禿頭《とくとう》の巨漢が現れ、村へと歩み去ってから半刻後、野良着姿の影がひとつ、森の中へと入っていった。

その姿は何処か魂が抜けた風に見えるものの、足取りは確かであった。

そして数分後、ためらうこともなく大樹小樹の枝の間から月光が降りそそぐ地点に着くと、手にした鍬をふりかぶって黒い地面を掘りはじめた。

憑《つ》かれたような鍬さばきであった。地面もまた、掘り返されたばかりのような緩さであった。

四半刻（約三十分）とかからず深さ三メートルほどの穴を掘り終え、影はその底から何かを持ち上げ、肩に乗せた。

月光がそれを白々とかがやく女の裸身と教えた。

まず女体を出し、次に自分が穴から出て、影は女体のかたわらに跪《ひざまず》いた。

死人の顔に黒い影が寄ると、唇が重なった。

呼吸音がただの口づけではないと証明した。影は女体の口に空気を注ぎこんでいるのだった。

だが、裸身は服毒死を遂げた香月のものではないか。死亡した上、約一時間も地中深くに埋められていた死骸に空気を吹きこんで、影はどうしようというのか？

すぐにわかった。

影が唇を離した。その途端、女の口から明らかに自発的な呼吸音が吐き出されたのである。

最初は低く長く、徐々に高く短く――女は死から甦ったと宣言しつづけた。

そして、尋常な呼吸を獲得して二秒とたたぬうちに、女はゆっくりと、しかし、強靱な意志の下に立ち上がったのである。

「くく、思ったとおりじゃ、真田昌幸と幸村――どちらも知将、名将と謳われながら、所詮は忍びの技など理解できるはずもない。それにしても、真田の家来の中には、国中から選ばれた忍びが何人もいるはずじゃ。あの佐助とやら、怖るべき小僧だが、やはり餓鬼は餓鬼、伊賀の『蘇り』について何も知らぬと見た。帰って準備を整え、遠からず昌幸、幸村ともども闇の死を与えてくれる」

女――香月は野良着の影に眼を向けた。

「この日のために傀儡《くぐつ》にしておいた百姓のひとりよ。よく定めを果たしてくれた。最後にもうひと働きしてもらうぞ」

さらに半刻後、男が立ち去った後に、掘り出した土でふたたび埋め戻された穴の跡を、月光が白々と照らしていた。

村の南の端からさらに半里（約二キロ）ばかりいった廃家《はいか》に、十人近い男たちが集合していた。

普段は農夫に化けて九度山の地理を調べたり、幕府の軍が入りやすくするためのルートを整えているのだが、月に一度、全員が集まって向後《きょうご》の方針を検討することになっている。彼らはここに常駐はせず、近村の農家の手伝いや庄屋の帳簿付けなどに身をやつす他、蓮華定院の下働き、或いは浅野幸長の書記等に扮して、真田父子の動静に監視の眼を注いでいるのだった。

いずれも服部半蔵麾下《きか》の精鋭である。真田の家臣たちの眼など難なく瞞着《まんちゃく》し抜いているとの自負はあったが、今夜、非常召集をかけた香月の話を聞いて、それが大きく揺らいだ。

「おまえを仲間にか――真田父子の子飼いの者たち、単なる浪人かと思っていたが、やはり、な」

「傀儡使いの香月が逆に操られるとは。これは容易ならぬ敵だぞ」

ここで沈黙が広がった。監視のみならず刺客も兼ねている彼らにとって、敵の技倆《ぎりょう》は最大の関心事であった。

真田父子が九度山の地へ幽閉されてから九年、前任者から受け継いだ彼らの使命は五年に及ぶ。

はためには死を免れた敗北者の幽閉でしかない。真田父子は十数人の家臣とともに、この辺境の地で生涯を終える。徳川家の目論見はそうであったはずだ。

現在、昌幸は老い、今では日がないちにち家から出ず、庭を散策したり、私室に籠《こも》って無為に時間《とき》を過ごすばかりだと彼らも確認している。あと二年も持つまい。

息子の幸村はなお心身ともに頑健であるが、子飼いの浪人たちがたとえ倍《そむ》いても、内からこの環境をどうこうできるとは思えなかった。いずれは父と同じ運命を辿るだろう。そのとき徳川家の目的は成就する。残るは大坂城に逼塞《ひっそく》する豊臣母子《おやこ》あるのみだ。

だが、彼らが九度山へ来てからの五年間で、ふたつ気になることがあった。これだけはいまだ解き明かされず、忘れようとしても、彼らの心中に黒々と揺曳し決して消えぬ不気味な塊りなのだ。

ひとつ――彼らの前任者は五十余名いたと聞いているが、真田父子と家臣たちを見張るだけに、それほどの人数が必要だとはどうしても思えない。

ふたつ――これまでは、何を置いても監視役にのみ徹しろとの駿府からの指示が、半月ほどまえ不意に、まず家臣たちを、つづいて真田父子を内密に討ち取れに変わった。手段は選ばずで良いが、世間の耳目を集中させるような事態は避けろ――これは、来るべき大坂方との一戦を前に、庶民やどっちつかずの大名、浪人たちに徳川非道なりとの印象を与えぬ配慮であろう。

戦さは近々に迫っているから、数年がかりの悠長な策は使えない。かと言って世間の眼を気にしなくてはならぬとなれば――彼らは廃家の内部《なか》で幾度も苦悩の討論を交わした。

そして、まず家臣――その前に、真田父子の子飼いの浪人たちの抹殺を決定したのである。

「あの佐助とかいう小僧が忍びなのはわかっておる。だから、香月に近在の百姓女に化けさせ、隙をつくよう命じたのだ」

こう言ったのは一同の頭でもあろうか。ひときわ大きくたくましい影であった。

「ところが香月は呆気なく捕らわれた。真田父子の浪人どもには、『蘇り』を使わねば逃げて帰れぬほどの恐るべき手練れが揃っていたという。昌幸、幸村の名を頼ってやって来た食いつめ者どもと放っておいたが、どうやら見損なっていたようだ。早急に処分する手立てを考えねばならん」

彼は一点の光もない闇の中で一同を見廻した。蠟燭一本点さないのは、無論、目撃者を怖れての処置である。その中で、彼の眼は全員を金縛りにした。

女の声が応じた。

「今となれば、我らの前任が、あれほど注ぎこまれた理由もわかる。彼らは行方知れずになったのではなく、殺められたのだ」

「佐助ひとりによって——ではあるまいな」

「あの蔵の中にいたのは、幸村、佐助を除けば、根津甚八、三好清海の他二名——私には、全てが忍びに映った」

「香月」

と頭が呼びかけた。

「だとすれば、彼奴ら途方もない輩《やから》だぞ。五年に亘って、我ら服部一党の眼を欺いていたとはな。その佐助とやら、九度山の空一帯に見えざる糸を張り巡らせてあると申したか。その糸は、音もなく、触れたもの全てを切断すると」

香月は右手で左腕の肘に触れた。

「私の腕を切断したのも、それでありましょう。誠に怖るべき武器と技の使い手にございます」

「しかも、その糸の出自は遠い昔、海に沈んだ国にある、と申したか」

「はい」

「世迷い事じゃ」

と別のひとりが吐き捨てた。

「おれもそう思う」

と頭は同意し、少し置いてから、

「しかし、何とはなしに胸がざわめく話だ」

笑いを含んで言ったが、急に気配を厳しくした。

6

「どうしました?」

香月の声は常人なら聴き取れまい。忍者の会話法である。別のひとりが、

「人の気配はありません」

頭は眼を閉じ、岩のように身じろぎもしなかった。気配を探っているのだ。それがわかるから、他の忍者たちも動かない。

「――気のせいか」

と緊張を解いたのは、数秒後であった。

深夜、人里の端といっても忍者の軍団である。周囲の地面には枯葉、枯枝を敷きつめ、風が触れる以外の音をたてれば、即座に敵の襲来と看破する。だが、今は正しく風に吹かれて地を行く葉音ばかりであった。

「地を行く音!?」

愕然となったのが一同揃ってなのは、さすがというべきであった。

ふたりが東と西の柱に飛びつくや、爬虫のごとく這い上がり、他の者は南北の窓へと走った。

窓の二人が覗いたとき、柱の二人は天井板を抜いてその奥へ消えている。

「見えぬ」

と窓の二人が告げ、頭と香月が天井を見上げた。

呼吸《いき》三つほど使った。

「どうだ?」

と頭が訊いた。近い方——西の天井穴へである。

返事はさらに呼吸三つほど遅れて床板に叩きつけられた仲間の身体だった。

「首がない」

墨汁のような広がりを見つめて、ひとりが呻いた。

「上から来たか」

頭は東の天井穴をにらんだ。

「伝蔵もいかんな。みな眼を閉じろ。喜助の首の斬り口を見ても、敵は香月の腕を奪ったのと同じ武器を使いおる。眼には見えぬという。気配を感じるのだ」

沈黙が凝固した。緊張の肌触わりさえ感じつつ、忍びたちは待機した。

「頭、この中で待つよりは」

かなりの年配と思しい声が呻いた。

「火でも放たれればそれきりです。外で戦わせて下さい」

「そのように」

「そのように」

「いかん。これほど鮮やかに気配を消せる奴が、そうそう敵にいるとは思えぬ。恐らくは、その佐助とやらひとり。九度山の天空に武器を張り巡らせてあるという言葉が本当ならば、外へ出るのは彼奴の思う壺だ」

「しかし」

なおも異議を唱えたのは、一党の中でも最年少――二十歳になったばかりの若者であった。

「平八」

頭の叱咤は、不意に止まった。若者の身体が一瞬痙攣《けいれん》するや、その首がごろりと床に落ちたのである。野良着姿の胴は、黒血を高々と噴出させながらそこに立っていたが、たちまち崩れ落ちた。

「敵がおる!!」

と忍者刀を抜き放った仲間へ、

「いや、糸じゃ」

と香月が訂正した。

「おのれ！」

南の窓に寄っていたひとりが狂気のごとく四方へ刃をふり廻しつつ、

「なぜ、わかる？　糸に眼でもつけておるのか!?」

香月が眼を閉じた。怒号が不意に断たれたのだ。すると、男の身体は頭頂から股間まで、見事に真ん中から両断されて、花のように左右に開いた。

その床にぶつかる音を聴きながら、

「頭――こうしていても同じです」

と香月は叫んだ。

「やむを得ん。みな――外で戦え。敵は空にいる」

頭は鋭く命じた。声に怯えはなかった。

忍びたちの動きは常人の眼に止まるべくもない。ましてや闇中《あんちゅう》だ。だが、彼らは一様に舌打ちしたい気分だった。

敵にではない。

虚空に月がかがやいている。

——余計な真似を
誰もがそう思った。

月には魔力があると信じられていた。魔性のものを隠しもするが、さらけ出しもする。

——こういうことか
敵は月光の効果も計算した上で、彼らを誘い出したに違いない。

「お!?」

声が幾つも上がった。

廃家から東南に二十メートルばかり——地上から測れば五メートルほどの空中に小柄な影が立っていた。

浮かんでいるというには確たる立ち姿だ。それを支える何ものも忍びたちには見えなかった。

地上から光条が走った。

手裏剣と鏢とが空中で交差し、或いは打ち合ったとき、影は一気に三倍十五メートルの高さへ跳躍し、そこに停止した。

——魔性か？

服部党の男たちの胸に、無残な意識が網のように広がった。

「おのれ！」

香月の右手から鏢が飛んだ。それを合図に数条の銀光が短い尾を引きつつ頭上の影へ吸いこまれ——不意に力を失って落下していった。平屋ならともかく、十五メートル——三階建てのビルの屋上へは、いかな忍者でも小石さえ届くまい。

子供じみた、かん高い笑い声が降って来た。

「はっはっは。さすがに無理か。おれなら届くぜ。しかし、これじゃあ幾ら何でも勝負にならねえ。待ってな、いま当たりやすくしてやらあ」

ひょい、と影が見えない地面から身を躍らせ、地上五メートル——最初の位置に着地した。

どう見ても少年だ。それなのに、何たる魔性の技か。徳川の忍者たちは戦慄し、たちどころに激怒した。明らかな挑発行為ではないか。

「服部といやあ伊賀の忍びの元締めだ。おれが忍法を学んだ里にも伊賀の出がいてよ。『蘇り』の技があるって教えてくれたぜ」

香月の歯が、ぎりりと鳴った。あの小僧、最初からこちらの手を見抜いていたのか。

後は自分の埋葬地点に張り込み、脱出した後をつければ済む。

——我々はおびき出されたのか!?

無益な攻撃をかけんものと右手をふり上げた瞬間、重い一撃を脾腹《ひばら》に受けて香月は悶絶した。

「おのれ」

わずかに遅れて、地上から武器が飛ぶ。

空中の影は右へ跳ね、左へ移り、宙を飛んで躱した。

何度目かの攻撃を終えた瞬間、二人の忍びの首が宙に舞った。

「無駄だよ。服部の伊賀者——何処にいても、空から見下ろせば頭と尻を出した土竜《もぐら》と同じだ。そうだな、森の中にでも隠れてみな」

その声に応じる者はいなかった。

地上の忍者たちは廃家の西に広がる畑地へと走った。彼らは、九度山上空に張り巡らせた糸という話を、なおも信じていなかった。現に五年の間に、凧上げをした者は何十人もいたし、何百回にも及んだ。飛ぶ鳥の群れが落ちるのを見たこともない。

小僧が宙に浮かんでいるのは、間違いなくその糸の上に乗っているのだろう。だが、それは近くの森の木々と廃家の何処かに結びつけてあるに違いない。そのどちらからも離れれば、渡る糸などあるはずがなかった。

彼らは畑地に辿り着き、散開した。敵は同じ位置にいる。やはり、森と森とが五百メートル以上離れた土地の上にはやって来られないのだ。

「どうする？」

ひとりが訊き、ひとりが答えた。

「ここにいれば小僧も手は出せまいが、こちらも届かぬ。逃げる他はない。しかし、敵は明らかになったのだ。後日巻き返せばよかろう」

「それがいい」

と別のひとりも同意した。

「散るぞ」

一同は従う方を選んだ。

地上の獣どもが、草を踏み、逃亡に移る。

月は見ていた。

別の者も。

忍びたちは二百メートルも全力で走り、申し合わせたように上空を見上げた。

月が明るい。

その月輪の中に、人影が躍った。

降って来た凶器は、平凡な忍者の武器――棒手裏剣であったが、それはことごとく伊賀者の頭頂斜めに脳を貫き、顎から抜けた。

地上三十――否、五十メートル。

月と風ばかりが友の世界で、

「これで雑魚は片づいた」

非情極まりない少年の声が虚空に鳴り響いた。

「金剛峯寺《こんごうぶじ》は地面からざっと二百五十丈（約七百五十メートル）――そこに立つ杉の木のいちばん高いやつはおおよそ十丈（約三十メートル）、合せりゃ二百六十丈――そこまで上がりゃあ鳥の眼だ。地を走る獲物は絶対逃げられねえよ。わかるだろ？」

このとき、彼は一気に地上十メートルまでとび下りていた。さすがに身体は軽く沈み、すぐに浮き上がった。糸の張力による現象である。

「わかるが――わからぬ」

地上からの返答は、彼の真下から聞こえた。佐助は見下ろした。畑の中に二つの影が蹲っていた。

「あんた頭だろ？　おれは幸村さま子飼いの忍び――猿飛佐助ってもんだ。冥土《めいど》のみやげに覚えててくれや」

「おれは黒藻《くろも》の源三《げんぞう》――ひとつ頼みがある」

「その姐さんかい――香月とか言ったな」

「そうだ。うら若い女の身で片腕を落とされ、ここで首まで落とされるとなれば、あまりに気の毒だ。当身で眠らせてある。見逃すか——飼い殺しでもよい。おまえたちの下で何かに使ってやってくれ」

「おれにゃあ決められねえよ」

と佐助は返した。

「けど、服部の忍びなら、おれたちが助けようとしても、舌を嚙むんじゃねえのか。それをしなかったから、おれは『蘇り』だと勘を働かせたんだぜ」

「忍びの掟よりも、生命が惜しい——。長らえればそう考えるであろう。それまで頼む」

「おいおい、らしくねえなあ。あんた本当に忍びかよ？　それともあれか——その女は、実の娘だとか」

「そのとおりだ」

と源三は答え、佐助を見つめた。

7

「本当かよ。こいつは驚いた」

佐助は勢いよく空中で一回転して見せた。

「なんてひでえ話だ。自分の娘を忍びにする忍びの親父なんてよ。あんた、自分の娘がどうなるかわかっててそうしたのか？　いや、そうに決まってるよな？　それが、手足一本失くしたら、急に親ごころに目醒めたってわけか？」

佐助は明らかに源三を弄《いら》っている。親子の情など、この若者にとっては、どうでもいいことだった。忍びの技術を身につける前、彼は育ての親を手にかけて出奔《しゅっぽん》したのであった。

「あんたも、自分やおれが伊達に忍びになったんじゃねえのは、わかってるよな？　なあ、服部には〈交わりの刻《とき》〉があるのかい？」

おちゃらけたような問いに、源三は低く呻いた。

「知っておる――惨《むご》いことを」

「はは、そりゃそうさ。あんなひでえ仕打ちは他に見たことがねえ。戦場《いくさば》の方がましかも知れねえよ。丸三年寝食を伴にしてきた仲間と殺し合いさせられるんだ。いや、その前に――」

佐助の記憶は過去へ翔《と》んだ。

三年目の冬、別の〈隠りの里〉から、二十人近い少年たちがやって来た。どれも佐助と同い歳に見えた。

それからひと月のあいだ、彼らは生涯の友となるよう、師匠たちに命じられた。互いに苛烈な修業に明け暮れる〈仲間〉だと理解するのは簡単であった。

人数が増えたことで、〈修業〉のやり方も変わった。

〈敵〉と〈味方〉に分けた少年たちの攻防戦である。

二つの集団を混成させて、〈敵〉と〈味方〉をつくり、命じられた地点の占領や、互いの陣地の内情を探り当て、攻略法の優劣を競わせた。すべて模擬刀であったが、気を抜けば、何処ぞやで監察の眼を光らせている師匠たちから、黒い矢が放たれ、油が撒かれて火を点けられる。

何よりも敗《ま》ければ二日間の飯抜き修業が待っている。汗と血にまみれながら、少年たちは〈仲間〉から〈友〉へと成長していった。

佐助にも久作《きゅうさく》、長次《ちょうじ》という新しい友が出来た。里へ来る以前の非情さは失われつつあった。

ある晩、並べた布団の中で、三人は手を握り合い、これから里へ出て、どんな境遇に落ちても、力を合わせようと誓い合った。敵と味方に分かれたら、雇い主を裏切ってでも、今のように手と手を握り合おう。

それは、明日が〈交わりの刻〉の最終日だと告げられた晩であった。

翌日、二組の少年団の師匠たちは、改めて彼らをもとのグループに戻し、

「〈人呑みの森〉で互いに殺し合え。どちらかが全滅するまで日数は問わぬ。逃亡には我らの眼が光っておる。容赦なく生命を奪われると知るがよい」

苛酷な修業にひとことの不満も口にしなかった少年たちから、はじめて抗議の声が上がった。

声はすぐに消えた。師匠たちの手裏剣や苦無がその喉を貫いたのだ。


「ひでえ話だと思ったよ。ひと月も同じ釜の飯を食って、兄弟以上に気心も知れた連中を殺せってんだ。しかも、戦わなきゃ師匠たちに殺される。誰だって死にたかねえさ。隠りの里の地獄みてえな修業に耐えたのも、生きるためだったんだ。やったとも。おれは十人近く殺した。その中に久作がいたよ。おれたちは森の中で出食わし、泣きながら取っ組み合って、苦無をふるった。おれの方が少し早かった。今でもあれは、久作がわざと遅らせてくれたんじゃねえかと思ってるよ。長次は、別のところで誰かに首を切られてた。結局、おれたちが勝ったよ」

佐助の身体が、ふわと後方にのけぞり、逆さまの形で停止した。膝裏に棒でもはさんでぶら下がっているように見えるが、源三が幾ら眼を凝らしても、何も見えなかった。

「これで終わりなら、おれたちはまだ人間《ひと》でいられたのに、里の連中はまだおれたちを

許しゃしなかった。久作や長次を殺めた翌日、今度は、この里へ来てから寝食を伴にして来た連中と殺め合えだとよ。逃げようとした奴らもいたよ。だが、翌日の朝、そいつらの首が串刺しになってた。おれは最初から殺るつもりだった。諦めたんじゃねえよ。面白くなりはじめてたのさ、殺し合いがな」

「面白い、か。おれにはおまえの方が、よっぽど面白いが」

「うるせえよ」

罵ってから、佐助は両手の指を口に入れて、左右に引いて見せた。源三は苦笑した。

この小僧、忍びの術は天才的だが、本質的には餓鬼だ。だから、生き延びて来られたのかも知れない。戦国の世とはいえ、好きこのんで、童を抹殺しようとする輩はいないからだ。

「今度は宝の奪い合いでも、陣地の取り合いでもなかった。森の中でおれたちはまた戦い、仲間を殺めまくった。なあ、なぜ見ず知らずの連中を殺めるより、ずっと気楽にやれたんだろう？　おれは必ずとどめを刺して廻ったんだぜ。誰も助けてくれと言わなかったからか？　言わないとわかっていたからか？　ひとりでもおれの腕にすがって生命乞いをしたら、おれは気が狂っていたかも知れねえ。幸い、みな黙って殺められてくれた。山刀を食いこませた手を握った奴もいたよ。結局、今度はおれたちではなく、おれひとりが残った。七十六人の仲間はみいんないなくなっちまった。それからひと月、仕上げの訓練に耐えて、おれは隠りの里を出た。おかげで女だって餓鬼だって、平気の平左で首をはねられるぜ」

佐助はにやついた。

地上から月光と星明かりだけを頼りにそれを凝視していた源三が、重い声で訊いた。

「なら――なぜに泣く？」

「泣く!?」

佐助は反射的に指先で眼の下を拭った。

「おれが泣く？　寝言は寝てから言いな。涙なんか何処にも――」

「流れはせなんだな」

と源三は、少年を憐れむように言った。

「確かにおまえは誰よりも――わし以上に優れた忍びだ。いつまでも、その涙を流さずにおれ。で――香月を救命してくれるつもりはあるまいな？」

「悪いなあ」

「よかろう。では最後にもうひとつ聞かせてくれ。おまえの武器は、眼に見えぬ糸か？」

「そうだ」

佐助は、あっけらかんと認めた。勝負はとうについている。

「そのような品を何処で手に入れた。服部一党、見たことも聞いたこともない代物だ」

「貰いもんさ」

と佐助は応じた。

「隠りの里である爺さんから譲り受けたんだ。随分と前に海の底に沈んだ国の品だそうだ。その島国にゃどんな妖術使いがいたのか知らねえが、大したもんだぜ。長さにしてみりゃ、百里（約四百キロ）分くらいは軽く使ったのに、少しも減りゃあしねえ」

「その国の名を知っておるのか？」

「山伏が言ってたな。確か――阿十…蘭…」

と難題を前にした子供っぽく眉をひそめていたのが、不意に凶相に化けて、

「――どうでもいいこった。おめえもその女も今ここで死ぬんだからな」

その年齢とはどうしても思えぬ冷酷な口調で宣言した。

「――やはり、感服したとおりの忍び」

見込み違いと諦めたのか、見込んだとおりと喜んだものか、判断しかねる感情を唇に刻んで源三も忍者刀を抜いた。

そのときだった。

「おおい、おおい」

街道からの声には、鉄蹄の響きが混じっていた。

「やめい、やめい。この声が聞こえたらやめい」

佐助は殺気を固着させたまま、

「はて——あれは？」

街道をやって来たのは、鞍も置かぬ裸馬《はだかうま》にまたがった若者であった。

「これは大助さま」

佐助は親指と人さし指を口に入れて、鋭い音を放った。

「おお」

若い武士は、佐助から見てやや右方の地面で馬の足を止め、

「やはりここにおったか。双方、刀を引けい」

「大助さま、それ以上、近づいてはなりませぬ。何故ここへ？」

「父の指図を伝えに参った」

「は？」

傍若無人を絵に描いたようなこの若者も、主人の総領には従順なのか、困惑の表情を隠さず、

「手前、まだ戦っておりますが」

「それじゃ」

大助は源三たちのいる方向へ顔を向けて、

「おまえたちも退《ひ》け。服部党といえども、必ず死なねばならぬという法はあるまい。女

もいることじゃ。勝敗が決したら、速やかに刀を引き、かつ別れよとの父上の指示じゃ」

「真田幸村様のご一子《いっし》――大助さまでございますな。この娘を――」

「わかっておるぞ。おぬしも莫迦な真似をするな」

源三は声もなく笑った。

「忍びの尋常が、他目《はため》には狂乱と映るのでございます。昌幸公、幸村公――ともに戦国の武将とは思えぬ温和恬淡《てんたん》な方々と聞き及びまする。何卒《なにとぞ》、この娘の生命をお救い下さい。願わくは戦場《いくさば》には送らず、何処ぞやの尼寺で生涯を終えるようお取り計らい下されば、黒藻の源三、これに勝る喜びはございませぬ。その御礼にもはやご家来と戦いはせず、あの世から感謝申し上げましょう」

「よせ！」

と大助は叫んだ。予知していたような響きもあった。

右手の忍者刀を首に押し当てた服部忍群のリーダーは、一気に頸動脈を引き切るや、血煙りとともに草の上へ突っ伏してしまった。

そのかたわらで、香月はぴくりとも動かない。

「佐助」

大助の声に、彼は軽々と地に降り立ち、二人の下に駆けつけると香月の脈を取り、すぐに肩に担いだ。

「当身を食らっております」

と告げて、

「しかし、大助さま、よくここがお判りになりましたな？」

「知らせがあったのだ」

「は？ ——誰からでございます」

佐助は呆気に取られた。香月の偽りの死を『蘇り』の秘術と見抜いたときから、ひとりで戦うことに決めていた。仲間の身を案じたわけではない。この里の大空に張り巡らせた鋼の妖糸——その実力を名だたる服部忍群相手に試してみたかっただけである。だから、香月の術についても、彼女を墓から掘り出した百姓についても、廃屋での死闘についても何ひとつ、誰ひとりにも伝えるつもりはなかった。

「誰からも聞いてはおらぬな」

「——しかし、現にこちらへ」

「わしじゃ」

「は？」

これればかりは佐助も度肝を抜かれた。自分が探り出したとでも言うつもりなのか？

いや、正気かと思わせる言動が頻発する大助ではあるが、まさかそこまで神がかっているとは思えない。

「これよ」

懐ろから掴み出したのは、戦場で足軽が使用する拡声器に似た紙の筒であった。ずっと小さく、広がった先には紙が貼ってあるのを見ると喚くための品ではなさそうだ。

「これを耳に当てるとな」

大助は佐助に歩み寄って、細い方の先を彼の右耳に押しつけた。いくら主人の伜といえども、こりゃやっぱりイカれてると思ったのも束の間、佐助は眼を剝いた。

耳から放して食らいつくような眼で眺める。

「今——幸村さまの——声が。確かにこちらはお館の方角」

筒を向けた方を指さすのへ、

「そうじゃ」

と、うなずいたのはともかく、佐助を見つめる若い眼はひどく意味あり気で、好色であった。

「声は父上のものだけであったか?」

すると、今度は佐助がどぎまぎと、

「いや、その——他に——いえ、おひとりでございました」

きっぱりと言いつのったが、大助と眼が合うや、わざとらしく咳《せき》こんで唇を引き結んだ。

「――母上も一緒であったろう。しかも、只ならぬ会話が交わされていたのではないか？　はっきり言おう――睦言《むつごと》じゃ」

「いや、おれは――手前は、左様なものは一切――一切、耳にしておりませぬ」

佐助は凍りついた。

大助の手が、空いている方の肩にかかったのだ。のみならず、肩のふくらみに移り、ゆっくりと二の腕の方へ、まさぐるように指と手の平を動かしつつ、下がりはじめたではないか。

「だ、大助さま」

「動いてはならぬぞ、佐助。いや衣の上からではわからぬ。細く脆《もろ》いとしか思えぬ腕の肉が、これほど強靱だとは。まるでしなやかな鉄ではないか。佐助よ、うぬは女を知っておるか？」

おい、と佐助は胸の中で大助を怒鳴りつけた。

――おのれは、まさか、衆道者《しゅどうもの》か。

「こ、これをこしらえたのは、大助さまでございますか？」

右手の筒をふり廻した。

「左様じゃ」

腕をふりほどかれた大助は、露骨に不満そうな表情になった。

「ここからお館までは優に一里半（約六キロ）。そこでの声を聞き取れるとは。大助さま、これはもう妖術でございますぞ」

「違う」

激しく首を振って否定する大助に、佐助は仰天した。

「妖術などではない。これはな佐助、おまえや根津たちが身につけた忍びの技や、父やわしが学んだ剣術と同じ、筋の通った理屈から作り出したものだ」

「ですが」

佐助はまた紙筒を凝視してしまった。

一里半も離れた闇で交わされる熱い声を、はっきりと聞き取れる品《もの》など、妖術の類《たぐい》としか思えなかった。少なくとも、おれが学んだ忍法はそうだ。確かに敵の精神《こころ》を操る術などは理屈では説き明かせないが、いつかこの世ではわからぬ理屈が現れ、片をつけてくれるだろう。

「手前は誰と暮らしていたのでありましょうか。大助さまはお屋敷にいるだけで、おれたち忍びでもできないことをやってのけなさる。さすがは、幸村さまのご嫡男でございます」

長い溜息が生じた。

「もう良い、佐助」

大助は背を向けて、裸馬の方へ歩き出した。

泥沼に沈んだような気分で、佐助も足を早めた。

「のお、天海《てんかい》」

呼びかけられて、禿頭の人影は伏せていた顔を上げた。

巨《おお》きい。

呼びかけた相手が小柄なせいもあるが、それを考慮してなお、見た者が驚きの声と表情を浮かべてもやむを得ず、と誰もが認める巨大な顔と身体であった。

金糸銀糸を編み込んだ絢爛たる衣装と袈裟のせいもあるかも知れない。

禿頭だが、毛が死に絶えたわけではない。青々とした剃り痕は、日に二度《たび》、剃刀を当てている成果だ。

年齢は分からない。九十歳とも百歳とも言われる。これは大法螺《おおぼら》を吹くのが苦手な日本人の性癖のせいで、例えばアメリカ人かロシア人なら、五百歳とも千歳とも主張して恥とすまい。

後に、いや慶長の現在《いま》でも、徳川家を支える影の宰相と呼ばれ、三河以来の重臣団もひたすらその権勢を怖れる巨魁《きょかい》――南光坊天海であった。

彼は瞑目していた両眼を開いた。それは凪《な》いだ海のように、深く温和な光を宿していた。慈眼と言ってもいい。

「おこころ——定まりましたやら？」

と天海は訊いた。声は意外と高い。

問い質《ただ》されていたのは質問者の方であったのだ。

「とうに、な」

と白髪ばかりの武士は応じた。

「では、何故、あの危険極まりない男をなお放置しておかれるのか？」

「そう命じられておったのだよ。天海御坊」

拭いようのない驚愕が、影の宰相を捉えた。

「京の帝を別にすれば、天下の覇権はあなた様の手に握られたるも同然。大坂の秀頼《ひでより》公がそれなりに悪あがきをするでしょうが、あれは自分を守る女どもに殺められることでございましょう。そんなあなた様に命じるなど——どのような相手でございますか？それともおたわむれのおつもりで？」

「関ヶ原に三河の旗を立てて十一年。わしは一度たりとも、その命に逆らおうとしたことはない。天海よ、他人に打ち明けたのも、今宵がはじめてだ」

「それは光栄でござります。ですが、家康さま、いまそのような告白を受けて、天海、冥府に片足を踏みこんだがごとき気分でもござります。そのことを、お父君はご存知で？」

「誰も知らぬ。この世に知るは我れひとり。人は父広忠に比べ、わしを苦労知らずと罵りよるが、なにを言う。父はこのことを知らずに逝《ゆ》けたではないか」

　父の記憶を辿ったのか、小柄な武士の顔は憎悪に歪んでいた。

「おお、わしはいま、負って来た荷駄《にだ》の半分をおまえに譲ろうと考えておる。嫌ならそう申せ。わしは口を閉じ、このことは永久に無かったものとなる。だが――」

「余計な斟酌《しんしゃく》はご無用になされ」

　と天海は応じた。

「颪すら死に絶えた駿府の城でござるぞ。徳川千年の安泰のために、南光坊天海、家康さまの主人《あるじ》の命とやらを慎んで伺い奉る」

第四章　異界との密約

1

「わしが幼少の時――。六歳から十三年もの間、今川の人質であったことは知っておろう」

家康がこう話し出したとき、さしもの天海も、自分の認識――世界に対するそれ――が根こそぎひっくり返る、どころか何十度となく回転する羽目になるとは、想像もしていなかった。

「この経験があるからこそ、わしは真田父子に一抹の同情心を禁じえぬのだが、かと言ってあれ程の権謀術数に長けた奴らを条件付きで生かしておくほど甘い漢《おとこ》ではないつもりじゃ」

「御意《ぎょい》」

これは天海も異存はない。影の宰相と呼ばれるこの怪僧だけは知っている。家康に冠せられた古狸の綽名——その狸は年老いた大妖怪なのだ。彼は笑った。家康がわざわざ行った自己評価が面白かったのである。人間、どこまで行っても自信の無さを自負で補いたいと見える。

「天海よ、おぬしの生涯最大の謎もまた、わしと真田に関するものであろう。すなわち、なぜ力押しで地方豪族の一ごときを抹殺せぬのか、と?」

「御意」

「これから話すのは、おまえの精神《こころ》を安らかにするための、いわば妙薬譚じゃ。ただし、毒が含まれておる。おまえ次第で、わしの思うところとは異なる結果が出るやも知れぬ。そうとも、これは南光坊天海の度量をさらけ出す仕掛けかも知れぬぞ」

「御意」

「では、心して聞くがよい」

これまで脇息《きょうそく》にもたれていた家康が立ち上がり、十畳ほどの座敷の中をうろうろと廻りはじめるのを、天海は底光りする眼で眺めた。彼は周囲から万物が消滅するのを感じた。

形あるものは全て消滅し、自分と家康もまた虚無の一部と化して無辺際《むへんさい》の空に溶けている。一にして全、矮小《わいしょう》にして無限大の存在。

家康との会話で似たような感覚に捉われたことは幾度もある。そのたびに凄まじい心身の疲れに辟易《へきえき》したものだが、今回は、そのどれとも異なる予感があった。

一点の光もない真の闇の中で――そのくせ、はっきり駿府城の一室とわかる座敷の中で、天海は家康の声だけを聞いた。

「今川の下に預けられたわしは、その領土たる駿府の地を暇にあかせて見て廻ったものじゃ。珍しいものが見たいなどという子供の好奇心からではないぞ。食料の確保ぶり、武器の数と種類、雑兵どもの規模を知るためよ。いずれはこの手に握る領地と思ってな。無論、最初は今川の手の者が同伴しておったが、山河を見るわしの喜びようがあまり無邪気なので、すぐ気を許したわ。あの頃のわしは、織田殿のうつけぶりよりも様になっていたかも知れぬな」


人質の生活が二年目に入った秋の昼すぎ、幼少の家康こと竹千代は、城の正門でトラブルが生じたのを知って、ひとり駆けつけた。立ちふさがる門兵相手に抗議の声を張り上げているのは、襤褸《ぼろ》をまとった百人近い大集団であった。

戦乱の世になってから、家を焼かれ、畑を踏みにじられた農民たちが、徒党を組んで全国を練り歩き、物乞いの挙句、多少なりともその日の糧《かて》を得られればよし、さもなければ、何処かで奪った刀槍、弓矢、鋤鍬を手に民家を襲って金品食糧を強奪、運命のお返しとばかりに火を放って逃亡する――必要とあれば武士の居城にまで談判に押しかけるという事態が生じていた。いわば、後世の名画『七人の侍』に出てくる野伏《のぶせ》りの農民版である。幼い竹千代の眼を吸いつけたのも、その一団であった。

「ええい、帰れ――ここを何処だと心得る？　駿河の覇者・今川義元《よしもと》様の居城であるぞ。おまえらの如き乞食どもにくれてやるものなど、芋の尻尾もないわ。失《う》せい、失せぬと」

槍を構えて威嚇すれば、敵は少しも動じず、そんなもの慣れっこだわいという風に、

「わしらは飢えてるだ。家も田畑も焼かれ踏みにじられ、こうやって、人の情けにすがって生きる他はねえ。戦さぁやらかしたのが誰かは知らねえが、このお城の殿様が今もやらかしてるのは間違いねえべ。だったら、刀のひと振り、槍の一本分くれえの銭を恵んでもらうのが当たり前ってもんだろうが。お殿様だって、罰は当たりゃあしねえ。戦場《いくさば》で死んでも、極楽へ行けるぜ」

これが悲痛な訴えなら良かったが、髪はぼさぼさ、全身垢だらけ、襤褸をまとった悪臭ぷんぷんたる連中が、黄色い歯を剝いて一斉に言い出したものだから、門兵はもちろん、何事かと顔を出した将のひとり大門兵四郎正親も怒りの青すじを浮かばせた。

「言わせておけば。人の情けにすがって努力なく、日々を過ごす蛆虫《うじむし》ども、構わぬ、突き殺せ！」

すでに構え終え、そうするばかりの長槍が繰り出され、先頭の数人が倒れた。門兵の他にも兵たちが集まり、散開して、乞食たちは槍衾《やりぶすま》に囲まれた格好になった。

「あにすっだ？　今川様といやあ、天下に名の響くお侍でねえか。わしらみてえな憐《あわ》れな連中を刺し殺すたあ、どういう了見だ？」

これは数人の乞食たちによる叫びの合成であった。

「ええい。口さがなき虫ケラども。構わぬ皆殺しにせい！」

大門が命じた。この瞬間、乞食たちの少なくとも半分の運命は二秒と置かずに決まったのである。


「ならぬ、とわしは叫んでおった。この理由《わけ》は今でもわからぬ。彼らがいずれ役に立つと考えたわけではない。それははっきりと言える。あの日のあのときのことを、霧か霞の中から手探りで掴み出すと、そうだな、怯えていたのかも知れぬ」

「怯えて？　家康様が乞食の群れに？」

天海の眼に驚きがゆれた。

「わしとて怯える。そちと同じ人間《ひと》じゃもの」

「すると、その乞食どもは、人間の集団ではなかったということになりまするが」

平然と途方もない事柄を天海は口にした。戦国の武将がその兵力のみならず、神仏、占い等の超自然的手段に身を委ねたのは、広く知られる事実だ。彼らは亡霊、幽鬼を信じ、鬼神の力を我が身に授からんと欲した。この世ならぬ存在は、ともにこの世にあったのである。この事実を踏まえた上での天海の発言であった。

だが、家康は首を横にふった。

「いいや、彼らは人間であった。ただ、同じ人間ではなかったのだ。今川の兵たちが彼らに槍の穂を突き立て廻ろうとしたとき、それがわかった。今まで群れの中のひとりにすぎなかった乞食が、周りの連中を押しのけて前に出るや、その胸と腹とに槍を受けたのだ。いや、自ら穂を摑んで突き立てたとわしは見た。穂はことごとく撥ね返ったぞ」

兵たちがこの怪現象の持つ意味に気づいたのは、数瞬後であった。

槍を刺した。刺さらなかった。これなら理解の内だ。乞食がたまたま襤褸の下に金物を付けていたと考えれば済むからだ。しかし、鋼の穂はまるで凄まじい力で弾きとばされたかのごとく撥ね上がり、手にした兵までものけぞったのである。

「こいつ――怪力の持ち主ぞ」

と誰かが叫んだ。

「わしらの槍を摑んで撥ね返しよった。みなで突け！」

今度は三方から凶器が乞食に吸いこまれた。

顔、喉、胸、脇腹、肩、腕、腿——止めようも躱しようもない攻撃は、しかし、これも残らず長槍が宙を舞い、操手がのけぞり、地面へ後頭部を激突させるという結末を迎えたのだ。

「力ではない、技じゃ。それも鬼の技であるぞ」

鬼とは現代のそれではない。非現実の力を操る魔神の総称だ。兵たちはようやく悟った。たとえそれが正当な要求であろうとも、食うものも食わずにふらつく足取りの乞食たちが、今川の城へと押しかけたその大胆不敵な行動を支えるものの正体を。

「食いものを下され」

乞食たちは両手を突き出し、指をねじ曲げて叫んだ。

「でねえと、お城に入るだ。これがその気になれば、お城の門だって吹っとんじまうだよ」

「わしはこれ——すなわち、奇怪な技の遣い手を見た。他の者と等しく垢と埃にまみれていたが、顔つきと眼の光が違った。そのときはじめて思ったぞ——この男は役に立つ、と」

家康の声は低く、分厚く垂れこめた雲のような自信に溢れていた。誰でも、その若い乞食が、家康の懐刀になったことと疑うまい。

「わしは、その男の下に駆け寄ろうとした。そうしてから、男に何を言うつもりだったのかはわからぬ。恐らくは堂々と、将来わしの配下になれと命じたであろう。だが、そのとき、なんと今川譜代《ふだい》の重臣の岡部元信《もとのぶ》が駆けつけ、乞食どもに城内へ入れと告げたのだ。殿の情け深い思し召しだ。城内で好きなだけ飲み且つ食らうがよい、と。獣の叫びに似た歓喜の叫びが一同の胸から噴き上がった。

『行くべ』

先頭の誰かが城門へ地を蹴るや、残りの者たちも、どっと城内へ押し入った。わしはその男から眼を離さなかった。気づいてくれと願いっ放しだったのだ。その甲斐あってか、わしの前をすれ違うとき、彼はちらりと眼を据えたのだ。何ともいえぬ昂揚がわしを捉えた。身体中の血が沸騰したかのような感覚だった。だが、わしは人質の身じゃ。ましてたかだか九歳。そ奴に会いたいと願《ねご》うて叶うはずもない。そ奴も、眼が合うただけで、わしの精神《こころ》も知らず、さっさと仲間たちと食糧蔵の方へと走り去ってしまった。さしものわしも、これで終いかと内心、溜息をついたものじゃ。だが、そうではなかった。その晩、わしが眠っている離れへ、そ奴が訪ねて来るとはの。

頰に冷たいものを感じて眼を醒ますと枕元に彼奴《きゃつ》がいた。深更《しんこう》じゃ。一点の明かりもないのに、彼奴の姿はなぜかはっきりと見えた。あの謎は今も解けぬ。わしの伴の者は隣り部屋の侍女でさえ、眠りこんでいた。普通なら度肝を抜かれるところだが、わしはすぐに気を取り直した。手に入らないと思っていた漢《おとこ》が向こうからやって来たのだ。何を怖がることがある。身体が熱く、激しく震えておった。あれほど期待に胸を焦がしたことは、関ヶ原での小早川秀秋めの変節を待っていたときぐらいじゃ」

家康は晴々とした笑顔を見せた。

2

「待っていたぞ」

竹千代が声をかけると、男は精悍な顔に笑みを浮かべた。

「よくおれを見抜いたの。ただの童《わっぱ》ではないと思うたら、松平の倅だというではないか。ま、誰でもよい。おれはおまえの眼の光に惹かれたぞ。この小僧――大将の、否、総大将の器だと」

「そのためには、そちの助けが要る」

竹千代は、およそ子供らしからぬ内容を子供らしい声で告げた。

「わしが大きゅうなるまで待て。必ずや一国一城の主となって、おまえを召し抱えてつかわす」

男は低く笑った。

「是非――と言いたいところだが、おれにもおれの都合がある。おまえがそうなるまで待ってはおれぬ。つまり、生きてはいられまい」

竹千代は絶句した。いきなり心臓を殴られたような衝撃であった。将来のこと、天下取りのこと――これさえ子供の考える内容ではなかったが、生と死についても深く思いを巡らせ、しかし、確たる感慨を抱くことはできずにいた。それが不意討ちの一撃であった。

竹千代は胸を押さえ呻吟《しんぎん》した。

「ほお、童ながらに考えておったか。だが、まだそんな思いを抱くのは早いぞ。この世の中じゃ、おまえが大きゅうなるまでに、生も死も嫌というほど眼にせねばならぬ。一期一会というのは実に良い言葉だ。それに則り、おれという男が、ひとり墓の中へ持っていくつもりであったものを、全ておまえに与えるとしよう」

「城門で見せた技か？」

「はは、あれは無理だ。おまえは頭は切れるし度量もある。人も寄ってくるだろう。大将はそれで良い。自分の身を酷使するな。力仕事は下々の者に任せい」

「では、おまえは下々の者か？」

「ははは、そうなるな。おれも出来れば、おまえのような将器の持ち主に仕えてみたかったぞ。だが、最早、そのような気も将来も失ってしまった。あの乞食どもと物乞いをしながら一生を終えるのだろう。小童、おまえは天下を取れ」

竹千代はすぐには答えず、周囲を窺った。万がいち聞き耳を立てている者がいたとして、大言壮語と罵られるのを怖れたのではない。こいつならやりかねんと思われ、暗殺の危機を招くことに用心したのである。二つの家の平穏の要だとしても、片方の不利を招きかねぬとなれば、即座に処断されるのが人質の運命だ。

「取らいでか」

と底鳴りのごとき声で告げたのは、闇に外に聞くもの無しと判断した結果であった。

「そうとも。それでこそおれの見込んだ小童だ。では、些《いささ》かなりと力を融通させてもらうとしよう」

彼は懐から二十センチほどの人形を取り出した。泥をこねて作ったとひと目でわかる粗雑な品であった。

「これに爪で眼鼻を刻め。それから、おまえの髪の毛を一本、眼と眼の間に刺し込むのだ」

受け取った感触も重さも、確かに泥人形である。深夜、明かりもないのに眼が利く闇の中で、なんとも不気味な状況のはずなのに、竹千代はすくみ上がるどころか、興奮と好奇に眼をかがやかせて、奇怪な作業を成し遂げた。

「髪の毛を刺し終えると、彼奴はその口に息を三度吹きこんでから部屋の隅に投げよと命じた。わしの胸は高鳴り、頭は期待で灼熱の極みにあった。おお、放ったとも。天海よ、何が起きたと思う?」

「さて」

と天海は答えた。天下の大将軍となった今も、いよいよ定かならぬ部分の多いこの老人が、いよいよ真の姿を現そうとしている。それは、人間の姿をした魔物が、ようやく七十年間まとってきた人間の皮を自ら剝ぎ出したかのように思われた。

「わしはそれを放った」

家康は北東の隅を見た。そして六十年前の彼は、泥人形を放ったのであった。

「すると、人形が落ちた位置から人影が起き上がったのだ。人形以外であるはずがない。しかし、それは確かに人間《ひと》で、子供であった。わしは眼をしばたたいた。何たることだ。それはわしではないか」

天海は無言で主人を見つめていた。

「もうひとりの自分を眼の当たりにするという事態が、いかなる感情を生じさせるかわかるか? 髪型から姿、衣装まで、そのときの自分と寸分違わぬ自分を前にして、わしはこう思った。これで天下が二度取れる、とな」

「……」

「不安でも怖れでもないぞ、天海よ。わしが感じたのは満身の歓びだったのじゃ。その奴は——もうひとりのわしは、ゆっくりと近づいて来よった。足下は覚束ぬ。『生まれたてなのでな』と、作り主が言ったのを覚えておる。わしの眼と鼻の先で立ち止まりよった。眺めたとも。見つめ合ったという方が正しいかの。存分に眼で調べ抜いた後、頬にも触れた。向こうもな。わしの指先に伝わって来たのは、まぎれもない、熱く柔らかい人の肌であった」

「人形変じて人に変わる。泥変じて肌となる。それは魔性の技ではござらぬか」

「わしもそう思った。そこで作り主にそう尋ねた。彼奴は首を横にふり、『教えてやれ』と人形に言った。わしは自分に言われたような気がした。すると、人形はこう話しだしたのじゃ。ああ、天海よ、それはわしの声であった。

『これは、おまえと同じ人間《ひと》のこしらえた品じゃ。遥かな昔、海の彼方に栄えていた国に住む者たちが、刺客の眼と刃をくらますために作り出したのじゃ。その国はここよりも数等高い技術で様々なものを作り上げていた。空を飛ぶ乗り物さえあったという。だが、先に進みすぎたものは、止まるのも早い。その国は何千年も前に海の藻屑と化した。住人たちは逃げのび、あらゆる土地に散った。彼らはその国の技を、辿り着いた土地でも使った。意図的に伝えた場合もある。だが、進みすぎた技を、その成り立ちすら理解できぬ者たちの下で浸透させるのは、所詮無理であった。わしを作るには泥に別の薬を混ぜねばならぬ。その薬用の材料はこの国にもあるが、材料から薬を取り出すための技がない。薬が切れれば、わしは二度と作れぬのじゃ。こうしてその偉大なる国の栄光の技は絶えていったのじゃ』

『そいつは、おまえの影武者に使え』

と、作り主が言った。

『おまえの生命を狙う者がいそうな場所には、そいつを行かせい。退屈な、役にも立たぬ学問の席には、そいつをつかせい。おまえの成長につれて、そいつも大きく、賢くなる。この世の中、いつ何時おまえに再び人質の運命が廻ってくるやも知れぬ。そのとき、そいつを差し出すがいい。おまえは運命にすら勝てるのだ』

天海よ、おまえなら信じられよう。わしも信じた。

『いまの身の上も天が定めしものならば、確かに逆ろうてみせる』

とわしはそ奴に言明した。すると彼奴は笑い、

『しっかりやれ、松平竹千代よ』

と言った。

『その名が天下の覇者の名となるのを、たとえ魔天の住人と化しても見守っておるぞ』

そして、彼奴は、音もなく庇《ひさし》の方へと遠ざかっていった。

『待て。おまえの名は？』

　わしは必死で訊いた。天海よ、なぜか哀しかったぞ。あれ程の哀しい思いを、わしはそれ以前も以後もした覚えはない。返事はあった。

『おれに名前はない。昔むかしに奪われてしもうた。竹千代よ、ようく聞いておけ。おれとは二度とまみえまいが、おれと同じ先祖を持つ者たちは、まだこの国におる。いつか、おまえの下を訪れるやも知れぬ。それは明日かおまえの死の床か。そのとき、彼らの言葉に従うてはならぬ。これだけは肝に銘じておけ』

　摩訶不思議なことが起きた。天海よ、わしはそのときの返事を忘れてしまったのだ。首肯したような気もするし、否と応じた気もいたす。確かなのはひとつ——覚えてはおらぬ。それだけだ」

「それで」

　天海は膝を進めた。徳川幕府の基《いしずえ》を家康とともに築いたとされる陰謀の怪僧が、子供のような好奇心を隠そうとしない。

「それで、この国におるという者たちは、家康殿の下を？」

「うむ——来た」

　天海は小さく、おおと洩らした。

「いつでござる？」

「わしが第一次上田攻めに敗北した夜に」

徳川と真田――この両一族に宿命的な敵対性を感じる人々は多いであろう。

武田信玄、勝頼《かつより》に仕えた真田昌幸は、武田家滅亡後、織田信長に接近するも、その信長が明智光秀の裏切りによって斃されるや、この機に乗じて小県、佐久、諏訪《すわ》の信濃三郡への侵略を開始した北条氏直に帰属を願い出る。どう見ても長いものには巻かれろだが、ひと月後の八月には、その北条が持つ沼田城を長男の信之、叔父・矢沢綱頼《つなより》に攻略させている。帰属願いはその場凌《しの》ぎであり、最初から反・北条のスタンスを抱いていたと思《おぼ》しい。北条にというより、信濃を狙う者に対してだろう。彼はこの地を手放したくはなかったのだ。

信濃攻略を策したのは、北条氏だけではなかった。川中島一帯を傘下に収めた上杉景勝も信濃南下を企て、北条軍と対峙、また徳川家康も甲斐を掌中に収めた勢いをもって、信濃の支配をめざして北条と矛《ほこ》を交える決意を固めた。

上杉との協調を選んだ昌幸を、またも翻意させたのは、信濃掌握に際して、佐久出身の家臣・依田信蕃をもって国人へ働きかけ、自軍への帰順を働きかけた徳川のやり方であった。さらに家康は、自軍に昌幸の弟・加津野昌春が在陣中なのを知るや、彼を通して直接昌幸へ帰順を勧め、昌幸もついに決断する。次世代の支配者は誰かを考えた場合、恐るべき勘の良さであり、運の強さといえた。

真田と徳川、敵愾の宿命はここから始まる。

天正十年（一五八二）、織田信雄《のぶかつ》の斡旋《あっせん》によって、徳川軍は北条と和睦。その際の条件の一が、上野・沼田領を、甲斐の都留郡、および信濃の佐久郡と交換するというものであった。こうして、北条は信濃から撤退したが、後の天正十二年（一五八四）、この和睦条件の履行を強く求めることになる。言うまでもない。その前年、徳川と織田信雄連合軍が尾張において羽柴秀吉の軍と戦った小牧《こまき》・長久手《ながくて》の戦いである。その際、家康は勝利したものの、後方からの北条の侵攻を危惧して和議を申し出たのである。北条の要求も当然といえば当然であった。

翌天正十三年（一五八五）六月、家康は真田昌幸に対し、北条への沼田領の譲渡を命じる。昌幸が家康の傘下に入っている以上、これも主君から臣下への命令として当然の行為であった。

だが、昌幸は、沼田は真田が勝ち取った土地であるとの理由で、これを拒否、なんと、一度は袖にした強豪・上杉景勝への接近を図る。

怒り心頭に発した家康は、上田城にあった昌幸に対し、譜代の鳥居元忠・大久保忠《ただ》世《よ》・平岩親吉《ちかよし》等を頭に、七千の兵を送る。

いかに家康が真田に対して憤慨の情を抱いていたかは、ある指示書の一文によって知れる。

根切り肝要候。

根切り――すなわち、皆殺しの意である。

対して迎え討つ真田軍は歩兵・騎馬合わせて二千人。数からいえば勝算ゼロの戦いであった。

だが、歴史の語るがごとく、徳川軍は真田の智謀の前に敗北する。

3

「わしにはある予感があった」

と家康は言った。過去を語る眼ではなかった。この大将軍にとって、過ぎ去りし時などはあり得ない。すべては現在《いま》なのだ。そこに家康は生きている。天海は恐怖さえ覚えた。

家康は続けた。

「わしにとって節目といえる時は幾つもあった。人質として今川へ送られた日、今川の下を立ち去った日、姉川の戦い、小牧・長久手の戦い、そして、我が生涯最悪の一日――三方ヶ原と、言うまでもない天下分け目の関ヶ原じゃ。今川の館の晩、あの男が告げた奇怪な者たちの訪問があるとすれば、誰よりもわしがこのどれかだと思ったであろう。だが、ここではなかった。このどれも、わしの胸を波立たせはしなかったのだ。

上田攻めじゃよ、天海。世間はわしが怒り心頭に発して兵を送ったと思うておるじゃろう。冷静だったとは言わぬ。だが、胸の中に燃える火は、怒りが薪だったのではないぞ。それこそ予感よ。長年の期待が突如叶うと知った歓びよ。早馬による敗北の報を聞きながら、わしはかすがいは真田かと納得しておった。だが、今はわしと真田を結びつける道具が彼奴《きゃつ》らであったと思うておる」

天海は地鳴りのような声で、

「彼奴らは、いかなる目的で？」

と訊いた。

「わからぬ」

家康は答えた。天海は思わず、頭に手をやった。怒髪《どはつ》が天を衝《つ》くように感じたのである。それほど、家康の返事は人を食ったものであった。

「――では、彼奴らは何故？」

訪れたのか、と訊きたいのだろう。

「真田に別の一派が味方していると伝えに来たのじゃ。つまり、真田こそが、徳川の最大の敵となる、と。上田攻めの敗北はその端緒に過ぎぬ。これから幾たびか、徳川は彼らと矛を交え、そのたびに敗北するじゃろう、と」

「それは――しかし」

応じながら、天海はそれほど自分を無能無力と感じたことはなかった。

「秀忠に指揮をまかせた第二次上田攻めの結果は、そちも知ってのとおりだ。秀忠め、第一次上田攻めと同じ轍《てつ》を踏み、ついに関ヶ原へも、天下分け目の時刻《とき》までに到着できなんだ」

「御意。ですが、関ヶ原では見事に――」

天海の言葉を、家康はいらだたしげに遮った。

「よさぬか。あれは石田に勝っただけだと、そちも知っておろう。わしの機嫌とりなどよせ。秀吉めの草履《ぞうり》取りの真似など、我が家臣には断じて許さぬぞ」

まくしたててから、

「しかし、いま考えれば、関ヶ原の勝利も怪しい事態ではあったのじゃ」

「何と」

家康は脇息にもたれた。それさえしんどそうな動きであった。胸中に秘匿してきた秘事の告白は、それほどの負荷を精神のみならず肉体にもかけていたのである。

「わしは勝った。間違いなく勝利した。だから、いまここにおる。それなのに天海、あの関ヶ原の日から今日まで、一度も勝った気がしないのは、何故だ?」

天海は何か言おうと思ったが、すぐ口を衝《つ》きはしなかった。家康が先を越した。そして、とんでもないことを告げた。

「天海よ、全てが勘違いのような気がしてならぬ、と言ったら笑い草にするか？　わしらの考え及ばぬようなところで、得体の知れぬ何者かが、向けてはならぬ方角へ、歴史の舵を切ったのだ。わしは正しい方角を知っていた。だからこう納得できぬ、もやもやした違和感がついて廻るのだ」

「つまり、家康様は、ご自分と東軍とが関ヶ原で敗れたのではないかと？」

「そうじゃ。その意識がまだ脱けぬ。恐らくは一生」

「それこそが勘違いではござらぬのか？」

「わしは必ずしも正しいものを選ばぬ。採《と》るのは、現在の徳川家の永劫《えいごう》なる繁栄よ。だから、問い質しなどはせん。徳川家の勝利は間違いなくここに築かれておる。それなのに、わしの中にいるわしがこう囁く。絶対に間違っているぞ、とな」

「関ヶ原で敗れたと仰るのか？」

家康はかぶりをふった。

「そうだ。わしと東軍の兵はひたすら小早川秀秋の裏切りを待ち続けておった。ついに業を煮やしたわしは、彼奴の陣取る丘へ、十発ほど火薬玉を打ちこんで性根を据えろと命じた。しかしなお、秀秋は動かなんだ。いら立つわしの前に、秀秋の軍に忍ばせておいた伊賀服部組の忍びが音もなく近寄って、奇妙なことをぬかしおった。

小早川様は何者かに取り憑かれております。そ奴が我が軍への参陣を阻むよう、命じているのでございます、とな。

本多や井伊は、この虚《うつ》け者めと忍びを斬りかねまじき勢いであったが、わしには全て了解できた。天海、おぬしはどうじゃ？」

「その――奇怪な男と敵対する一族が西軍についた、と」

「そのとおりじゃ。かといって、どう扱っていいものか、わしには見当もつかなんだ。敵と見なすか、味方と見るか。恐らくは前者であろう。そ奴らは西軍についた。しかし、わしが大坂城内に放っておいた間者や忍びからは、奴らの存在をうかがわせる知らせなど、一片も来なんだ。豊臣に付いたものか、他の西軍大名と通じたのか、わしは混乱の極みに達し、秀秋めへの対処にすら気が廻らなかった。世人は家康の生涯最大の危機は伊賀越えか三方ヶ原だと得々と伝えるであろう。だが、伊賀越えの敵は明智の軍兵であった。三方ヶ原の相手は信玄その人であった。どちらも処する法はあったのじゃ」

「確かに――所詮は人間《ひと》でございます」

「だが、秀秋の背後に取り憑いた者の正体はわからぬ。彼《か》の男の同類と知れても、それを処理する算段はつかなんだ」

「……」

「懊悩《おうのう》ここに極まれり。戦さはすでに西軍が押しておる。あと半刻もたたぬうちに、東軍は総崩れであったろう。天海よ、わしは兵馬を率いて秀秋の陣への攻撃を決めたのじゃ」

天海は記憶を辿った。無論、家康が小早川の陣へ総攻撃をかける姿など浮かんでは来なかった。そもそも、はじめて耳にする大秘密なのだ。彼はようよう言った。

「しかし、誰ひとりとして、殿が小早川の下へ押し寄せる様を見たものは――」

「おらぬ。おらぬよ。小早川秀秋は、わしの脅しの砲撃に驚き、覚悟を決めた裏切者と後世の歴史には遺るであろう。だが、天海、わしは真に討って出たのじゃ。我が軍馬に鞍《くら》を置き、またがり、鞭打って、五百の精鋭もろとも小早川の陣へと突進していたのじゃ。おお、あのときの熱をはらんでいた風よ、雑兵どもの絶叫と刀槍の打ち合う響きよ、今も我が耳を領しておるわ」

――五百騎が伴に？

天海の記憶の手は、瞬時にあらゆる光景に触れてみたが、合致するものは何ひとつなかった。

不意に彼は眼を閉じ、膝に置いた両手を握りしめた。その体を異様な現象が襲ったのは、次の刹那であった。

艶光る肌は枯葉のごとく乾き、眼球は瞼《まぶた》ごと眼窩《がんか》に落ちこんだ。顔を見よ。手を拝め。

すべて皮を張りつけた骨ではないか。

この急激な変化を見て、家康はどうしたか?

立ちすくんだか?

逃げ出したか?

へたり込んだのか?

家臣を呼び集めたか?

いや。

彼はにやりと笑った。

誰の眼にも邪悪で出来た笑みに見えたろう。

「――やはり、天海、よくぞ生命を賭けよった」

彼は木乃伊《ミイラ》状になった天海僧正の頬を指で弾いた。乾いた音がした。

「そろそろ戻らぬか? でないと、そのまま未知の深淵の虜になり果てるぞ」

彼は一歩下がった。

その手首をぐいと摑んだものがある。天海の手であった。木乃伊状と言っても骨自体は家康に劣らず太い。肉の喪《うしな》われた分、その呪縛は常人を離れた力を家康に伝えた。

「ぐ…誰か」

耐えかねた声が叫びと化す寸前、呪縛は解かれた。

離した手はふたたび膝の上に置かれ、天海は顔を上げた。その顔も手も尋常な状態に戻っていた。

「天海」

「見ましたぞ、殿の突進を」

爛《らん》とかがやく双眸で家康を射抜くと、

「誰もがこれを見た。なのに全ては忘却の沼に沈んでおる。この天海ゆえに沼の底からそれをすくい上げ、意味のある一連の光景につなげ得たのでござる。殿——あ奴らは何者？　否、何でございます？」

「——何を見た、天海よ？」

「あれは誰の眼を通したものでござろうか。小早川が陣取るあの丘へと土を蹴る殿と精鋭五百。それと知りつつ小早川は何の動きも見せず、却って横合いから西軍の旗印が押し寄せて参りました」

「ふむ、大谷軍じゃ」

「しかし、それは後につづく精鋭が食い止め、殿は小早川の陣営に到達された。まず、何を感じられました？」

「怖れじゃ」

家康は低く告げた。

天海はうなずいた。それから言った。

「小早川の陣には、それを囲む警護の者たちが三重になっておりました。ところが、彼奴らの様子ときたら、殿たちの接近を知りながら微動だにいたさぬ。ただ己れの位置で或いは立ち、或いは坐り、等身大人形のようでありました。なんと馬までが」

「そのとおりじゃ。彼奴らを見てわしは震慄《しんりつ》した。もとより、秀秋らとの闘いが目的ではない。陣内に入るやすぐに下馬し、秀秋めを捜した。部下たちは、棒立ちの兵どもを捕らえて、彼奴の行方を吐かせようとしたが、誰ひとり口を開こうとせなんだ。当然じゃ、人形なのだからな。わしは陣幕へと進んだ。

その内部《なか》に秀秋はおった。

重臣ともども、人像と化してな。

だが、わしの眼を引いたのは、秀秋の右方に立つ四人の男たちであった。異国の者たちじゃと、閃《ひらめ》きおったわ。姿形はわしたちと変わらん。髪の毛も眼の色も、じゃ。だが、全体として見ると、明らかに異なっていた。

『おぬしらは』

わしの声は不思議と穏やかだったと思う。あの男の面影が記憶に上がったのじゃ。

『家康殿じゃな』

と、ひとり——抜きん出て背の高い男が言った。

『しかり。おぬしたちは、あの――』

『左様』

その男たちもわかったらしかった。次々とうなずいて、

『与一と同じ血の者だ』

と言った。わしがあの男の名前を知ったのは、そのときじゃ。

わしは秀秋を指さし、

『何をしておる。その者はいま掛け替えのない宝じゃ。もとに戻せ』

『そうはいかん』

『――何故じゃ？』

わしは柄に手をかけた。すでにそうしていた背後の家臣たちは一刀を抜いた。

『わしらは西軍を勝たせたい。そうなれば大きな得になる』

『それで、秀秋らをおさえたか、変化《へんげ》め、うぬら、何者だ？』

『遠くから来た者の末裔《すえ》よ』

『遠くから？』

『与一に聞かなんだか？　いずれ奴に会うたら聞けい』

男はこう言うと、突っ立ったままの秀秋の耳に口を当て、何やら呪文のような文句をささやいた。

すると秀秋が動いたのだ。のみならず重臣たちも。そのとき、陣幕の外で驚きの声が上がり、外の小早川兵たちも呪縛が解けたのがわかった。

『秀秋――正気か?』

わしは男たちに眼を据えながら叫んだ。刀を抜くつもりが、縛られたように手が動かなかった。

秀秋はわしの方を見た。声は聞こえるのだ。それから男たちの方を向き、待った。

『行け。東軍を倒すのだ』

こう言われて、秀秋と重臣どもが動き出したとき、わしの手勢が斬りかかった。確か小畠官兵衛と申す剛の者であった。真っ向上段――秀秋が真っぷたつになる光景を見たような気がして、わしは思わず、やめいと叫んだ。秀秋は斬られるのを待っているかのように動かない。小畠はそれが斬れなんだ。どう見ても外す距離ではない。だが刃は空を斬った。秀秋と重臣どもは陣幕の方へと歩き出した。斬れとわしは叫んだ。こいつらが外へ出たら、東軍は確実に敗ける――その思いが頭に灼きついておった。兵たちが斬りかかった。何と彼らは、敵に刃を叩きつける寸前、わずかに向きを変え、空を斬り裂いたのだ。秀秋らが陣幕を出るまでみな三度ずつ、あらゆる方角から刀をふるった。兵たちが断った破れ目から、秀秋らは悠々と歩み出た。兵たちは追った。汗にまみれ、息も絶え絶えに、決して届かぬ刃を目の前の敵に送る彼らの姿を思い出すと、今も胸が痛うなるわ。

　わしは追わなんだ。四人組のひとりに引き留められたのじゃ。

『小早川の裏切りがなければ、西軍の勝ちだ』

　と、最初の男が言うた。

『おまえもそれを見届けるが良かろう。来い』

　わしは言われるままに、彼奴らについて陣幕を出た。わしが他人の言うなりになったのは、後にも先にもあのときだけじゃ。わしらは丘の東の端に来た。下方ではすでに小早川隊が、我が藤堂隊、福島隊と矛を交えておった。

『見るが良い。二度と眼にできぬ光景かも知れんぞ』

　男が指さしたのは、小早川の戦場《いくさば》であった。

　距離を置いて見ると、何とまあ奇怪で珍妙で滑稽な闘いであることか。東軍——藤堂・福島軍の兵の攻撃は全て空を斬り、空を突き、小早川軍の攻撃は正確無比に敵を斃していく。なにせよろめき、体勢を崩したところを、こちらは充分な余裕をもって斬り込むのだ。血飛沫《しぶき》はすべて東軍のものであった。

　わしは憤怒せねばならなかった。焦りに混乱せねばならなかった。絶望に自刃せねばならなかった。だがな天海、何故かわしはひどく落ち着いておった。或いは奇怪な四人組の放つ妖気に絡め取られていたのやも知れぬ。

最初のひとりが言いおった。

『関ヶ原が西軍の勝ちに落着すれば、次の夜明けまでに、小早川の者どもと同じ技をしかけている西軍の将たちが増えて行く。やがて彼らはこの国のみならず、海の彼方へと雄飛を遂げる。明を呂宋《ルソン》をやがては羅馬《ローマ》までをも版図に加えるであろう。そのとき、我らの昔日《せきじつ》の栄光は現在《いま》の光を放つに違いない』

『おまえたちは――何者だ？』

わしはまた訊ねた。他の問いは浮かばなかったのだ。彼奴らは声もなく笑った。それが返事であった。わしの頭に、ひとつの事実がはっきりと形を取って来た。

東軍は敗ける。

眼下の一方的な戦いに変化が生じたのは、そのときであった。斬り伏せられるばかりの東軍隊に、東から別の東軍部隊が救援に駆けつけたのだ。旗印から見て、本多隊であったろう。だが、わしの精神《こころ》は一向に昂ぶらなんだ。何千何万の援軍も、小早川隊のうしろについている怪異な技の前には無力としか思えなかったからじゃ。ところが、こ奴らの刀は小早川兵の首を断ち、腕を落としたではないか。本多の兵が小早川たちと等しい技を使っているか、敵の技が効力を失ったのじゃ。

四人組の明らかな動揺が伝わってきた。ひとりが最初のひとりを見て、何かしゃべった。わしにも聞こえたが、明らかにこの国の言葉ではなかった。

あの力が失われたのだろう、多勢に無勢が前面に現れた。小早川隊はあっという間に散り散りになり、西軍自体が後退を余儀なくされていた。後は、おぬしらが存じておるとおりじゃ」

天海は息を吐いた。次の問いが出てくるとは思えぬ、長い吐息であった。

「して――小早川秀秋めは？」

「彼奴は数名の重臣めらと陣内へ逃げ戻ってきた。そして、わしの顔を見るや、ひええとその場に尻餅をついてしまったのじゃ。いつの間にか四人は消えていた。わしの耳に今も残る、与一めとの罵声は、そのときのものじゃろう」

「すると、そ奴らが小早川に授けた技を、本多軍に施したのも、与一とか申す男――」

「乃至《ないし》、その一派であろう。わしは瘧《おこり》にかかったように震えている秀秋に、我が約定《やくじょう》を違える気かと迫った。

すでに、あの四人の術も解けていたようじゃ。秀秋は丘の上から、全軍で西軍を攻めいと下知《げち》し、後は誰もが知っておるとおりになった。いや、戦いの後、わしは秀秋と本多の陣の様子を忍びに探らせ、わしも自ら会うて話をした。ところが、誰ひとり、わしが小早川の陣へ駆けつけたことを覚えておらぬ。あの奇怪な四人組と奇怪な技の戦闘も、一切合財が頭から抜け落ちておるのじゃ。それも不気味じゃが、なぜわしのみが覚えておるのか、そちらの方がわしには肌に粟立つ思いがする。わしの体にはおびただしい傀《かい》儡《らい》の糸がつき、それを遥かな天の高みで操っておる何者かがいるのではないか。天海よ、わしは勝ったのか、敗けたのか?」

自大なる宗教家は、無邪気ともいえる笑みを浮かべた。

「お心にもないことを。今の世は夢でございますか?」

「――何とも言えぬ」

家康は苦い表情をして言った。

「あのような奴らがいる世の中が、現実といえるのか。関ヶ原の勝利はわしの手によるものではなかった。勝ちを拾ったのは、幻のような、夢のごとき血脈の者たちじゃ」

「……」

「この話には続きがある」

と家康は続けて、天海の眉を寄せさせた。

「真田一族の物語になりまするな。それにも奴らが?」

「無論じゃ」

これまで天海が見たこともない強く深い肯定を家康はした。

「秀忠めが上田城攻略に手間取り、関ヶ原への参陣が遅れたこと――あれにも真田の戦さぶりの陰に、彼奴らの動きがあったのじゃ」

「小早川を籠絡した者たちでございますな」

「間違いあるまい。遅参した秀忠からそれを聞いたとき、わしは関ヶ原の勝利が、真実《まこと》夢であるような気がした」

「上田攻めは二度目でございましたな？」

天海は新たな疑念も俎上《そじょう》に乗せた。

「初回に奴らの介入を感じていたならば、二度目の上田攻めを命じてはおらなんだ。ただし、彼奴らが真田に接触しているからとは言えぬがな」

「あの一族に関しては、拙僧も奇怪なものを感じておりました。その生き方――他者への対処は、強者に四囲を固められていた地方の小豪族に妥当なものではござるが、真田はあまりにも運が良い。聞き及びましたところ、同じような状況に置かれた他の小国の領主などは、恭順の意志をたとえ塵《ちり》でも違えれば、容赦なく前の主人に抹殺されております。まして、新たな主人も安易に寝返り者を受け入れたりいたしませぬ。その上、真田一族は――この乱世の一小国で大国に呑み込まれるには惜しい智謀の主。それにしても、ああも簡単に裏切りと変節を繰り返し、今もその張本人が謫所《たくしょ》に健在、所領は東軍に与《くみ》した嫡男がなおも保持。これは単なる強運とばかりは申せぬと、常日頃考えておりました。家康様、真田一族は徳川にとって、不倶戴天の敵でございまするぞ」

「……」

「それをなぜ、敗者の責を負わせて断首もせずに、九度山への配流のみで済ませられたのか。やはり、奇怪な者どもの跳梁《ちょうりょう》ゆえでございましたか」

「天海よ、関ヶ原から二日後の晩、わしは正しく久方ぶりに与一と会うたのじゃ」

天海の眼が妖光を放った。

「やはり深更の枕辺に彼は現れた。名を呼ぶと苦笑した。そして、真田の処置について話したいと申した。わしはすぐ承諾はせなんだ。たとえ東軍に属した信之の嘆願があろうとも、真田昌幸、幸村父子は斬首、領地は没収と決めておった。それが九度山への配流止まりになったのは、与一めが、そうせよと進言したからじゃ」

「それを受け入れられたのですね」

天海は、胸の中で唸った。彼の知る家康にはあり得ない行為だったからだ。

「自分と同じ力を持った敵がおる、と与一めは申した。地の底から響くような陰々たる声であった。彼らと与一らはこの神州のみか他国でも凄絶な戦いを繰り広げておるが、最近それが燎原《りょうげん》の火のごとく激しさを増しつつ広がり、双方の頭領はその鎮火に焦日を重ねておるとのことじゃ。若い者は親の苦渋を知らぬ。与一の敵対派はすでに真田を選んで影のように取り憑き、昌幸、幸村父子にある力を与えて陣内に引き入れた。もしも、わしが真田家に極刑を科すれば、敵は真田の影の力となって徳川に牙を剝く。そのとき、徳川家は滅びるやも知れぬ、と。それだけの力を持つ者たちなのだ、と。おぬしの仲間が助けてはくれぬのかとわしは問うた。そうしたいのは山々だが、上同士の密約でそれだけは出来ぬのだそうな。徳川家の宿敵をそのような微温な処置で済ませては、将来に禍根を残さぬかとわしは問うた。残す、と与一は断言した。しかし、それは世の中すべてのように、その都度解決していく他はない。とにかく今は、自分が勧めた処分を科すに留めてくれ」

「真田昌幸——彼奴は」

「いいや、幸村じゃ」

家康は空気をえぐるように強くかぶりをふった。

「これからの真田を率いる男——徳川支配に異を唱える最大の敵は、正《まさ》しくその男じゃ」

それから眼を伏せ、ゆっくりと上げて天海を見た。その中に何を見たのか、天海は眼を逸らした。

「与一は更にこうも告げた。真田六文銭の下に集う兵どもに眼を光らせよと。後《のち》にこう伝えられそうな者たちは、早々に処分するべきである、と」

「その名は？」

「真田十勇士」

第五章　十人

1

「十勇士？」

天海は小首を傾げた。妙に子供っぽい動作の似合う怪僧であった。

「恐らくは十人の頭抜けた配下のことであろう。幸村めが各地で忍びを集めているのはわかっておる」

「集め放題でございますかな？」

家康はじろりと天海をにらんで、

「服部家に命じ、あらゆる大名家の領地に間者をとばしてある。草の者と手を組んで、それらしき輩が見当たれば、その場で処分をする手筈よ。だが、真田めの張った網は、わしらより広く目が細かいようじゃな。忍びが選ばれると思しい土地に配置してた伊賀者は、ことごとく討ち果たされておるわ」

「幸村の下には、いま？」

「六名と聞いておる。その名は――」

「猿飛佐助、霧隠才蔵、三好清海、根津甚八、筧十蔵、望月六郎」

と、天海は指を折ってから、もう一本――左の人差し指をつまんで、

「あと一名――いるとの知らせも入ってございます。ただ、名前も男か女かも分かっておりません」

家康は苦笑を浮かべた。

「さすがは天海じゃ。その六人の勇士が九度山へ入るまで百人近い忍びと武士《もののふ》が襲い、みな帰っては来なんだ」

「ふむ。目下のところ、九度山へ入られては、家康様も手出しは出来ぬと仰せられますのか？」

「そうじゃ。九度山には常時伊賀者を配備しておるが、看視以上のことをしてはならぬと命じておる」

「ご賢明でございます」

天海は微笑し、それから重々しい声になった。

「真田への縛りが解けたのは、いつのことでございましょう」

家康も笑った。それは苦笑であった。

「そこまで知っておったか。あと半月でひと月になる」

「今の今まで封じるのみで、手を出そうとなさらなかったものを──何故に？　またも与一が現れ申したか？」

「否じゃ。これはわしが決めた」

天海は沈黙した。冷水を浴びる思いであった。淡々たる返事はある意味、途轍もない未来を招来する予感があった。

家康は言った。

「九度山を見張っていた忍びが、ある品を届けて来たのだ。紀州から七日間、走り詰めに走っての」

「ある品？」

「これじゃ」

家康は奥の棚まで歩き、引き出しのひとつから竹籠を取り出した。生まれたての赤児ほどの大きさであった。

それを天海の前に置き、蓋を取った。紫の布に包まれたものが現れた。家康はそれを両手で持ち上げ、床に置くと布を取りはじめた。

射るような天海の眼であった。

天海は、眼下の品を何とか理解しようと記憶を総動員した。

ひとめ見たところは船だ。

天海は眼をしばたたいた。ものを破壊しかねまじき眼光であった。

違う。

船はもっと幅広い。でなければ海上に浮かんでいられないのだ。

——なんだ、この形は？

少しして思い当たった。涙だ。涙滴《ティアドロップ》だ。しかし、これを水面に浮かべたものが、船といえるのか。まして、その上に帆柱の一本もなく、舵すら見当たらない。船上にあるのは、縦横二寸、厚さ一寸ほどの角板の角を削って丸みをつけたようなものだ。涙滴といったが、板を曲げて組み合わせた船体は、あちこちで板が弾け、曲がって、完成品というには程遠い。

だが、それを受け入れても、一体どのような天才がこれをこしらえたのかと、さしもの天海が溜息をつかざるを得ない奇怪な品であった。

すぼまった後部が破損しているのを見て、天海は心底から、

——惜しい
と慨嘆した。

奇僧怪僧と呼ばれる男の精神《こころ》と奇怪な船をこしらえた何者かのそれとは、どこかで結

びあっているのかも知れなかった。

「それは、真田大助四歳の折り、〈真田淵〉に遊んだ後に置き捨ててあったものだ。恐らくは水遊びに使い、壊れたので、放置したものであろう。でなければ、服部の忍びとはいえ、たやすく手に入りはせなんだ」

「ごもっとも——しかし、水遊びの折りに使用したとあれば、やはり船」

「間違いあるまい。しかし、どのようにすれば、船の役を果たすのか？」

四百年後、七つの海を庭のごとくに進む原子力潜水艦の船体など、いかに家康・天海といえども想像の埒《らち》外にあった。

「中身はお調べに？」

「うむ。こう竹の筒で作った管《くだ》と、その先に蝶の羽根のようなものが四枚ついておった。それも一枚一枚が、こうねじまがって、な」

「ほう」

天海は好奇と関心を隠さず、船体に視線を当てて、

「それはどうなさいました？」

苦い表情が家康の面《おもて》をかすめた。

「動かしたら、ばらばらになった。その船は完全な抜け殻じゃ」

「動かしたと？　どのように？」

「その突起のてっぺんに、よく見ると棒状の桿《さお》がある。それを倒してみたのだ。すると、四枚の羽根が勢いよく廻った」

「ほう」

「わしも居合わせて本多も土井も眼を丸くしたわ。桿を戻すと動きは止まった。わしは早速、普請組を呼んで、船体を壊さずばらばらにするように命じた。棒と管と羽根は一つにつながっていたが、それだけで羽根がそれほど勢いよく廻るはずがない。すると、桿と管の間に賽子《さいころ》大の函《はこ》がついていることがわかった」

「それが――羽根を回す力を生んで、管に伝えたと？」

「恐らくそうであろう。恐らくというのは、その函だけは、普請組がどのような手を使っても分けることが出来なかったのじゃ。不思議も不思議、それには一片の金物《かなもの》も使われてはいなかった。四枚の板を互い違いに組み合わせてあるだけなのに、石のごとく硬い。無理をして壊せば次の用を果たせんと見て、わしは函をそのまま、船体を庭の池に浮かべてみた。人払いをした上でな。従ってこれを見たものは、この家康以外におらん」

　奇怪な船は危なげなく水に浮き、棒を倒すとぐんぐん前進をはじめた。

「なんと、池の端から真ん中まで、およそ五間と少し（約十メートル）を、ひと呼吸《いき》する間もなく渡り切ってしまった。この世にあるいかなる船にかような芸当ができる？

しかも、さらに驚くべき事態がわしを待っておった」

「……………」

「船が沈んだのじゃ。いや、穴が開いてどうこういうのではないぞ。こう、舳先《へさき》の方から、急速に水中へ——あれは沈んだのではない。潜ったのだ」

「船が水に潜る？」

「水に潜る船と申せ」

家康の声は深沈と響いた。その重い静けさは、彼が船から驚きと歓喜とは別のものを得たことを示していた。

「船は潜ったまま出てこなんだ。わしは水に入り、それが池の反対側にぶつかって破損し、池底へ沈んでいるのを拾い上げたのじゃ。それをなんとか修理したものが、いまおぬしが見ている船じゃ。だが、管は折れ、羽根は砕け、もはや二度と動きはせなんだ。さらに、池の底までさらわせても、あの函は見つからなかったのじゃ。さらった連中の何人かが、泥に混ざって得体の知れぬ鉄とも玻璃《ガラス》ともつかぬきらめくものを見たと言っておったが、そのときにはもう泥として処分された後であった」

「ふむ、真田の倅の水遊びに使われ破損した品が、ふたたび動いた。それは水に潜る船であった、と。まだ破損しきっていなかったものが、最後の芸を見せて沈んだというわけでございまするな」

「そうであろう。おぬしなら、なぜわしがこれを見て与一の指示に背き、真田への攻撃を実行に移したかが、わかるはずじゃ。このような船とそれをこしらえる技術が真田に伝わっておるとすれば、海上での食糧や武器弾薬の輸送に、我らはいかなる惨状を呈すると思うか？　将来——五年のち十年のちに、真田一族が何処ぞやの親豊臣の大名と手を組み、このような船を、この千倍もある船を建造し、大砲《おおづつ》を積み込み、江戸への海路を急ぐ船舶に近づき、不意打ちを食らわしたらいかなることになる？　いかに警戒しようとも、敵は魚の眼しか届かぬ海の中を音もなくやって来るのだぞ。天海よ、わしはひとつの秀でた技術《わざ》を見ると、それに関連する他の技も一頭地を抜きんでていると考える癖がある。水に潜る船を、このような見本品とはいえど造り出した者たちは、水の中にいながら、遠く離れた目標を確認する技術《わざ》をも会得しておるに相違いない。また、長い間水中に留まるための空気を蓄えておく技術、目標へと迷わず到達する魚の眼の役をする技術をも合わせて開発しておるに違いない。そのような技術の結晶が豊臣に十艘、二十艘あってみい。加えて陸路の要所を押さえられでもしたら、徳川は半年も保たずに飢餓状態に陥り、秀吉めの鳥取城の飢殺《かつえごろ》し、三木城の干《ひ》殺し、高松城の水攻め等々の轍《わだち》を踏むことは明らかじゃ」

天海はうなずいた。青白い顔であった。

「さればよ、江戸も大坂と等しく水の都市《みやこ》でございます」

彼には、江戸と海とをつなぐあらゆる河川に、ある日突如として奇怪な船体が浮上し、江戸の町や江戸城に大砲を撃ち込む光景が幻視できた。砕け散る城と町家も、天を焦がす紅蓮《ぐれん》の炎も、逃げまどう人々の阿鼻叫喚《あびきょうかん》も、彼の脳内に無惨なほど鮮やかに再現されていた。

しばらく置いてから、天海は長い長い一呼ののち言った。

「真田はひと思いに軍勢をもって滅ぼすべきと存ずるが」

「松永弾正《だんじょう》と平蜘蛛《ぐも》の釜の一件を考えてみるがよい。天下に並ぶものなき茶道の名器は、弾正とともに炎の中に消えた。真田を力押しすれば、恐らくはあの愚をまた繰り返す羽目になる。天海よ、わしはこの船が欲しい。水に潜る船が。それを作り出した真田の技術を失いたくはないのじゃ」

天海は何度めかの沈黙に陥った。

2

松永弾正こと松永弾正少弼《しょうひつ》久秀は、三好家に仕えた後、三好三人衆とともに時の将軍・足利義輝を弑《しい》した下克上で名高い乱世の梟雄《きょうゆう》である。

後に、ひと廻りスケールの大きな同種同族——織田信長に圧倒され、信貴山城に最期の日を迎えたが、そのとき、彼が手にしていた平蜘蛛の釜を渡せと迫る信長軍の目の前で、その釜を叩き割り、城に火をかけて散ったという。

家康と言わず、自在に水に潜り浮き上がる船の技術が、茶の湯における平蜘蛛の釜を遥かに凌駕する価値を持つのは明らかであった。

それを失ってはならない、と家康は判断した。天海はなおも沈黙を維持し、やがて、

「家康様、その技術は現在《いま》の我々が持ってはならぬものではござらぬか」

と、言った。

「古代の武器は木ぎれや石塊《くれ》でござった。それが石斧となり石の剣となり、鉄の槍、刀剣、鏃《やじり》が戦場《いくさば》の担い手となり申した。これからは銃砲でござろう。もしも、古代大和の人々が、何かの拍子にそれを手にしたらどうなっていたか？　恐らくは所有者とその一族のみが木ぎれと石塊しか持たぬ世の人々を征し、圧政をほしいままにしていたに違いござらぬ。もしも、その技術が独占の枷《かせ》を脱していたならば、単なる野放図な戦いの小道具として、無差別に死者の山を築いただけでございましたろう。桁外れの武器には、それを操るに足るこころ構えが付随しなくてはなりませぬ。しかし、戦さでの勝利を希求するだけの者たちがほしいままにすれば、それは海上での、或いは陸地での大殺戮を生むだけの魔性の武器となり果てましょう。真田にはまだこれ以上の武器が隠されているやも知れませぬ。彼らがそれにふさわしいこころを持っているかはわかりませぬ。真

田がそれを実用に供する前に、その技術ごと真田一族を根絶やしにすべきとご決断下さりませ」

「天海よ、それはわしも考えた。水に潜る船なくしても、徳川は天下を手中に収め、それを長年月に亘って維持もしていけるであろう。だが、与一とそれに敵対する者たちはこう申したのだぞ。この国には徳川以外にも、彼らの息がかかっている者どもがおる、と。わしはそれを関ヶ原の小早川軍に見た。第二第三の関ヶ原が起きたらどうなる？　第二第三の小早川が現れたら、我らは食い止められるか？　真田の技術を豊臣譜代の藩の幾つかがもう与えられていると考えてみよ。徳川の繁栄など一朝の夢じゃ。それを怖れるが故に、わしは真田を正面切って掃討はせぬ。彼奴らが持つ技術を手に入れるのが万事に優先する」

「わかり申した」

怪僧は荘重に頭《こうべ》を垂れた。

「何よりもまず、拙僧が今日招かれました理由《わけ》が。服部の忍びでは荷が重いと仰せられまするか？」

「正しく、じゃ」

家康が認めた。

「十勇士とやら、恐らくは真田幸村を守るのみならず、この技術の漏出を防ぐための者たちと見た。ならば、伊賀者たちが為す術もなく斃《たお》されるのもうなずける。天海よ、おぬしの下に、尋常ならざる技を持つ僧兵がおると聞いた。そ奴らを召し出せ」

「出来ませぬ」

「なに？」

家康の温顔が怒りに赤暗く染まった。

「それらの者十名——すでに真田が忍びを求めていると知った時に、捜索役の侍を追って、旅立たせてござる。与一とやらが告げた十勇士——その数が満たされることは永劫にございますまい」

家康に向けられた天海の笑いは、ひどく冷たく感じられた。

「さすがは天海——と言いたいが、真田の捜索はとうに始まっておる。六名が集まるまで、それらの僧は何をしておったのか？」

「手前の指示を待っておりました」

「なぜ、それを出さずにおいたのじゃ？」

「僧は殺生が目的ではございませぬのがひとつ。さらに、家康様の真田甘やかしの謎が解けるまでは——それがふたつ。みっつめは」

「まだあるのか？」

「御意。彼らの戦いの技――一度きり眼にしたこの天海、二度と見たくも思い出したくもございません」

家康は汚穢《おわい》な腫れ物を見るような眼つきで天海を眺めた。

「そのような者たちを、いつ、どうやって育てられたのか？」

「大和の片田舎で。技の基礎はひとりずつ、それぞれの師匠が教え込みました」

「師匠とな？」

「宗教者といえど、覇者の鉄蹄に為す術もなくかけられるわけには参りません。我らの表の顔は人々の救済でございます。それに涙を流させぬよう、創設と同時に設けられましたのが、裏の顔の育成機関でございます。表の顔が御仏のそれならば、裏の顔は悪鬼のそれ」

「人々の救済ならぬ殺戮が裏の顔」

家康は微笑した。

「神罰というものがありますならば、拙僧は死後、地獄へ堕ちましょう。ですが、生ある限り、この天海の生命は徳川家に捧ぐべきもの。この先、秀頼公がどう動こうと、真田がいかなる夢を見ようとも、徳川の盾に傷ひとつつけるものではございません。今宵からは、真田以上に七彩の色に染められた夢をごらんになれまするぞ」

家康は無言で、天海の前に両手を突き出した。天海はそれを握った。

床が鳴った。家康が足踏みをはじめたのである。足叩音ばかりが短く休みなく続く。天海が加わった。

どちらも勝手に踏んだ。リズムもテンポもない。気儘《きまま》な足踏みであった。

どちらも熄《や》めなかった。

ぎし、と天井が呻いた。

ぴしり、と梁《はり》が泣いた。

ぐらり、と床が苦悶した。

二人の頭上におびただしい塵芥が降りかかり、黄灰色の霧が影と変えた。家康と天海の彼らも知らぬ念力の極まるところであったろうか。

それでも足踏みは熄まなかった。これは世界を統べるための踊りではなかった。破滅させるための凶行であった。


武士は足を止めた。昼近い陽が土の上にくっきりと影を落としている。

晩春の羽州街道から半里ほど西へと入った土地であった。

緑の世界だ。息苦しいほどの緑が折り重なって四方を埋めている。人跡未踏と言っても文句は出そうにない森の中であった。

だが、道はある。いつの時代のものか、のび放題の草々に隠れて踏み固められた土の筋が、羽州街道の一支道からここまで武士を導いて来たのだった。

「えらいところに来たものだ。こんなところに住む者がいるとは思えぬが」

言葉の内容は不景気だが、声には静かな昂揚が感じられた。四十年配と思しい顔の中で、細い眼が好奇の光を放っている。

この男が早朝から今まで一瞬の休みもなく歩き詰めに歩いたことを知り、しかもその足取りが常人の数倍も速いと知る者がいたら、驚愕の眼を剝きそうな強健さであった。

緑に支配されたような光景のあちこちに、石造りの基礎や壁の残りなど、建築物の遺構らしいものが散見された。

「石ゆえに朽ちずに残ったか――誰がいつ築いたものか」

武士はゆっくりと歩を進め、草の中を巡りはじめた。

昨夜泊まった旅籠の主人と、ここに到る途中で出会った百姓の話を聞いた者なら、到底考えられぬ大胆不敵――どころか狂人としか思えぬ行動であった。

だが、緑は保護者の色ではない。無害な雑草や蔓《つる》の間から、鋭い刺《とげ》を持つ茨《いばら》の枝がおびただしくのぞいている。

武士はすべて避けて通った。そのための一瞬の停滞もなかった。誰が見ても自然な動きでありながら――危険は全て躱しているのだった。

そびえる楢《なら》の幹の陰から、それの仲間たちが隠している奥の部分に眼を凝らし、

「これは――」

と武士は慨嘆した。

「広いぞ広いぞ。だが、住いばかりではなさそうな――何に使っていたものか」

「知りたいか？」

愕然と武士はふり向いた。声に驚いたのではない。声の主が自分に気配も感じさせず、三メートルと離れていない草の中に立っているのが奇怪だったのである。

長い髪を後ろで束ねた――荒縄でだ!?――中肉中背の男であった。武士よりやや若い。身なりは百姓――というより浮浪者だが、その顔立ちと眼の鋭さは、武士にそう判断させなかった。

右手の竿と何本も束ねた笹を肩に乗せている。笹には鯉らしい魚が口から背まで貫かれていた。ここへ来る間に、武士は水音を聞いていた。近くに川があるのだろう。

「おまえはここに住んでいるのか？」

と、武士はもう落ち着きを取り戻して訊いた。

「半年ばかり、この先にな」

男は答えて、楢の奥へ顎をしゃくった。

「おまえこそ、こんな場所で何をしている？　まともな武士の来るところではない――つまり、おまえはまともな武士ではないということになるが」

「何でもよい。この遺構について知っているのなら教えてくれ」

「ますますもっておかしな奴め。何者だ?」

「津軽家作事役桐ヶ谷次兵衛《きりがやじへえ》と申す者だ。おまえも武士と見たが」

「おお。こう見えても、父は明智に滅ぼされた波多野家の家老であった。おれは以後、諸国を流浪し、宇喜多秀家様に拾われて、半年前までは大坂城内で秀頼様をお守りしていた身よ」

あっけらかんと話した内容は到底信じ難いものであったが、武士——桐ヶ谷次兵衛は、これもあっけらかんと、

「左様か。しかし、豊臣のために働いていた者が、何故かような北辺の地におるのか?」

「十二のとき以来の諸国流浪の半ば、この土地である技を学んだ。おれの人生でいちばん辛いが、いちばん楽しかった時期だ。五年の修業の後、さらに五年を旅の空の下で送り、宇喜多様と出会ったのだ」

「そのとき、ここは?」

「おお、今と同じだったぞ。ただし、この遺構をこしらえた者どもの別派の末裔とやらが住んでおった」

「……」

「眼つきが悪いぞ——おれの名は海野六郎《うんのろくろう》。桐ヶ谷と申したの。おぬしこそ何のために

こんな場所へ来た？　ご領主に測量を命じられたわけでもあるまい？　それとも出城でも建てる心算か？」

「そのとおりじゃ」

荘重にうなずく桐ケ谷を、海野六郎は、呆気に取られた表情で眺めた。

「まさか――本気か？」

「本気じゃ。この遺構については、怪しげな噂が近隣に広まっておる。いわく、古代の鬼どもの棲家だ、いわく、鬼どものために途方もない力を持つ道具をこしらえる廠《しょう》である。大和朝廷の時代ならまだしも、今なお近在の者どもの口の端にのぼるとは、それなりの裏付けがあると見た。ここでおぬしに会えたのも天の配剤か。辛くも楽しかった時期とやらについて聞かせてもらいたい」

光る眼で自分を見据える東北《みちのく》の武士を、海野六郎はうす気味悪そうに見直した。

3

今に残る真田十勇士の伝説は、すべてが講談師の頭に浮かんだ空想の産物というのが定説だ。そこに明治・大正期の人口に膾炙《かいしゃ》した「立川文庫」なる媒体が介入し、猿飛佐助、霧隠才蔵をはじめとする真田十勇士の奇想天外な冒険は文芸のみならず歴史上の事実と誤解されるに到った。

空想の産物とは言っても妄想のそれではないらしく、十勇士のなかにもモデルらしき人物を持つ者たちが数名いる。その代表が海野六郎で、真田一族は、実は東信濃小県郡に実在した海野家の出身と言われている。ただし、海野家の直系が断絶した後、真田家は重臣らに海野姓を与えたため、海野姓といえど、真田との血脈の一環を担う保証はない。

少しの間、桐ヶ谷を見つめ、

「来い」

六郎はくるりと背を見せて森の奥へと歩き出した。武士とは初対面であることも、その得体の知れない様も、少しも気にしていない風であった。

かなりの奥へ分け入っても、遺構は見えなかった。

やがて六郎は足を止め、かたわらにそびえる石の壁に片手を置いた。壁の内側には階段らしい部分が残っている。

「それは物見櫓《やぐら》の跡だ。創建当時は高さ十五間（約二十七メートル）にも達していたと思われる。そこに配置された兵たちも昼間なら平気で千丈《じょう》二千丈（三千〜六千メートル）の彼方まで見渡すことができたそうな。そして、この櫓に備えられていた弓は、人の手を借りずして自ら矢を放ち、石の城壁まで貫通させたという。もっとも、矢を放つ角度その他は、眼の良い雑兵どもが受け持っていたらしい」

「人手を借りず自ら矢を放つ弓とはいかなるものか、おぬしはご存じか？」

「おれが修業に励んでいた頃はすでに影も形もなかった。知識は裔《すえ》どもの教えによるものだ」

「ここは何が建っていたのだ？」

「答える前にはっきりさせておこう。桐ヶ谷氏がここへ来た目的じゃ」

「わが藩はこの地に新たな出城を築くことに決めた。これは北辺の地といえど、防備を固めておかねばという徳川殿の先見的ご配慮によるものだ」

かつて南部家の一領地であった津軽は、知勇兼備の英傑・大浦為信《ためのぶ》によって独立し、時の覇者・豊臣秀吉によって認可された。このとき為信は大浦から津軽へ改姓している。機を見るに敏な為信は、関ヶ原では東軍について大坂方壊滅に貢献し、津軽五万石の基を固めた。慶長十二年（一六〇七）に生を終えたが、死の寸前まで鷹岡に新城を築こうと画策していたという。桐ヶ谷の言う出城も、その計画のひとつであったかも知れない。

「だが、ここが出城にふさわしい土地とは言えまい。本城からは二十里も離れているし、敷地も広くはない。何よりも通行の便が最悪だ。一体全体、当時はどんな輸送方法をとっていたものか」

「もうとうに干上がっているが、この辺りにはかなり広い川が流れていた。ここの連中は出来るだけ他人と遇わずに済む水の道をひどく愛でておった」

「水路か、しかし——」

「みな昔の話じゃ。それがしに聞かせてくれた者たちも、言い伝えとしか知らなんだ。それによれば、もとはこの地に川などなかった。だが、彼らの父祖たちは、彼らには理解し難いやり方で遠く離れた阿台川から水を引き、地面を掘り削って自然のものとしか思えぬ大河を現出させたという。その方法も道具も今ではすべて失われてしまったと、彼らは嘆いていた」

「誰なのだ、彼らの父祖とは？」

病み疲れたような桐ヶ谷の顔を、海野六郎はじっと凝視していたが、不意ににやりと笑った。

「おぬし、藩の侍ではあるまい」

「うん？」

「関心の向けどころが違う。出城構築の下調べが、何百年も前の築城者たちに興味など持つまい。誰でもよい——何者じゃ？」

今度は桐ヶ谷が六郎を見つめて、

「他言無用」

「無論だ——と言えば信じるか？」

「否だ」

「では、おれを斬るか？　いま殺しては勿体《もったい》ないぞ」

「……」

「とりあえず、この魚を焼こう。酒もある。殺生沙汰に手を染めるか否か、その後で決めたがよい」

さらに森の奥へ進むと、桐ヶ谷が見たこともないあばら屋――というか、掘っ建て小屋が斜めにかしいでいた。

「ここだ」

「おぬしが建てたのか？」

「妙な顔をするな。見かけよりずっとしっかりしておる。施工主に似てな」

触れただけで外れそうな板戸を開けて中へ入った。

床に破れ板を敷きつめ、一応いろりも切ってある。天井からぶら下がった自在鉤《かぎ》には黒い鉄瓶がかかっていた。炭は消えている。どれも表面は白い灰と化していた。

それでも、すぐに桐ヶ谷は家主の言葉が嘘でないことに気がついた。

ひどく安定感がある。安堵感といってもいい。盗み強盗が当たり前の時勢に、住む者のこころの荒みを和らげる雰囲気が、このボロ屋にはあった。

寄せ集めの家である。天井も壁も隙間だらけだ。大きいのはしきりと外の木立が見えるし、草の先が入りこんでいる。しかし、その他は——

眼で見ただけでは信じられぬと、桐ヶ谷は板と板の間に指で触れた。

一分の隙もないという意味が、はじめて納得できるような気がした。

このつぎ目には刃も通るまい。

目の前で、いろりの灰に笹の茎ごと魚を突き刺しているどこかなれの果てという雰囲気の男が、独りでこの作業を成し遂げたとは、信じられぬ思いであった。

六郎がじろりと彼を見かえして、

「不思議か?」

と訊いた。

「……」

「試しに地団駄を踏んでみるがいい。少しも揺れぬぞ」

「わかっている」

「ほお。やはりただの取り調べ役ではないの。津軽藩というのも嘘であろう」

「そのとおりだ」

「わしはこの通り世を捨てた男だ。おぬしが誰であろうと気にもならぬし、知ってどうこうしようとするつもりもない。気が向くまでいて、飽きたら出て行け。前に来た男もそうした」

「前に来た男?」

桐ヶ谷の眼が光った。

「ああ。おぬしと同じ匂いがした。斬り合いはしたくない」

魚を刺し終えると、六郎は立ち上がり、奥の木の棚——というより木の枠——の一段においた素焼きの壺と漆掛けの汁椀をふたつ取って来て、二人の間に並べた。

「飲《や》るか?」

壺から注いだ濁り酒の匂いが小屋に満ちた。

六郎は意外に弱かった。二杯で真っ赤になり、三杯目半ばでひっくり返った。桐ヶ谷が揺すったときにはもう、高いびきをかいていた。

「呑気な奴め」

苦笑したのも一瞬、六郎の呼吸《いき》を測って本当《まじ》に眠りこけたと知るや、桐ヶ谷は立ち上がり、家中を調べて廻った。

その眼差しも足さばき、手さばきも無論、単なる作事方のものではなかった。

「この掘っ建て小屋は、隙間を埋めて水へ投じれば、一滴の浸入も許すまい。しかし、材料は正しくその辺の板切れだ。それをこうも堅固に石垣のごとくつなぎ合わせる技術は、こ奴が共に暮らしたという、この遺構をこしらえた何者かの末裔から得た知識であろう。うむ、忍びを捜すつもりが、寄り道をしたおかげで、大した掘出物を手に入れたようだ」

それから殺気すら帯びた眼を床上の六郎へ落とし、

「そしてこの男だが、さてどうしたものか」

と首を傾げた。彼は想定外の人物だったのだ。

「約束の刻限は迫っておる。ここで説得して仲間に加える余裕はないし、説得に応じるかどうか。やはり」

桐ヶ谷の右手が腰の太刀――ではなく、すっと袖口に消えた。現れた拳は、人指し指と中指の間から、鋭い錐状の刃を覗かせていた。

六郎が気づく様子もない。桐ヶ谷はそのかたわらに近づき、胸前を掻き開くと、死の武器を振り上げた。

振り下ろす前に、武器を下ろして戸口を向いた。

何を感じたものか。

「二人……三人……この隠形法《おんぎょうほう》は伊賀の忍び。くく、服部半蔵の手の者か」

瞬間に殺気は失われた。彼は六郎の腰紐を摑むや、一気に肩に担ぎ上げた。

「おれが目当てか、この男かはわからんが、置いていけば家康の間者にならぬとも限らん」

なら、始末すればいいだろうに、肩にした男をどうするつもりなのか。彼はその場で唇を突きだした。

鋭い吐息とともに飛んだのは、大工が使う二寸ほどの釘であった。

それは窓の外に向かって開いていた陽覆いの支え板を撥ねとばし、屋内の闇を濃くした。西と北の窓も同じく閉じると、隙間から洩れる光以外は闇が支配者と化した。戸板にはしんばり棒がかってある。

「さて、どうする、服部組？」

桐ヶ谷は不敵に笑って耳を澄ませた。

敵の出方は、目的が殺害か拉致かで変わってくる。声もかけないところを見ると前者だろう。

板壁の全面数ヶ所が硬い音をたてた。矢が射ちこまれたのだ。問題はふた呼吸ほど置いて鼻孔に届いた油の燃える臭いだった。火矢だ。

「火焙《ひあぶ》りのつもりか」

桐ヶ谷は軽蔑したように言った。

「勿体ないことを。伊賀の田舎忍者ども、この家の価値がわからぬか」

つぶやく鼻先に青いものが流れた。

隙間から侵入してくる煙に続いて、炎が舌を吐いた。

「やはり火攻めか――置いていくか」

桐ヶ谷は六郎を下ろした。

「敵の狙いは我らの殺害に決まった。せめて片方は生き残った方が良かろう。わしは自分を選ぶ。悪いが助《す》けてくれ」

ぎょっとした。眠ったままの六郎が大きく右手を上げたのだ。すぐに下りた。酔いどれの反射運動が偶然一致したに違いない。

何度も頬を叩いた。

六郎は眼を開いた。

「呑む場所を替えよう」

と、桐ヶ谷は話しかけた。

「うい」

「これから出る。酔い醒ましに、少しひとりで歩いてみろ」

「うい」

桐ヶ谷は六郎の腰を抱いて、戸口へと走った。

4

小屋を囲んだ服部一党は六人いた。

少々とまどっていた。尾行中の相手が、想像もつかぬ行動を取ったからだ。桐ヶ谷が東北《みちのく》一円を逍遥《しょうよう》し、人捜しに明け暮れているのも、それが腕の立つ忍び探しらしいのもわかっていたことだ。彼らは桐ヶ谷を尾行し、目的の人物と遭遇したとき、どちらも冥府へ送りこめば良かった。

だが、桐ヶ谷はそれと思しい人物に会うことはなかった。どう見ても行き当たりばったりに、その足は奥州街道を、奥羽街道を、羽州街道を休みなく往復し、行き止まりの道、けもの道にさえ平気で踏み込み、何の成果がなく戻る羽目になっても、意欲に絶望が取って替わることはなかった。桐ヶ谷の足取りは、目的地も知らず、しかし確信と目的を重々しく抱いた男のものであった。

尾行者たちは日に日に焦りを感じはじめていた。これと目指した人物と接触するまでは、ひたすら尾けていくしかない。簡単なようでいて、いかに鍛え抜いた忍びとはいえ、連日歩くばかりでは、知らず知らずのうちに疲労が蓄積されてくる。加えて、追尾中は気を抜くことが許されない。桐ヶ谷が彼らに気づいていないという保証はないからだ。彼らは忍びだ。相手がただの武士ならば、どんな剣豪といえど斃すのに苦労はない。だが、その事態が訪れなければ、ひたすら歩く相手の真似をするだけだ。緊張を漲《みなぎ》らせながら歩くという行為は、何より人を疲弊させる。忍びといえど例外ではなかった。

例外的な救いは、変装をしなくても済んだ一点であった。忍びの任務は諜報《ちょうほう》活動を本分とする。他国へ侵入し、その秘事を探り出すためには、凡庸な日常生活を演出し、その陰で闇の任務を果たす――故に、諸国を漫遊しても怪しまれぬ職業に身をやつす必要があった。

忍びたちが好んだ扮装は、戦国武将に好まれた能の前身である猿楽師、菓子屋、古着屋、薬種商等の商人《あきんど》、小唄と小切子の竹を操り手妻《てづま》や曲芸で子供たちを湧かせる放下師《ほうか》、禅宗の一派である普化《ふけ》宗の有髪の僧が深編笠を被って尺八を吹く梵論師《ぼろんじ》（虚無僧《こむそう》）、出家（僧）、布教のために全国行脚《あんぎゃ》を許された山伏、そして、俗に言う〝草〟――これは、赴任地に住人として長期間暮らし、情報収集を行う忍びを意味するが、他にも身体障害者や慢性の病人に化けることを〝常の影〟と称し、最も怪しまれぬ変身の奥義とする。『正忍記』は、これを「七方出」と記し、変化の基礎としているが、当然、扮装に要する道具を日夜携帯しなければならない。

これが邪魔になる上、重い。突発的な戦いには明らかに不利である。その瞬間を迎えるための緊張がまた精神の疲労を喚起し、忍びの動きを重くする。

六人は武士に化けていた。この場合、最も歓迎すべき化けの皮であった。

六人は羽織と小刀を捨て、衣装をゆるめた。後は大刀を下げ緒で背に吊すだけで、戦闘準備は終わった。

奇妙な遺構を訪れた桐ヶ谷に彼らは首を傾げた。そうするよう真田幸村が桐ヶ谷に告げたことは彼らの耳に届いてなかった。

両眼が任務達成の意欲に燃えたのは、桐ヶ谷がおかしな住人と遭遇したときである。

いよいよだ。何処か様子がおかしいが、怪しげな掘っ建て小屋に入ったところを見れば、使命を遂行する時が来たのだ。

まず火を放った。

火と煙から逃れ出るところを討つ——常套だ。

屋根にもひとりを配して、脱出路を断った。完璧な死の布陣であった。

板戸が倒れた。煙と——それを突き破って人影が現れた。

おかしな住人だった。足がもつれている。赤ら顔からすぐに酔いどれと察しがついた。

唸りを上げて、マキビシと手裏剣が男に集中した。全てを受け止めて男は倒れた。

「——!?」

六人は目を見張った。

倒れた男が、何かの拍子につまずいたとでもいうように、楽々と立ち上がったのである。

新たな攻撃は、恐怖よりも訝しさを打ち倒すためであった。

男はまたもそれを受けて倒れた。

三度立ち上がったとき、六人の全身を冷水が貫いた。

こいつ、不死身か。

男は千鳥足で走った。

「おれが行く」

草むらがゆれた。

酔いどれ——海野六郎の前方から黒い人影が躍り出るや、振りかぶった一刀をその頭頂へ斬り落とした。

誰の眼にも完璧な殺戮劇に見えた。

切り下ろした姿勢で影は草に沈み、六郎はその場に立っている。

「うっ!?」

草が呻いた。

六郎がまた歩き出したのである。斬撃者は動かない。

頭が指笛を鳴らした。

三人が突進した。

「うい」

六郎が歓迎するかのように右手を上げた。

その肩に、首のつけ根に、胴に三条の刀身が食い込んで——空を切った。

「うむ!?」

と、たたらを踏んでも倒れなかったのは、さすがに服部党の忍びだが、新たな攻撃態勢に移る前に、その腹部に冷たい刀身が下方から潜りこんだ。

またも存分な攻撃の挙げ句に倒れた配下と、なおも無傷で立つ敵とを草の間から確認し、頭は唇を嚙んだ。

指笛がまた鳴った。

――逃げろ。事態を江戸へ知らせるのだ。

屋根上の忍びが、すっと消えた。

「無駄だ」

冷ややかな声とともに、背中から右肺を灼熱の痛覚が貫通し、引き抜かれた。

よろめきつつふり向いて、頭は血刀を下げてそこに立つ酔いどれを見た。驚愕の表情で彼はもう一度、燃えさかる小屋の方を向き直った。十間先の草むらになおも立つもうひとりの酔いどれを。

「こ、これは――？」

呻いた口から血泡が溢れる。

「冥途の土産に教えてやろう――あれはもうひとりのおれ――と言うか幻じゃ」

頭が目を剝いた。

「家を出るとき、煙の中でこしらえたのよ。よく見れば踏む草が倒れていないことに気がついたであろう。いや。もうひとりのわしの足下には、わしが這っておったから無理か」

「ど……どうやって……？」

「教わったのよ。この遺構を築いた者たちの裔《すえ》から、な。もうひとつ教わったが、それはおれ以外、前に来た男しか知らん。驚いておったがな」

最後のひとことを聞き終わる前に、頭は崩れ落ちた。

海野六郎は燃え盛る小屋の方を見て、

「このおれを囮に使おうなどと考えた奴はどうなった？　どうなってもその死骸にひと太刀浴びせてやらなければ気が済まん。さて」

熱にあおられ上昇した空気の後釜を狙って吹きつける風が、六郎の髪をはためかせた。


六人目――最後の服部党は、ひたすら逃亡に専念した。

まず考えたのは、森の中か街道かという一点であった。

忍びの足とはいえ、森の中を走り通して逃げ切るには、平坦な道以上の神経の消耗を覚悟しなければならない。迎え討つなら別だが、それを考えてはならなかった。

街道は一日四十里を走破する脚力にはもってこいの場所だが、ちとやばい。相手も追いつき易いからだ。

掘っ建て小屋の屋根をとび下りたときから、尾けて来ているのはわかっていた。

ひたすら走った。足には自信があった。敵もそうらしかった。距離は少しも縮まらなかった。足を速めても、思わずつまずいてその分遅れても、ぴたりと同じ距離を保っている。

戯《ふざ》けているのだ。猫が鼠を弄ぶように、相手は面白がっている。

忍びは、街道を選んだ。

大方は見渡す限りの田圃であった。旅人の姿は見えない。

程なく数人の農夫が土を耕している場所へ出た。ひとりは籠を背負った、十を過ぎたばかりと思しい少女であった。

ふり向いたが、何も見えなかった。

農夫に近づいて訊いた。

「おれを見ていたであろう。後ろに誰かいなかったか？」

「いんや。誰も」

と、農夫は答え、仲間たちを見た。みなうなずいた。

「そうか」

半ば予感していた返事であった。

途轍《とてつ》もない相手だというのは、これまでの嬲《なぶ》り方でわかる。

そのとき、別のひとりが何か思いついたように指を立て、それを彼に向けて言った。

「あんたの後ろに——なにか霧みてえな塊りがくっついてただよ」

「霧？」

「ああ。あんたが止まると、すうっと散らばってしまったけど」

そういえば、そんなものが眼の端に止まった。いや、何度かふり返ったときも——確かに見た。

「おめえさま、ええ男だで、さんざか女を泣かしただだろ。その怨霊がくっついてるんでねえか」

「おお、おっかねえ」

「やだあ」

農夫たちは笑い、彼の表情を見てすぐにやめた。

「どうしても逃れられぬと見える——ならば」

忍びは不意に農夫たちの間にとび下りた。

「え？」

「ええっ!?」

驚きの声が、突然悲惨な絶叫に変わった。

あっという間にひとりの農夫が袈裟がけにされてのけぞり、まだこどもとしか見えないもうひとりに、血まみれの刀身が突きつけられた。

忍びは何処かにいる敵に話しかけた。

「まだ十というところであろう。忍びに情は毒と同じだが、さすがに不憫と思わぬか？まずは姿を見せい。その上で忍び同士の技くらべと行こう」

忍びの声は声ではない。余人の耳には決して届かぬささやきであった。

「よかろう」

何処かで声がした。何処か――天からとも地上からとも、地の底からとも聞こえる声であった。

すうと視界が白く染まった。靄《もや》だ。いや、乳白の霧がもうもうと彼を包んだのだ。

いきなり子供が引かれた。一瞬、手を離し、また一瞬のちに捉えて、忍びは霧を透かしたが、夜も昼のごとく見通す忍び眼をもってしても、渦巻く霧以外は見ることが出来なかった。子供の手を握る腕に力をこめて、

「何処にいる？」

呻くように訊いた。

「ここだ」

それは確かに子供の腕の先で聞こえた。

冷たい鋼が灼熱の痛覚を伴って心臓を貫き、視界が暗黒に閉ざされても、

「霧の中でおれを見ることは叶わぬよ。真田の霧隠才蔵をな」

もはや聞こえぬ忍びの耳に、声だけは届いた。

第六章　若殿の発明

1

海野六郎の下へ、桐ヶ谷こと霧隠才蔵が戻ったとき、天を焦がす炎も下火になっていた。

「おや」

才蔵が驚きとも感嘆ともつかぬ声を漏らしたのも当然だ。

奇妙な世捨て人は、燃えさかる自宅の前で胡座《あぐら》を掻き、徳利から茶碗酒を愉しんでいたのである。

「新築祝いならわかるが、焼却祝いというのは珍しいな」

「貴公も飲《や》れ」

と出された茶碗を受け取り、徳利を傾けてから、一気に飲み干すふりをして、咽下の皮袋へ落とした。

「情けない真似をするなあ」

六郎は哀しんでる表情になった。

「バレたか。毒入りで無いとは限らんのでな」

「すれっからしめが。おぬし——どこの忍びだ？」

「六文銭の旗印」

「おお——真田か」

突然、海野は好意の波に包まれた。

「知っておるのか？」

「噂のみ。昌幸・幸村の親子は類稀なる謀略の徒と聞いた。それなのに、近くまで行って探ると、みな清廉潔白この上ない御方たちだと褒めちぎる。故あって拝顔の栄には浴せなんだが、縁あれば仕えてみたいと考えてはおったのだ」

「ほお」

と才蔵は別人のように穏やかな笑みを浮かべて、

「その徳利と茶碗、どうした？」

と、奇妙な質問を放った。

「おまえに囮にされたとき、持ち出した」

「術に入り用であったのか？」

「とんでもない。これがないと酒が飲めんからな」

「それだけか？」

「それだけだ」

また注いで、ごくんとやった。

才蔵はじっとそれを見つめ、

「ところで、おれを怨んでおろうな？」

と訊いた。

「いいや」

「何故だ？　おれはおまえを——」

「戦の場だ。誰でも我が身が可愛い。おれがおまえでもああしたろう。自らの性行を考えれば、誰でも納得できることだ」

「それはそれは」

「だが、それと怨みはまた別ものでな。借りは返さねばならぬのよ」

才蔵の眼が針のように鋭くなったが、六郎は変わらず、

「まあよい。それはいずれ返させてもらう」

ようやくはっきりと火勢の衰えた家をしみじみと見やり、

「これで住むところもなくなった。どうだ、真田で雇ってはくれぬか？」

「よい」

才蔵はうなずいた。自分がこの男を見殺しにして逃げようとしたことなど、最初からなかったような雰囲気であった。

また我が方に一騎当千の戦力が加わった。その思いだけであった。

「では――行くか」

「ああ」

海野六郎は茶碗を懐に入れ、徳利を肩にかけると、才蔵と並んで歩き出した。

街道へとつづく木立の中へ入る前に才蔵はふり向いた。

十歩ほど手前で、海野六郎は炎より黒煙に身を任せたあばら家を凝視していた。

ひとつの人生がここで始まり、いま終わったのだろう。ひどく狭い空間ではあったが、闘争の日々を送ってきた男としては、朝から酒を浴び眠りこけていられる至福の日々であったに違いない。

だが、彼はすぐにふり向き、大きな欠伸をひとつして、

「行こう」

と言った。炎の送る風が最後に樹々をひと鳴りさせた。

二人は木立ちに呑まれた。

その日、近隣の村人の誰かが森の火事に気づいたが、そこが噂の遺構近くと知るや、森のひとつくらいであれが無くなればと誰ひとり動かず、幸い、火は木立に移ることもなく、やがて鎮火し、火事のあったことも忘れられた。

古代、他国の何者かがその国に築いた文明の遺産は、顧《かえり》みられることもなく草と蔦に覆われ、遠い遠いある日、当地を襲った大地震によって地中深くに没した。その頃には遺構の存在すら知る者はいなかった。


「おーい、猿」

呼ばれて猿飛佐助は〝またか〟と胸の中で嘆息した。

真実《ほんと》、この若殿の相手は手間がかかる。いっそ出来が悪いのならあやし様もあるが、とんでもない。頭の切れはピカ一で、しかもそれが両親を考えれば到底こんなはずはないとしか思えぬおかしな方向を向いているものだから、幼少期から乳母も躾《しつけ》役の若党も頭を抱え、父親の方も当人を見る目に何処か困惑めいたものがある。

この厄介な若殿が、他の誰よりも佐助になついた。今もって佐助は幸せなのか不幸なのかがわからない。

「は、こちらに」

と、若殿――真田大助の寝間の前にかしこまると、

「面白いものを思いついた。これから試しに行く。ついて参れ」

内心またかと思っても、そんな顔はできないから心底にっこりと、

「承知いたしました、今度《こたび》はどのようなお品を？」

「うむ」

と、縁側に出ていた大助は、まずゆっくりと周囲を見廻してから、こちらもにっこりと破顔し、佐助の前まで来た。

「これじゃ」

と、自慢のそれを突き出した。

「なんでございます？」

と、訊いてから、佐助は〝しまった、いつもの癖が〟と後悔した。はたして、大助は軽蔑を笑いにこめて、

「銃じゃ」

と言った。

それは確かに木製の銃床を下に、銃身を上にして、昼下がりの光を撥ね返していた。一メートル足らずの全長は、従来の遠距離射撃にはやや不向きと思われたが、携帯するには軽量で短いから取り扱いはかさばらず、しかも簡便と一目瞭然であった。

「随分と短い銃でございますな」

「そうだ。精確に命中させるのは、従来の長銃《ながづつ》にやや劣るが、これにはそれを補って余りある仕掛けが備わっておる。そのために銃全体が重くなりすぎるのじゃ。減らすには一番重い銃身《ここ》を短くするしかない」

「御意」

「持ってみい」

佐助はそれを手に取り、庭先へ向けて肩付けした。

現在《いま》ならカービン銃と呼ぶだろう。

確かに持ち易いしバランスもいい。三十間（約五十四メートル）くらいの敵なら難なく仕留められるだろう。しかし、どこかおかしい。

引金《トリガー》に指をかけ、ようやく佐助はそれに気がついた。

「大助様、これには火縄をつける場所がありませぬ。いえ、火縄は何処でございます?」

「よう気がついた。これの仕掛けには、それも含まれる」

「火縄なしでお撃ちになる、と?」

「森へ参れ、猿よ」

大助は得々と言った。

九度山では十分も歩けば森である。森の中に村があると思えばよい。

東の森へ入ると、大助はさっさと道なき道を進み、

「よし」

と、足を止めたのは、五十坪ほどの空き地の中であった。どうみても来慣れている。

だが、その情景を見て佐助は愕然となった。

十本近い樹々がまともではないのだ。幹の真ん中が黒く焼け焦げているのもあれば、穴だらけのものも、ひどいのは、根こそぎ倒れている松もあった。

――ここで、お作りになった品を試していらっしゃるのだな。

とは、この若い忍者は考えない。

――仕様がねえな、この若殿はよ。おかしな道楽に凝るのはいいけどよ、木だの草だのの迷惑も考えてみろやい。

本音であった。

そんなこととは露知らず、これも若い大助は得々と馬を下り、得々とあの銃を手に周囲を見廻していたが、

「あれにしよう」

と、十間（約十八メートル）ばかり向こうの松の木を指さした。

「よく見ておれ――銃でも的でもよい」

余程の自信があるのか、さっさと肩付けし、照準を定めるや引金を引いた。

火縄のない銃が火を噴くのを佐助は見た。

佐助の知っている長銃以上に撥ね上った銃先を戻して――また銃口から火薬を注ぎ込み、槊杖《さくじょう》で弾丸《たま》を押しこんで――否。銃はふたたび雷鳴を轟《とどろ》かせた。それだけではなかった。

三発目。

四発目。

五発目。

六発目。

七発目――

煙たなびく銃先を真田大助が下ろしたのは、実に十発の連続射撃を終えてからであった。少し離れた地面の上に、四角い空の筒が黒煙と炎を噴き上げながら転がった。

「何をぽかんとしておる」

大助の笑顔が、ようやく佐助を人心地に戻した。

「大助様――それは？」

「恐らく、海の向こうの国々でも、はじめてであろう。弾丸を入れ替えずに十発撃てる連発銃じゃ」

「し、しかし……」

自在に天を駆け、地を走り、水に潜る――この稀代の忍者が、心底からその存在を脅かされでもしたかのように、声も出ぬ。

その様子がおかしいのか、大助は大きく笑った。ようやく煙の絶えた銃を放ってよこした。

佐助はあれこれいじくり、眼を剝いて眺めたが、胴の部分が鉄で出来た箱型をしている他は、判断がつかなかった。

「その箱の部分に十発の弾丸が入る。その桿を引いてみるがよい。ほら下がったところが開いたろう。そこへ入るのだ。底板の下には発条《ばね》がついていて、十発全部入ると、その鉤《かぎ》に弾丸の端が食いこんで止まる。そして桿を戻すといちばん上の一発が押されて、その先の燃焼部に入る。わしは火室《ひむろ》と呼んでおる。後は引金を引くと、これも桿が引かれたとき、押し戻されていた発条が前進し、その先に付いている突起が弾丸の尻を叩くのだ。すると、弾丸が出る——。わかったか?」

佐助の顔には〝さっぱり〟と書いてある。

「ははは、やはり、な。だが、ここまで話したのだ。わからなくてもしゃべるぞ。おまえもわかったふりをして聞くがよい」

「はあ」

大助は右手を懐に差し入れ、長さ十二、三センチほどの四角い筒を取り出した。筒の先には円錐形の鉛が嵌まっている。

「いちばんの苦労は、この弾丸じゃ。先の部分は弾頭《たまがしら》といって、筒の中の火薬が燃えると、その力で前方へ飛び出す。筒の中で生じた力は、後ろにも働くから、弾頭を射ち出した後に残った空筒とそれを押さえた鉤の部分を後退させる。すると、自然に桿が下がって弾丸を込めた部分が開いて空筒を外へ弾き出すわけだ。後は弾丸を詰めた底板が発条の力で上がり、二発目を一発目の位置に置く。そこへ戻ってきた桿が二発目を薬室へ押しこむ。ここで引金を引けば、またどかんと弾丸《たま》が出る。そして、桿が下がって三発目が上がる。あとはそれの繰り返しじゃ」

「……」

「この銃の工夫は二つ。ひとつ目は燃える力を利用して弾丸を射ち出し、空の火薬筒を排出してからすぐ二発目を発射位置へ上げる点にある。ふたつ目はこの弾丸じゃ」

　と、手にしたそれを示して、

「今の長銃は弾頭も火薬も別々に銃口から押し込み、火縄の火を、火皿に盛った別の火薬に押しつけてどかんといく。このとき、押し込んだ火薬の量が多すぎると、燃える力は前方へ行くしかないから、弾丸を押し出す前に、銃身《つつ》が裂けてしまったりするのだが、この空筒の中なら、分量も自然に決まるからそんなこともない。これを思いついたから、この銃も作ることが出来たのじゃ」

「ですが、その木の筒にはどのようにして火を点けるのですか？」

「これを見い」

大助は器用に弾丸を廻して筒底を見せた。

真ん中に真鍮《しんちゅう》らしい粒が食いこんでいる。

「この粒の中に少量の火薬が詰めてある。引金を引くと桿の先についておる針がここを突く。すると火薬が衝撃で爆発する。この火薬は筒の内側の火薬とは違う。向こうは燃えるが、こちらは即座に爆発するのだ。その火花が燃焼薬に燃え移れば、後はわかるの？」

「はあ」

わかったような気もしたが、実はよくわからないまま、佐助は曖昧に応じた。

2

後世の技術研究者が見れば、大助の発明した銃の先進性に気づいて言葉を失うに違いない。

これは火縄銃の限界を遥かに越えた、否、これ以後の銃器発展史に登場する、燧発式《すいはっしき》（フリントロック）や、実用的な連発銃を可能にしたといわれる雷管式（パーカッションン）さえ一足跳びに越えて、戦国時代に登場した奇跡といえる。

真田大助が造り上げたのは、まぎれもなくこの星で最初の自動装填式《オートマチック》ライフルであった。

「徳川その他の猛者たちといえども、主力は刀槍と弓じゃ。銃はまだ主力にはならぬし、まだまだ火縄銃でありつづけるじゃろう。だが、わしの造り出したこれなら、一挺で十挺の火縄銃に匹敵する。いや、発射の速さからすれば、百挺、千挺を凌ぐであろう。猿よ、大坂といわず、これを百挺も備えれば、いかな小大名でも天下を取るに一年もかからぬぞ」

「正しく」

佐助は心底から応じた。

「で、すぐお造りになりまするか？」

「それが、そうもいかぬのじゃ」

「は？」

訝しげな顔を、苦々しい表情が迎えた。

「この銃を働かすには、何よりも弾丸《たま》が必要となる。それが生み出す燃える力を中心に、全てを造らねばならぬ。まず、この弾丸が、いや手間のかかることよ」

苦笑いの中に、佐助は幼いとさえいえる若い主人の苦悩を認めた。

「まず、火薬を詰めるその木の筒の部分じゃ。今回は燃えながらも十発すべて外へと排出されたが、大概は銃の内部——火室で燃え崩れてしまう。すると、何発か射つうちに、その燃え滓《かす》が大量に火室に残って、次の装塡の邪魔をする。これでは、その銃の生命ともいうべき速射に支障をきたすであろう」

「しかし、それは銃内を掃除すれば済むことではありませぬか。まして、この連発銃——一挺二挺が詰まりましたとて、他の銃の速さが十分補ってくれるはずでございます」

「他に仲間がおればな。だが、ひとりだった場合、掃除をする間に敵に近づかれては、一瞬のうちに刀の錆《さび》じゃ。それでは銃の意味がない」

「それは——」

「他にもある。底部の発火粒をひとつこしらえるのに、手作りで丸一日を要する。しかも、わしがそのためにこしらえた特別の道具を使ってじゃ。その道具をある程度の人数に行き渡らせねば、ひと戦さを賄えるだけの弾丸は集まらぬ。つまり、弾丸をこしらえる道具をまた手間暇かけて作り出さねばならぬのじゃ」

佐助は溜息をつきたくなった。これはやっぱり若殿の道楽止まりなのか。

「後は、その弾頭じゃ。筒から飛び出して、相手の肉を貫き骨を砕く。いわゆる弾丸という奴じゃが、これは真っ直ぐ遠くまで飛ぶ。しかし、距離はともかく命中しなくては何にもならぬ。普通の長銃では五百間（約九百十メートル）飛んでも、狙ったところへ当たるのは、せいぜい百間（約百八十メートル）。これは銃身の短い分、三百間（約五百四十メートル）の五十間（約九十メートル）というところであろう」

「十分ではございませぬか」

「わしは不満じゃ」

大助はきっぱりと言って、

「わしはこの銃で、長銃なみの距離で長銃なみの精確な射撃がしたい。そのためにはもうひと工夫いる。それがわからぬのじゃ」

大助の悩みは、現代では旋条《ライフリング》が解決する。弾丸に回転を与えれば飛距離は無旋条銃より延び、精確さはより増す。廻る独楽《こま》を考えればよい。

大助が造り上げた奇跡からすれば、この事実に思い至らないとは、ある意味それ以上に驚くべきことといえた。

「いま、この国で最も優れた鉄砲鍛冶の下へ行き、これと同じ銃を十挺造れと命じても、恐らくは永久に出来はすまい。日本中の鉄砲鍛冶の総力を挙げても、火縄銃が一日に百挺もできるかどうか。ましてや、この銃のための発条一本、作動桿ひとつこしらえるためにも、全く新しい作業工程と作業場が必要となる。まず、実用は無理じゃな。この場合、実用とは大戦さの場で大群相手に勝利を収める、の意味じゃが。ま、わしの道楽として留めるしかあるまい」

佐助の頭でも、それはひどく勿体ないことに思えた。

「勿体のうございますぞ」

「わかっておる。しかし、変わった銃が一挺あっても、戦場《いくさば》では何ほどのこともない」

「うーむ」

佐助は頭に手を当てて考えこんだ。若いくせに、こんなスタイルが妙に合う。

大助は笑った。今度は親愛の笑いであった。

「よいよい。思案してくれるのは嬉しいが、これぱかりはどうにもならぬ。ましてやこの片田舎に虜囚《りょしゅう》の身を託《かこ》っていては、の」

寂しげな大助の声音に、佐助はじっと聞き入っているように見えた。

その身体が不意に空中に躍った。

同時に、左方十五、六メートル先の木立の奥で、低い男の呻き声が上がった。

すでに着地した佐助が右手をこねるように動かすと、小枝を折り草を踏み、中年過ぎの屈強な農夫がよたよたと現れた。

「おい、佐助」

「ご存知の百姓で?」

「いや。しかし――」

「森の中に百姓がうろついている刻限ではございませぬ。おい、何をしていた徳川の忍び？」

苦痛に歪んでいた農夫の顔に、ふっと尋常な表情が戻った。呪縛していた何かがゆるんだのだ。彼はにんまりと笑った。

「近在の百姓だと言っても通じはすまいな。確かに服部一党のひとり――春木軍太夫《はるきぐんだゆう》じゃ。奇妙な長銃、確かに見せてもらったぞ。今頃は仲間が駿府へと向かっておる」

「今頃は――不憫《ふびん》や、この森を出たところで、清海の鉄棒に頭を割られておるわ。それより――他の奴らよ、聞け」

佐助のこの言葉に、誰よりも大助が仰天した。

「他にもおるのか!?」

「左様で」

「な、なぜもっと早く言わなんだ？」

「大助様の手造りの武器の威力を試すのに、もってこいの奴らかと存じまして」

佐助はぬけぬけと言った。春木軍太夫はうす笑いを浮かべ、大助は呆然――しかし、その品のよい丸顔に、みるみる凄絶な笑いが浮上しはじめた。

「ふむ、世に名高い服部一党の忍びを相手に弾幕を張る、か。確かに面白い。猿よ、よく思案してくれた」

「なんの。おい、服部の、聞いておるか？　おぬしらの居場所は全てわかっておる。数は六人。おれの技と大助様の武器を相手に闘ってみる気はないか？　運良くそちらが勝てば、徳川の運命を決定する品が手に入るぞ」

圧倒的な自信に満ちた声は誘いであった。

「どうした、来ぬか。ははは、徳川家康の危難を救い、分不相応の果報をたまわった伊賀の忍びの、これが怯懦《きょうだ》の本性とはな。確かに分不相応であったわい」

言い終えぬうちに、佐助は右へ走った。

もとの位置で風が唸り、大地を貫く数本の手裏剣に化けた。

晴天に雷鳴が轟いた。

天を覆う木立の枝の一本が、短い悲鳴を上げるや、どうと人影が落ちて来た。

「お見事」

佐助が手を叩くや、樹上からまたも鉄の武器がとび、その枝の動き木の葉の乱れを見届けた大助が引金を引く。

新たに二人が大地に叩きつけられた。どちらも農夫姿であった。先に捕らえられたひとりは、佐助が移動する際、脾臓《ひぞう》に当身を食らって失神中だ。

「あと三人」

佐助は愉しげに伝えた。

「どうした服部一党の。徳川の忍びは初歩の初歩——身を隠して手裏剣を投げる他に能はないのか？」

風の動きを佐助は感じていた。それが乱れた。乱れの理由を佐助は読むことができた。樹下の大助が肩を押さえて木陰へと跳んだ。敵は狙いを変えたのだ。

「正解だ。だが——生命を縮めるぞ」

彼は武器をふった。

九度山の天地に張られた不可視の糸を彼以外は知らぬ。彼以外には見えぬ。その威力も彼以外は知らぬ。

それぞれ数間離れた木立の陰で、異様な声が上がるや、何やら小ぶりな西瓜ほどの塊りが地面へと吸いこまれた。空き出た大枝の上に人影が現れたのは、その直後であった。農夫姿のそれには首がなかった。

三つの首なし死体が地面に激突するのを確かめてから、佐助は音もなく着地してのけた。左肩を押さえつつ木陰から出てきた大助が、惨たる死骸を見据えて、

「わしの銃など、おまえの術に比べれば児戯《じぎ》に等しい代物としか思えぬ。忍びの技とはかくも凄まじいものか」

その足下で、かっと眼を剝いた生首が虚空を睨んでいる。

「首を断つのも、胸板を射ち抜くのも、戦場では同じことでございます」

佐助は静かに言った。

「手前の技は手前にしか使いこなせませぬ。若殿の武器は仕組みと射ち方さえ覚えれば、大殿も庭掃除の農夫も十人の敵を斃せます。どちらがこれからの戦さを制するのか、手前は存じておりまする」

恭しく頭を垂れる真田一の忍びに、大助は大きく破顔して見せた。

3

佐助の住まいは、真田屋敷内のひと部屋で六畳の広さがあった。他の仲間は、屋敷の外に何人かずつで一軒家を借りて住んでいるが、佐助と霧隠才蔵だけは、屋敷内に一部屋を許されている。

言うまでもない。徳川——服部一党の忍び対策である。

音もなく黒影のごとく忍んでくる忍者には、決して消えぬ熾火《おきび》のごとき真田一と二の忍びをもって対するのだ。

障子の前で立ち止まり、佐助は右手を野良着の懐に入れた。

それだけで、用心する風もなく障子を開けて入った。

女は六畳間の真ん中にひっそりと端座し、庭に面した障子を透過する午後の光を浴びていた。

もと服部党の女忍者——香月であった。

「何をしている？」

「何も」

「大助さまも案じておったぞ。おまえはいつなりとここを出ていけるのだ」

「おまえは黙って出すつもりか？」

「……」

「おまえのこころはわかっておる。敵の忍びを放っておくようなやわな男ではあるまい。だから、ここへ来た」

「殺してくれ。とか？」

「違う」

「違う？　では何用だ？」

「私を真田様の配下として使うては貰えぬか？」

「なにィ？」

佐助は目を丸くした。

「お屋敷の土蔵で傷を癒やすあいだ、私は癒えたら同じことを願い出ようと思っておった。ただし、獅子身中《しししんちゅう》の虫として、真田家の企てを逐一服部様に報告し、隙あらば幸村様、大助様を討ち果たすのが狙いじゃ」

「その方が余程、胸のつかえが取れるわい。覚悟はいいな？」

佐助の右手は懐に入ったままだ。

「だが、忍びの忍びたる所以《ゆえん》の裏切りの気が、いつか変わって来た」

香月は長い息を吐いた。

「——幸村様と大助様は、少し頭の具合がおかしいのではないか。敵方の忍びを殺さず捕らえ、あまつさえ傷の手当てまでして、癒えれば縄にもかけず放置しておく。そもそも、一日と置かず土蔵を訪れ、『治癒いたしたか？』『治っても動けるようになるまでここにおれ』『あわてて忍びの仲間に戻ることもあるまい』——と、これが敵にかける大将のお言葉か？　私は同じ手を使うつもりかと考えた。私が幸村様、大助様に対して抱いた謀り事の存念を、お二人もまた私に対して取っておるのではあるまいか、とな。だが、あれを嘘と言っては、この香月、忍びとしての自分を否定することになろう。いよいよ土蔵から出られる前日、私はやって来たお二人に問うてみた。私を解き放って、お二人の考えが徳川様へ知られたらどうなさるおつもりか、と」

佐助は面白そうにうなずいた。

「ふむ。どうお答えなされた？」

「何を言うても差し支えない、と」

香月は静かに答えた。

「これは幸村様のお言葉であった。それから大助様は、おまえを助けたときに、徳川に全てを明かされる覚悟はできておる、と申された。でなければ救いなどはせぬ、と。私は、なぜ助けたのかと食い下がった。返事は『女は殺さぬ、特に美しい女はの』。無論、信じてなどおらぬ。恐らくは、いま、おまえに伝えた私の意志が、この身に芽生えるのを待っていたものであろう。だが、それでも良い。私はこれまでの生涯に、あれほど優しい言葉と顔を見せてもらったことはない。これからもないであろう」

狭い部屋にまた沈黙が下りた。

「成程な」

と佐助が言ったのは、ふた呼吸ほど置いた後である。

「その言葉、おれから幸村様に伝えてやろう」

「本当か!?」

「お二人は必ずおまえを配下にして下さるだろう。だが、おれだけは信じぬぞ」

「……」

「おまえはおれにとって終生、徳川の間者だ。いつ寝返り、お二人に裏切りの刃を向けるやも知れぬ。その日まで、おれはおまえを見張るぞ。おれの姿が見えなければ、おまえの影の中にいると思え。仲間と連絡を取りあうときは、地を這う蟻の耳がおれの耳だと思え。密書を記すとき、おれはおまえの眼を通して全てを見ていると思え」

「好きにするがよい」

「よし。では、殿にそう申し上げて来よう」

佐助が部屋を出てすぐ、香月も立ち上がった。

肩の荷を下ろした感覚が、全身の緊張をほぐしつつあった。

庭に面した板戸を開けて下りようとした。そこから入ったのである。

蔵へと戻った。まだそこが棲家だ。

扉を少し開けて音と気配を探る。忍びの本能だ。

異様な声が耳朶《みみたぶ》を打った。

——この声音は——まさか?

さすがに武器は持たされていないが、香月は帯の間に忍ばせた古い五寸釘を握りしめた。留めてあった板切れが腐って床に落ちた品だが、忍びの手にかかればこの上ない凶器と化す。

ぎりぎり——子供がやっと抜けられるくらいの隙間から、香月は内部《なか》に身を入れた。

雑多な品が押し込んである室内の、南向きの窓の下で、白いものが蠢《うごめ》いている。妖しい、と表現するのがぴったりの光景であった。

もはや、はっきりと聞こえた。

「あ……ああ……嫌」

女の声は、聞き違えようのない法悦《ほうえつ》の喘ぎであった。それを絞り出しているのが女体の下に横たわる、これも男とは思えぬ生めかしい肌の若者であった。

香月は息を呑んだ。

若者の名前が口を衝いた。それは女が洩《も》らしたものであった。

「――大助――様」

忍びとは本来、戦闘員ではない。諜報員《スパイ》である。敵地に忍び入り、必要な情報を入手し味方に届けるのが仕事だ。それは戦闘員以上に冷静な頭脳と忍耐を必要とする。生きて帰らねばならぬからだ。

耐えよ、と常に己れが己れに命じる。冷静と激情の拮抗が常に数瞬で前者の勝利に終わるのは、この声があるからだ。

今回もそうなった。

香月は忍者の眼で窓下に繰り広げられる男女の法悦境を見つめた。

女の素性を考え、大助との関係を思いやり、大助の身に危害が及ばぬかと――いや、香月は音もなく右方へととんだ。下ろした手は、壁際に置かれた古い琴にかかっていた。

それが白い埃を被っている理由は、乱れた弦が明らかにした。そのうちの一本を円を描くように右手人指し指に巻きつけ、まだ琴に留まる糸へ左の人指し指を当てた。

鋭く尖った爪であった。強靱な琴糸はこよりのように切断された。

もう一本同じものをつくり、そちらは懐にしまって、香月は次の行動に移った。

——殺める。

真田大助を。

これ以上絶好の機会があるものか。香月の顔は服部党の仮面を被っていた。

大助は下から女を貫き、ひどくゆれ動く豊かな乳房を鷲掴みにしていた。

女は勝手に腰を動かし、そのたびに苦悶に似た喘ぎを放って、大助の胸と腹に汗をふりまいた。

「大助様……この蔵に別の女がいると伺いました……」

香月の動きを停止させる言葉を女は言い放った。

「おる……ぞ」

大助は、こちらも息も絶え絶えながら応じた。

「だが……今は外に……おる」

「憎むべき徳川の間者とか！　なぜお討ちなさいませぬ？」

「あれは故郷《くに》へ帰す」

大助の答えは、姿勢と状況を考慮すれば、ひどくしっかりしたものであった。

「そのようなこと」

女は喘ぐようにして笑った。

「服部の忍びと聞きました。故郷へ向かうその足で服部の下へ戻るか、大助様と幸村様の御生命を狙いに参上するでしょう。ご処分なされませ」

「あれの頭は、あの娘だけは助けようとした。わしはそれに打たれたのだ」

「忍びの風上にも置けぬ腑抜《ふぬ》け」

女の声に侮蔑が生まれた。

「それに打たれたなどと――大助様、つまらぬ情に流され、真田家の危機を招来してはなりませぬぞ。かような最果ての地に十年を越えて忍ぶは、やがてくる徳川との対決に備えるため。このお屋敷の周囲は家康の放った間者で満ち満ちておりまする。たとえ一匹たりとも、獅子身中の虫を飼われてはなりませぬ」

「そうもいかぬ。わしはあの娘を帰すと決めたのじゃ。若き生命の象徴のごとき美しい娘。闇の中の戦さで散らすのはあまりにも不憫《ふびん》じゃ」

「お優しいこと」

女はわずかに腰をくねらせた。

「その心根が、こちらの根っこにも表れてございます。まあ急に軟弱に」

「それは、おまえの正体に気づいたからじゃ」

「え？」

女が動きを止めた。

「旅の絵師に化けた徳川の間者――名を聞いておこう」

女の両目が爛《らん》とかがやいた。

「名は左依《さい》じゃ。さすが幸村の倅――よくぞ見破った。だが、遅い。そこにおるな、香月？」

「確かに」

「我が女陰をもって、この男のものは締めつけてある。決して取れはせぬ。真田大助の始末はおまえがつけよ」

「承りました」

香月の眼光は、刺客――左依と等しい凶光を帯びていた。殺――いまはその一字のみに従うのが忍びの掟であった。

香月は柱の陰から出た。

小走りに進んだ。足音ひとつたてぬ忍びの走法である。目の前で左依がうなずいた。

その下でもがく大助の首へ、香月は右手の琴糸をふりかざした。

びゅっ、っと風を切る音は、真横に流れた。

「香月!!」

かっと見開いた左依の眼の下で、喉がぱっくりと開いた。

それを押さえた指の間から凄まじい勢いで鮮血が噴き出し、左依は崩れ落ちた。

「ご無事で？」

血まみれの糸を背に廻し、香月は大助のかたわらに片膝をついた。

「何とかな——こら、下を見るでない。女は死んだか？」

「はい」

「なぜ、わしを助けた？」

「……」

「よい。おまえの心根はよくわかった。真田一族は感謝するぞ」

「そのような」

眼を伏せる香月に、大助は破顔し、それから、とんでもないことを口にした。

「起きよ、左依」

4

喉を裂かれて斃れた左依に、大助は起きろと命じた。女は立ち上がった。その唇もとに凄まじく妖艶な笑みを浮かべながら。

「うぬは……？」

香月は呻いた。

「よもや女とは思っていまいな。おれは伊佐入道《いさにゅうどう》。幸村様子飼いの忍びのひとりよ」

左依は愉しげな声でいった。

この妖艶な女が男とは。いや、しかし、この二人の交情の様はどう見ても本物だ。

「深く考えるな香月。考えすぎる忍びは、早く死ぬぞ」

立ち上がった大助の下半身を確かめ、香月は素早く頭を垂れた。

確かに本物だ。使用中の姿を留めている。すると、この方は衆道を？

なおも混乱する香月のかたわらに、伊佐が立った。その後方を大助が通り過ぎていく。

――？

呆然と立ちすくむ香月の身体をたくましい腕が抱いた。

「何をする？」

「おとなしゅうせい。わしとてこのような真似しとうはない。幸村様のご命令じゃ」

「殿の!?」

「左様。大助様もご納得のことじゃ」

喪失感が美女の身体を貫いた。それは絶望に極めて近かった。

その瞬間、香月は押し倒されていた。

「このこと――大助様もごぞんじと言うたな？」

「おお」

「このように、男に手ごめにされることをか?」

「男?」

伊佐は妙な表情をつくった。

「左様か。これはこれは――おぬし知らなんだな」

「何をじゃ?」

不吉な翳《かげ》が自分を捕らえるのを香月は感じた。

「わしが男ばかりでは無いということをじゃ」

香月は眼を見開いた。

その左手首を強靱な力が握りしめ、淫らな場所へ導いていく。

指が触れた。

「――これは!!」

香月の五指の先で熱くわななく肉は――

「――女!?」

「左様。これが伊佐という名の忍びよ。おぬし――服部党に入って日は浅いと見える。このような抜け忍がいたと聞いた覚えはないか?」

「そういえば――その者は討たれたと聞いたが。ここにいたか?」

「今のおぬしと同じ、真田様の御こころに打たれての」

「ならば、離せ」

「そうはいかぬ。真田様を狙う敵は服部のみとは限らぬ。そこには女ばかりを狙う奴がおってな。そ奴に仕掛けられた女は、尋常な者はもちろん、忍びの技を極めたくノ一といえど、魂まで奪われて操り人形と化すという。おれはそれを防ぐための役を仰せつかっておる」

香月は身悶えた。男の――否、伊佐の指が、彼女の秘所を捉えたのだ。わずかな接触なのに、脳天まで突き上げる刺激が、女体を走った。

「力を抜け。放っておいてもすぐ抜けるが、早い方がよい。自分を忘れ、わしに全てを委ねい」

急に声色が変わって、

「いいえ、わたくしに」

すでに熱く溶けた泥のごとき脳内で、その声は妖しく鳴り響いた。

最後のあがきで、香月はうっすらと瞼《まぶた》を開いた。

伊佐の顔が笑っている。

男の面差しなど完全に喪失した美女の顔が。

「……おまえは?……」

「伊佐じゃ。何も変わってはおらぬ。いや、性のみが転じたか。これもおれじゃ」

「……はな…せ」

「そうはいかん。服部党のくノ一といえど、女相手の戯れは修業に含まれておらぬらしい。これは新たな修業と思え。真田の家臣となるためのな」

香月は返事をすることが出来なかった。くノ一としての交情の枠を遥かに越えた快楽が全身を駆け巡り、何もかも変わろうとしていた。

伊佐の唇がわななく口にかぶさり、優しく舌を吸った。それきり、香月の意識は喪われた。


「どうじゃ？」

蔵から出て来た若者へ、美髯をたくわえた初老の男が声をかけた。

若者は地上へ片膝をつき、恭しく頭を垂れて、

「変性《へんしょう》成りましてございます」

と答えた。

細身だが、鍛え抜かれた身体と精悍な顔立ち――伊佐である。

「ふむ。で、使えるか？」

「はい。真田忍群のひとりとしては、やや不足と存じますが、それはこれからの鍛錬によって補い得るかと」

「ならば良し」

うなずいた幸村の眼の隅に、大助が立った。

「ご苦労であったな、佐助」

「とんでもございません」

幸村の自慢の息子は片手で顔を撫でた。

呼ばれた名前の主が立っていた。

「――ですが、大助さまには」

「あれには伏せておけ。あのくノ一を最後まで故郷《くに》へと帰したがっておった。今でも、な。時期を見てわしから話しておく」

二人は深々と頭を下げた。

幸村が母屋の方へと去ってから、

「やはり殿は若殿――大助様に少々甘すぎる」

と伊佐が言った。唇も動かさず、常人にも聞こえぬ忍びの会話である。

「佐助よ、あの香月とかいうくノ一、殿がかくもご執心になる程のたまか？」

「わからぬ。殿がそう仰るのだからそうなのであろう」

「大助様が不満を抱かれても、か？」

「その辺は、おれの頭では理解し難いよ」

佐助は首を激しくふる。

「大坂と徳川が雌雄を決する日は遠からず訪れる。殿はすでにそのための策を練り上げておられるはずじゃ。恐らくは、関ヶ原で敗れたとき以来。おれたちも、香月もその掌の上で踊る傀儡《かいらい》に過ぎぬ。傀儡のこころなど測れるものか」

伊佐は沈黙した。

二人の背後に気配が湧いた。

「清海か?」

と佐助。ふり向きもしない。

「当たり、じゃ。他の奴はごまかせるのに、おまえだけはどうしてもうまくいかん。何故だ?」

「日頃の行いさ。ま、おまえばかりじゃねえ。おれの背中に廻った奴は絶対に見逃さねえぞ。なあ、根津よ?」

「そのとおりだ」

これも苦笑混じりの声だが、清海よりはずっと精悍な口調である。

「だが、それではおれと話ができんぞ。腹を割って話すには、やはりお互い正々堂々向き合わんとな」

「冗談じゃねえ、おまえの顔を見た途端に、魂まで奪われちまう。そうそう、九度山の女——片っ端から術の修業に使うのはやめろよ。村の連中を敵に廻すとこの先、殿のご深慮にも悪い影響を及ぼすぞ」

「わかっておる。だが、香月という女——なぜおれに任せてくれぬのだ？」

「おまえが出たら、どんな女も淫蕩《いんとう》な不実者になる。それが許せぬのであろう」

清海の言葉であった。

「おい。まさか、あの殿が本気で——」

佐助の声は自然に硬くなった。清海は巨体をゆすって笑った。

「よい。忘れろ。他の者もよいな？」

諾の雰囲気が伝わった。

後に謹厳実直な大戦略家のイメージが固定する幸村であるが、その周囲に集う近従家臣の眼には、かなりの色好みと映っている。

「しかし、確かに殿の好みではあるな」

と根津甚八が思慮深げに言った。

「となると、少々まずい。奥方様はご健勝だぞ。これからというときに——」

これには一同、低い呻きを洩らすか沈黙する他はなかった。

幸村の正室お竹の方は、関ヶ原で最後まで豊臣のために奮戦し、見事な討ち死にを遂げた驍将《ぎょうしょう》・大谷吉継の娘であった。配流の前、上田の地にあっては箸より重いものを持ったことがないと思われた武士の娘が、九度山での数少ない侍女の生活になって水を汲み、果実を作り、慣れぬ繕《つくろ》いものも平然となしながら夫に仕えた。

これは肉体的に強健であったり、労働が性に合っていたというよりも、苦境にある夫を支える妻という自分に満足を感じていたと見るべきであろう。

上田から伴ってきた次女・お市は九度山へ到着して日も浅いうちに病没したが、その悲しみもすぐに忘れたかのごとく、二男三女を産んでいる。

長男・大助、次男・大八、菖蒲、おかね、そしてもうひとり——彼女の名は後世に伝わっていない——である。さらに一説によれば、幸村の子の総数は四男九女とも言われ、この数だけでも、幸村の好色ぶりがわかろうというものだ。

当然、お竹の方は夫の好色性を悟り、それが放縦に流れぬよう、上田から付き添ってきた家臣の何名かに、それとない監視と情報提供を求めていた。

彼らはさぞや困惑したであろうが、主人《あるじ》の正室の要求に従ったとは思えない。家臣にとってその主人は神に近い存在である。それを裏切るなど考えられもしなかったことと、彼らもやはり男だったからである。

また、幸村もその辺はわきまえており、近隣の女たちに手を出すなど考えてもいなかった。九度山の幽囚《ゆうしゅう》生活が、内部にいつ噴き出してもおかしくない凶熱を潜ませながら、滞りなく送られて来たのは、幸村のその克己《こっき》ゆえであった。

だが——

その深更、ひとつの影が土蔵を訪れ、足音を忍ばせつつその内部《なか》へ入っていった。

床の上に広げた寝具の中で、香月は眼を開いた。脳は眠っていても眠らぬ忍者の第六感が近づく者の気配を察知したのである。

そして、闇を見とおす忍者の眼は、その顔も姿も、何処からか洩れるわずかな月明かりで鮮明に捉えていた。

「殿」

「しっ」

と幸村は子供のような仕草で、唇に人指し指を当てた。

香月は何も言わなかった。はじめて顔を合わせてからの幸村の自分を見る眼差し、態度でこうなることがわかっていたのである。

幸村は初老の者とは思えぬしなやかな動きでもって女のかたわらに正座した。

「何もせぬ」

と言った。

「誠でございますか?」

「信じぬか?」

「はい」

「よかろう」

ひどく酷薄な表情を浮かべて、幸村は香月の隣りに滑りこんだ。慣れているとしか思えぬ動きであった。

二つの精神《こころ》がどのように絡み合ったかはわからない。ただ、そのとき、土蔵の扉を音もなく抜けて、寝具の頭に立った影には、どうでもよいことであったろう。

「殿」

とあらゆる精神を押しつぶしたような声で呼びかけたのは、お竹の方である。

第七章　淫の一党

1

幸村は撥ね起きた。後年、冷静沈着の権化のように言われ、現実でもそのとおりの武将が、さすがに動揺の表情で、

「竹――何をしに参った？」

「どうぞお気兼ねなく。おつづけ下さいませ」

こう言われて、おお、と取りかかれるのは、肝が太いというより無神経というべきだろうが、幸村も固まってしまった。香月も上掛けで顔を隠したままだ。

「去《い》ね、竹よ、去ね」

そう命じる幸村のかたわらに竹の方は膝を折った。

「香月と申したの？」

乾いた声で訊いた。

「はい」

「立派な子を産むがよい。そして、真田の血を永劫に残すのじゃ」

「そ、そのような!?」

驚愕《きょうがく》に頰を張られたのは香月であったが、幸村もまた呆然《ぼうぜん》となった。

「うぬは、何と申したか？」

幸村が声を震わせた。

「その女に、子を産め、と申しました。真田のためでございます」

「私の素性をご存知でしょうか？」

「よく存じております。服部一党のひとり——殿の生命を狙う者」

「左様でございます」

「ですが、今は殿がご寵愛を施さんとする者。よろしく頼みます」

「……」

「竹——下がれ」

黙って聞いていた幸村が、香月の沈黙を潮に強く命じた。

「下がります」

意外と素直に応じて、お竹の方は幸村を喜ばせ、それから、ぞっとさせた。

「ただし、殿と香月の交わりを見届けた上で」

「何を申す」

幸村は驚きを通り越して呆れ返った。

お竹の方は強くて聡明な妻であった。最良の性格――従順さも備えていた。殊に九度山へ来てからはそうであった。

いま、ここで起きていることは夢なのか。このお竹は何者だ？

「去《い》かぬか。去け」

「お断りいたします。お悟り下さいませ」

「この――莫迦者《ばかもの》。去かぬか」

こめかみに青すじをたてた幸村の首に、白蛇のような手が巻きついた。

「香月？」

「よろしいではございませぬか、殿。誰の眼があろうとも、二人の契《ちぎ》りの熱と思いは変わりはいたしませぬ。しかもいま、お竹の方様は御子を産んでも差し支えなしと言って下されました。私は、殿の御子を産みとうございます」

火を吐くような息が吹きかけられ、妖しい術のように、幸村の理性をとろかした。

正妻の眼も忘れて、彼は女忍者の裸身に重なった。

やがて、お竹の方は去った。

蔵の中には男と女の愛欲の名残りが淫らな気となってなお濃く漂っていた。

「どうかなさいましたか？」

香月の問いが聞こえた。

「驚きじゃ」

幸村の答えは、そのとおりの響きを含んでいた。

「徳川の女忍びとは、かような者であったのか。ふむ、この幸村、術にかかったかも知れぬな」

「そのようなお戯れを」

香月は妖しく笑った。

「女の技は忍びの技には含まれておりませぬ」

現在に残る忍びの書『万川集海』その他に、女のみが駆使し得る、淫蕩《いんとう》の法——色仕掛け等は、ほとんど記されていない。邪道と考えられていたためというのが定説だ。香月が口にしたのは、そういう意味合いだ。

だが、幸村は苦笑した。

「忍びとは、いかなる手段を用いても帰還し、探り出した秘密を主人に伝えるのが務め。戦うための兵ではないぞ。生死を分かつ手段を一書に書き記しなどするものか。女のみの技——それはあまりにも効き目が灼《あらた》かなるが故に記されはせなんだのよ。おまえがわしにふるったがごとく」

「そのような」

香月は顔をそむけた。羞恥《しゅうち》のポーズである。

「隠すな。おまえのような女は、幸村もはじめてじゃ。おかげで四、五日は手淫する気にもならぬわ。これが術でのうて何とする？」

「お許し下さいませ」

香月の頬は赤く染まっていた。それに影響されたものか、いま四、五日云々と言ったばかりなのも忘れて幸村は女の腋《わき》の下から手を差し込んで乳房を揉み、首筋に舌を走らせて、ふたたび肌合わせの時間《とき》に没入した。

この蔵に小さな穴が開いていた。

髪の毛を三本ほど束ねた直径しかないそこに、木と紙でこしらえた円筒が嵌めこまれていた。その端から髪の毛をつないだ糸が長く遠く地を這い、別棟の窓から一室に吸いこまれて、それも同じ円筒の端を、猿飛佐助が耳に当てていた。

「あの女――妙にしおらしく見せているが、ひょっとしたらとんでもない食わせ者かもしれんぞ。こいつは眉唾《まゆつば》だ。ご用心なさいませよ、幸村様」

その深更――

ひとつの影が、誰の眼にも咎められぬ速さで真田屋敷から抜け出し、闇の中に溶け込んだ。

四半刻（約三十分）もかけず、それはある農家の前に止まり、西向きの窓に下りた板を軽く叩いた。

少しして、正面の板戸が窮屈そうな音をたてて開いた。

板戸を戻して、

「そろそろ来る頃かと思ってたよ」

低くささやいたのは、童顔にひどく肉感的な身体を持った女であった。佐助がかつて、九度山へつづく街道で怪人・由利鎌之助に敗れたとき、介抱してくれた女で、かなという。あのときは十六、七の可憐な妻だったが、今は三人もの子持ちだ。当時の農家の妻――農婦ともなれば、二十代でほとんど四十過ぎに見えるが、この女は初対面のときの面影を色濃く残していた。

「みな達者か？」

「ええ」

かなは、どうでもいいように答えて、佐助の胸にすがりついた。

「達者だよ。違うのはおらひとり。あんたが来てくれねえから」

「無理を言うな。殿の屋敷の周囲はみな敵だ。こうしてたまに出て来られるだけでも

「またそんな難しいこと言って。昔は違ってた。会うたんびにそうなってくる」

ささやかな愚痴《ぐち》が不意に止まった。

かなの唇を佐助のそれが塞いだのである。

ねじ切るような強烈な口づけに、かなもすぐ反応した。舌の絡み合いがはじまった。

月光の下で誰の眼も気にせぬ口での満足の追求であった。

「ああ、こんなところで。林へ連れてってとくれ」

かなの家の前である。

佐助は小柄とはいえない女の身体を小脇に抱えて、道の向こうにそびえる木立ちの間に黒い風のように消えた。

欲望に火をつけたのは、幸村と香月の交わりであり、正室が目撃する前でという異様な状況であった。

かなは自分から着物の裾をめくって、大きな尻を突き出した。

月光に脂肪の乗った肉が妖しくかがやいた。

「早く」

草の上に這って、かなはゆっくりと尻を振って挑発した。

受け入れ態勢が十分なのは、わかり切っている。佐助は指で確かめもせず、当てがって刺し通した。

ずるり、と入った。女の内部《なか》は熱く、躊躇《ちゅうちょ》せず絞めつけて来た。子供を三人産んだにしては、異常な強さであった。

佐助はすぐに呻いた。かなは声を上げた。

「ああ、こんな。夫《うち》のと同じくれえなのに、ずうっと太くて硬《かて》え。あんたは——誰だ？真田様は化物《もののけ》か？　ああ、もっと奥さ来《こ》。奥さ来」

佐助は突進した。尻を押さえていた手を離して、かなを羽交《はが》い締めにした。

「イッちまう」

とかなは絶叫した。

「イッちまう。一緒に、一緒に」

「まだだ」

と佐助は脅すように言った。

「この尻で亭主をイカせているのか、この尻で？」

「そうだ。この尻でイカせてんだ。こうゆさぶってよ」

「凄えぞ、かな、凄えぞ」

佐助はすぐに放った。

頭上の木立ちから黒い投網《とあみ》が投げかけられたのは、その瞬間であった。

快楽の放散は、佐助に間一髪の反応を許さなかった。もがく暇もなく周囲に降り立った服部衆の面々から、痺れ薬をたっぷり塗りつけたマキビシが打ち込まれた。

夢から醒《さ》めたのは、廃屋となった農家の土間であった。

十人近い男たちが、横たわる佐助を取り囲んでいた。明かりはない。必要ないのだ、彼らにも佐助にも。

日常の隠形衣装《おんぎょう》のまま らしく、薬売り姿のひとりを除いて、全員が野良着であった。家康の手は、なおも九度山に身を潜めているのだ。

いきなり、佐助が訊いた。

「服部の者か？」

鮮明な口調に、男たちの間を動揺が走った。

「いやあ、おれともあろうものが、こうもあっさり『くノ一』の術中に陥るとはな。かなも仲間か？」

「あれはもう帰した。何が起きたかも覚えてはおらん。安堵《あんど》せい」

「そりゃ助かる。あれだけの身体、いま殺したりしては勿体《もったい》ない」

呑気なことを言う。この若い忍者はふざけているのか強がりか、前者だとしたら、それを支える自信の源は何なのか、服部一党は疑心暗鬼に取り憑かれてしまった。

これまでの戦いからして、何やら見えない刃物――それも凄まじい切れ味の品を使用しているのは間違いない。しかし、どう思案を巡らせても、せいぜい短刀を携行しているだけの若者が、刀槍を使用したとは考えられないのだ。

現在の窮地に陥っても平然たる風情《ふぜい》の素はそれかと、みな身体の芯が戦慄《せんりつ》するのを覚えた。

「で、おれを生け捕りにした理由は何だい？　ここまで大胆な真似をやられるとは、さては服部党との一戦がせまっているな」

「図星《ずぼし》じゃ」

と服部方のひとりが言った。

「幸村様抹殺が決まった。手始めは邪魔な鼠《ねずみ》どもを一匹ずつ始末するに限る。そのとっかかりがうぬよ」

「ふむ。余程の手練れが加わったとみえるな」

佐助の眼がかがやいた。この若者は戦いの申し子と言ってもいい。九度山での表面上平穏な日々は、彼の荒ぶる血にとって不本意なものであったかも知れない。

「なあ、教えてくれ。誰だい、そいつは？」

「知りたいか？」

家の奥で声が生じた。

佐助がへえ？　と思った。周囲の服部どもが愕然とふり向いたからだ。彼らも看破《かんぱ》できなかったのだ。

2

「これは――」

ひとりが畏怖《いふ》の念をたっぷりこめて口にしたきり、他の者は無言で道を開けた。

その並び方、黙礼の恭しさからも、新参者の地位と実力を見て取ることができた。

人影が土間へ下りた。

この男だけは武士の装束で、三十代半ばだと思しい精悍な顔に、黒い眼帯をつけていた。左眼だ。

ごつい顔にごつい身体――しかし、佐助のかたわらに立つまで、足音ひとつ立てなかった。

「猿飛佐助――真田一党の誇る忍びにしては、粗忽者《そこつ》よ。最早、逃れられぬと知れ」

「わかってらあ。決まりきったごたくを並べるんじゃねぇよ。おい、そっちだけおれの名前を知ってるのは不公平だ。名を名乗れ」

男は破顔《はがん》した。

「ははは。忍びに名乗れとか。成程、型破りの奴。隠れ里で師匠どもの度肝《どぎも》を抜いたわけだ。よかろう、名乗ってやろう。おれは服部半蔵正就《はっとりはんぞうまさなり》。正成《まさしげ》の倅よ」

「へえ」

佐助は眼をかがやかせた。この若者の場合、恐怖よりも驚きや好奇心の方が先なのだ。

「あんた確か、短慮軽薄《たんりょけいはく》が過ぎて服部家を改易《かいえき》させちまった張本人だろうが。確か女房の祖父――伏見の松平家にお預けになったと聞いたけど、なんでえ、またしゃしゃり出て来たのか」

「それが、父から授かった用向きでな」

半蔵正就の隻眼《せきがん》が異様な光を放ち、薄い唇がにやりと笑った。そのとき全身から立ち上る妖気は、決して不肖の倅のものではなかった。

「愚者を気にする者はおらん。こうしておれは徳川に仇なす者を次々と裁いて来た」

「なんでえ、陰忍びか」

佐助は軽蔑したように吐き捨てた。

忍者とはそもそも正規軍団の陰で諜報戦を司る、正しく影のごとき存在だが、その影として生きる陰忍びとは、もっぱら暗殺を任務とする闇の殺人者の意であった。

服部半蔵正就――鬼の半蔵と呼ばれた徳川伊賀忍者の総帥・半蔵正成の嫡男である。

佐助の指摘のとおり、配下の者へ様々な圧政を敢行し、ついには誤殺事件まで起こして服部家改易をなさしめた張本人であるが、幼少のみぎりから、父・正成がその才を愛で、忍びとしての特別な訓練を受けさせていた事実から、世上に広まった無能な二代目との定評に異を唱える者も多かった。それが本流とならなかったのは、やはり先述の愚行が事実であったためであるが、服部一党の幹部でさえ、それこそが死神としての正就をカモフラージュするための策と、見抜くことはできなかったのである。その意味で正就は、忍者の本質を体現した怖るべき愚息であったといえよう。

「ひとりで大坂方の忍びを三十人も片づけたと聞いたけど、本当かよ？　なあ？」

佐助は興味津々である。この若いの、自分の境遇がわかっているのかと、正就は妙な表情になった。

「おまえを生かしてここへ連れてきたのは、相応の訳がある。幸村子飼いの忍び――おまえの朋輩《ほうばい》の技を知りたい。素直にしゃべれば楽に死なせてやろう」

「へえ。誰から行く？」

服部一党はまた顔を見合わせた。こうもあっさり口を割るとは思っていなかったからだ。それだけ、猿飛佐助の存在は、彼らにとって恐るべき対象だったといえる。

「まず、真田の二大忍びの片割れ、霧隠才蔵から訊こう。彼奴めの術は？」

「霧隠れの術さ」

「なにイ？」

「名は体を表すってな。多分、あいつの腹の中は霧が渦を巻いていて、必要に応じて九穴からひり出して使うのさ。相手を煙に巻いたり、自分も隠れたり——ほうら、そろそろ湧いて来たぜ」

忍者たちは四方を見廻し、この指摘が間違っていないことを確認した。

板戸や窓の隙間から、白いものが漏れ出て空気を染めていく。

数人が音もなく板戸に走り寄って気配を窺い、すぐに外を指さし、右手をふった。

誰もいないの合図だ。

「残念だったな。ただの霧だ」

と正就はうすく笑った。

「続きだ。霧隠れの技は？」

「言ったろ。それだ」

「ふむ、しゃべる気はない、か」

「とんでもねえ。霧に隠れるから霧隠。どこがおかしい？」

正就が隻眼を閉じた。低く訊いた。

「おれが、なぜ陰忍びに選ばれたかわかるか？」

「いんや」

「服部党では、陰忍びに選抜されるのは、主家の血筋からと決まっておる。しかし、主家の後継者だけは外されるのもまた掟であった。おれに限ってそれが破られたのだ。陰忍びとして、あまりにも適任であったからよ」

「へえ」

「と言っても猿飛佐助は怯えぬな――引けい」

下知は配下の者たちへであった。この頭の命令は鉄なのか、男たちは次々に外へ出て行った。

それでも佐助は怯えなかった。限りない好奇心が死さえ凌いでいるのだった。

「これは親父殿さえ知らぬことだが、おれが五歳の頃、家から火が出た。深夜だったため、おれはひとり逃げ遅れて炎と煙に包まれた。あのときの絶望感は今も忘れぬ。煙に息の根を止められ、身体は炎で焼かれる。現にそのとおりになった」

「にしちゃ、達者じゃねえの。火傷の痕ひとつ――そうか、眼をやられたのか」

正就はその眼を片手で塞《ふさ》いだ。眼帯の方ではなく、無事な方の眼を。

口もとが、にい、と歪んだ。

佐助の背を、はじめて冷たいものが渡った。

「おれは死んだ。正しくこと切れたのだ。だが、それを蘇生させた者がおった。正体は今もわからぬ。この世に戻ったとき、おれは四方を石で囲まれた部屋の中にいた。身体には無数の管が通され、透きとおったその中を流れる赤い汁が体の中へ送りこまれていた。ひどく寒かったが、不思議に死ぬという気はしなかった。

　ぼんやりと石の天井を見上げているうちに、そこから光が降りそそいでいるのに気がついた。蠟燭のような弱々しい光ではないぞ。太陽がもうひとつ生まれたような明るさであった。すると、数個の顔が光を遮《さえぎ》りよった。ひどい年寄りと、そんな状態で溜息《ためいき》がこぼれるほどの美女と、若い男であった。老爺はどこか父と似ているような気がした。最初に話しかけて来たのは、その老爺であった。

『おまえは死んで、いま蘇った』

　とそいつは皺《しわ》だらけの声で言った。

『我々はおまえの資質を知っておる者じゃ。それを失うのは惜しい。で、おまえを死から救うことに決めた。ここは、遥かな昔の我らの城を模してこしらえた施療院じゃ。十分な薬も道具もないが、おまえを生き返らせるくらいは賄えた。いわば拾った命をおまえがどう使おうと勝手じゃが、これからある施術をおまえに行う。その結果が運命を決めるひとつの示唆になるやも知れぬ。しかし、決定はすべておまえの肩にかかってくるぞ。心して受け入れい』

　幼いおれによく覚えていられたものだが、老爺は間違いなくそう言った。そして、三人でおれを石の部屋の奥へと運びはじめたのだ。おれは固い寝床に横たえられていたが、寝床ごと運ばれた。

それから後のことはよく覚えておらぬ。まず、焼け爛《ただ》れた皮ごと四肢《しし》の肉を剝がれたのは確かだ。剝いだのは女だった。臓腑《ぞうふ》が取り出されたのも覚えておる。血まみれの腹わたを取っていかれるとすぐ、代わりの品がもとの場所に納められた。形は取り去られた腹わたに良く似ていたが、色艶は全然異なるものであった。いまおれの中で働いている臓腑はそれよ。恐らくはこの手もこの脚もこの眼も変えられたに違いない。なぜなら、その機能が前より遥かに凄まじい効果を発揮したからじゃ」

あくまでも、低く野太く昏《くら》い声であった。佐助も黙って耳を傾けていた。だが、正就が語り終えるとすぐ、

「すると何か、おめえはその身体をあちこち、別の品に取っ替えられたわけだ。もう半分人間じゃねえよな。なあ、替えたらどうなったのか、ひとつ見せてくれよ」

「よいとも。おまえが眼にする最後の忍びの技じゃ。眼の玉が転がらぬよう気をつけろ」

正就は眼を押さえていた手を離した。

佐助が眼を剝いた。放した手の平には無事なはずの眼球が乗っていたのである。

「な、な……」

佐助が声も出せなかったのも無理はない。ぽっかり開いた洞のごとき眼窩《がんか》の内部から、赤黒い流動体が蜜のようにねばねばとこぼれ出て、床にわだかまったのだ。

鮮やかな色彩《いろ》を帯びているにもかかわらず、それは生物だと言わんばかりに、内側にやや透けて見える器官のような影を蠢かせていた。

鯰《なまず》を思わせる頭部には、目も鼻も口もなく、代わりに突き出した二本のしなやかな角状の物体が、右に左に動いて佐助を指して停止した。

「何だい、それは？」

ようやく声が出ても、震えている。ただし、恐怖のせいではなく、驚きのあまりというのが、この若者らしい。

「おれの飼犬というか、番犬だ」

服部正就は愛しげな眼で、奇怪な流動物を見つめる。

眼で？

正しく、手の平の上で、眼球がぎょろりと動いたではないか。

ゆっくりと自分の方へ流れてくる流動体を、佐助は呆然と眺めた。足はない。蛇や尺取虫《しゃくとり》のように、身をくねらせもしない。どろりとしたそのまま、流れるように近づいてくるのだ。それでいて角の位置は変化しない。

「楽な死に方ではないぞ。おれの犬に食われるのは」

ああ、佐助の技はこの危機を回避できるのか。否、その身体はまだ痺れ薬の効果の名残りに身を委ねたままだ。

陰忍びの飼犬は、その足下まで、あと一寸。

3

「ちょい待ち」

と佐助は声をかけた。落ち着いている。覚悟を決めたのか、それとも――

「食われる前にひとつ聞かせろや、服部の」

「何だ？」

「この尺取犬――どうやっておれを食らう気だ？」

「知りたいのか？」

「ああ。是非」

佐助は身を乗り出して、なおも前進を続ける生物を見つめた。

恐怖が一割、好奇心が九割。半蔵正就の顔に動揺が渡った。こいつ、おかしいと思ったのである。

「よし」

彼は咳払《せき》いをひとつした。この犬には耳もあるらしい。前進が熄んだ。

「こいつはまず、おまえの鳩尾に食らいつく。必要とあらば、首でも足の首でもいいのだが、せっかく身動きできぬ相手だ。手っ取り早いところから食い破らせることにしよう」

「食い破る？」

「こいつは、わしらの知るどんな凶暴な生きものよりも鋭く硬い牙と咀嚼《そしゃく》力を持っておる。なめした熊の皮だろうと、貫くのはあっという間よ。しかも、口にしたものはこれも寸瞬の間に溶かして、尻の穴から放出する。人間《ひと》の肉や臓腑など、紙と同じだ」

正就はもうひとつ、ごほんとやった。

犬がまた動き出した。

「さて、鳩尾を食い破ってから何をするかというと、今言ったとおりだ。人間《ひと》ひとり食い終えるまで四半刻（約三十分）か。だが、おまえを見ていて、わしは考えを変えた」

こう言うと、正就は佐助の前へ来てしゃがみこんだ。

「臓腑を抜かれた皮袋にするのは簡単だが、その奇妙な度胸、加えて猿飛と呼ばれる体術、そして、これまで我らが精鋭をことごとく討ち果たして来た幻の技――それをみな、葵の紋のために使ってもらおうと、な」

「条件によるぜ」

この佐助のひとことに、正就は吹き出した。

「ははは。大したどころかふざけた小僧だ。この状況で条件をつけるとはな。まだ諦めておらんとみえる。だがな、それは通らぬ。わしの犬に別の目的を与えれば、おまえは手も足も出ぬまま、わしの思い通りに動き出す」

「へえ」

佐助は唸った。心底から感動したようである。

「そっちの方が面白えやな。どうするんだ?」

「犬を耳から入れる」

「え?」

「さすれば、すぐ脳味噌に届く。すると――ここのところはわしにもよくわからぬのだが、犬はおまえの脳味噌に何かするらしい。少し痛むかも知れぬが、たいしたことはない。それが済むと、おまえは自らの意志を失い、万事わしの下知に従って行動するようになるのだ」

佐助の口があんぐり開いた。ようやく閉じてから彼は言った。

「おれがおめえの言いなり――子分になるってわけか?」

「そうだ」

「阿呆か、おめえは」

佐助は呆れ返ったという風に正就を見つめた。憐れな病人を見る高徳な医師の眼であった。

「どこの世の中に、銭も払わねえでそんなことができる道理がある？　おれを寝返らせたけりゃ、そうだな、まず一万両。ビタ一文まからねえぜ」

「全ておまえの言う通りだ」

正就は認めた。

「おまえを手下に就け得るなら、一万両とても安い値段かも知れぬ。だが、その必要はない。ほれ、犬はもうおまえの胸元まで這い上がっておるぞ」

「わかってらあ」

威勢良く吐き捨てたものの、奇怪な物体に当てた眼は怯えていないこともない。

「おかしな真似しやがって。おかげでこっちも迎え撃つのにひと苦労だ」

「迎え撃つ？」

正就は眼を細くした。内心の驚きを抑えたつもりが上手くいかなかったのである。この若いのは、なおも反抗し、それが効果を上げるつもりでいるのか!?

佐助はうんざりしたように、しかし、明るく悪態をついた。

「ああ、言った通りよ。こんな汚物ごときにおれをどうこうさせようなんて、地獄の鬼が極楽にいるくらいのお門違いだぜ。猿飛佐助がおめえらが考えているような小者かどうか、眼ん玉をくり抜けるほどよく見てな」

このとき、犬はくねくねと佐助の喉から耳たぶへ辿り着いたところだった。休む間もなく、耳孔へ忍び込む。

「どうする？」

正就が訊いた。精神のどこかで、この若者の反撃を憂慮しているのかも知れない。

「見てろ」

犬は耳の奥に消えた。

佐助の身体が急速に震え出した。

服部党の面々が忍者刀の柄に手をかける。

佐助の全身が霞むほど凄まじい震動であった。

「うう？」

低い苦鳴が上がった。佐助が頭を押さえ、すぐ離した。その眼から光が失われ、表情が痴呆のごとく弛緩する。

「……駄目……か」

「そうだ」

正就がうなずいた。

数秒が過ぎた。

「かかった——と思うが、敵は猿飛、まだ満腔の自信は抱けぬ」

正就は自分の忍者刀を抜き、佐助の右手に握らせた。

「右手の親指を断て」

正就は恐るべきことを命じた。これ一本で猿飛の右腕は死ぬ。同時に忍びとしても永久に二線級に退く。

それから起きたのは、あまりにも呆気ない現象であった。

刃を親指の付け根に当てるや、佐助は虚脱の表情を崩さず、ためらいもせずに、親指を押し切ってしまったのだ。白い虫のように土間の上で蠢く指と、後からしたたり落ちる血潮を、正就は見た。

「よし、次は右眼をえぐり出せ。わしの役に立つのに二つはいるまい」

これも——あっさりと。

そして、脳を冒された佐助は、表情ひとつ変えもせず、己れの血にまみれた血刀をぶら下げて立っている。

「よかろう。確かに我が術中に落ちておる。佐助よ、これより真田屋敷へ戻って手当を受けろ。次の仕事は追って沙汰をする」

半顔どころか胸まで真っ赤に染めてうなずく若き忍びには、もはや塵ほどの覇気も感じられなかった。

明け方の真田屋敷は、たちまち阿鼻叫喚の巷——とはならなかった。

出血多量でよろめくように戻ってきた佐助を、夜番の筧十蔵が見つけて一同に通報した。

佐助が自力で邸内へ入るのを待って――外への監視を気づかせないためである――音もなく仲間たちが集まり、音もなく蔵へと運んだ。ここは一党の治療室と手術室も兼ねている。

小桶と塩樽と白布と酒が山になった一角に布団を敷いて横たえ、医術の心得があるひとり――なんと三好清海――が、

「これから毒消しを行う」

と宣言した。

「傷口に塩をかけ、焼酎で洗う。辛いぞ。泣き叫べ」

佐助はうなずいて、にやりと笑った。

いつもの佐助だわい、と清海は納得した。

「で、首尾は？」

遠く離れた廃家の板の間で、いま紙の筒を耳から外した男へ、白髪の老人が訊いた。

托鉢僧の身なりだが、その眼光の鋭さ、精悍そのものの雰囲気。正就の右腕ともいうべき忍び――千内浄羅《せんないじょうら》であった。

「今のところ、上々だ」

正就は抑揚のない声で応じ、手にした紙の筒に眼を移した。佐助が使っていた遠耳ともいうべき盗聴器である。

「それで、一里も先の音をみな？」

正就はうなずいた。

「だが、それはこの紙の筒のお陰ではないぞ。肝心なのは――」

「その糸で」

と浄羅は言った。

「五十年の修業を積んだわしの眼からも、時折り姿を消してしまう化物め。あの小僧、どうやってこれを手に？」

「いずれ訊く。今は我らの役に立てねばならぬ」

そう答えた正就の顔に、腹心の第一はじっと視線を当てて、

「ご存知なのではありませぬか？」

と訊いた。

「何故、そう思う？」

「忌憚《きたん》なく申し上げても？」

「よい」

「あの小僧、お頭と同じ匂いがいたします」

「――ふむ」

正就が紙の筒で軽く、空いている方の手の平を叩いた。その盗聴距離は糸のつづく限り数キロ数十キロになる。糸は無論、佐助から奪い、正就自ら使ってみたものだ。

「どちらも共通しているのは、我らには得体の知れぬ技と道具を身につけておること、加えて身体の奥から滲《にじ》み出る雰囲気でございます。あたかも同じ血脈を授かっているかのような」

「それは面白い。真田の守りと真田の敵に同じ血が流れておるか」

「あくまでも勘働きでございます」

正就はこのとき、両眼を固く閉じて何やら考えこんだ。

すぐに開いたその奥に、それこそ血が放つ赤光を見たような気がして、浄羅は身震いを押しつぶした。

「この戦国の世を飾る最後の大戦さは近い」

正就は宙の一点を見据えた。

「それが済んでから、おまえの勘働きとやらが正しいか否か計ってみよう。以後、口にするな」

それは永劫に語られぬまま封印の意味だと知って、浄羅は深々と頭を下げた。

ふと、正就が南向きの窓の方へ眼をやった。

「――何か？」

「おまえにもわからぬか。異様な剣気――いや、鬼気だ。幸いこちらには来ぬな」

「真田の間者でしょうか？」

「わからぬ」

「討ち果たしましょうか？」

「わしかおまえ以外、何人送っても死人になって戻るだけよ」

「それほどの」

「だが、確かに真田の間者としたら厄介だ。二人選べ。おれも出向く」

浄羅の顔色が、月光のみを明かりとする一室の中で、はっきりと青ざめた。

彼はすぐ、部下の中で最も腕の立つ二人を呼んだ。

ひとりはいなかった。

4

その男が忍んできたとき、かなは家の中で、何も知らぬ家族たちと眠りについていた。

今夜起こったことは、朧げな恐怖以外、何ひとつ残っていなかった。

何事もなかったようにかなは眠りつづけた。

息苦しさが、その眼を開かせた。

愕然となった。

まだ闇が支配する部屋の中で、男がひとりかなの上に乗っていた。

夢中で左右を見た。亭主は眠っている。子供たちも鼾をかいている。平穏な一家の真ん中に、男は黒々と忍び込んで来たのだった。

「おまえは覚えているまいが、おれは先刻、おまえの身体を見た」

男は低く言った。かなの耳にははっきりと聞こえたが、家族には少しも届いていないようであった。

「女を断ってふた月にもなる。おまえの裸——少々、刺激が強すぎたわ。安堵せい、誰にも気づかれぬ。おまえも遠慮なく声を出せ。それはわしだけを昂ぶらせる」

男の手は、易々とかなの胸をかき開いた。

「真田の若造に好きにさせた乳はこれか。どれ、いまわしのものにしてやろう」

熱い息と声とが、舌に化けてかなの乳首を責めはじめた。

「嫌だ。誰か——助《たす》けて」

声は出た。家の外まで聞こえるような叫びだと思った。しかし、誰ひとり眼を醒ます事はなく、夜はなお深々と更けて行く。

女の声は次第に低く、叫びは呻きに変わり、呻きは喘ぎに堕ちた。

男は両の乳房しか責めてはいない。それなのに、かなは忘我の恍惚境にいた。これ以上何かされたら、気が狂ってしまうような怖れが、腐った木の根のように白い肉に絡みついた。それは甘美な慄《おのの》きでもあった。

「ひっ!?」

全身が痙攣した。男の手は知らぬ間に秘所へ辿り着いていた。

「溢れておるぞ。恥じいるな。女はみなこうなる。男を選びはせぬ」

「やめておくれ」

かなは身悶えし、気が遠くなった。男の指の動きを感じたのである。

深く浅く強く弱く。佐助に抱かれているのかと思った。男の指はかなを欲望の軟体動物に変えつつあった。

熱い渦に翻弄され、忘我の極みにある耳もとに、

「足を開け」

と聞こえた。

「ああ」

入って来た。

男のものではなかった。

拳が。

「ひい!!」

「安堵せい。おまえが生んだ子供の頭よりは小さいぞ」

言うなり、動きはじめている。

生まれてはじめての超感覚ともいうべき刺激がかなを捉えた。

「やめとくれ、やめとくれ、やめとくれ」

念仏のように唱えた。そのくせ、身体は絶頂に向かいつつあった。

ぐちゅぐちゅと異様な音が寝間に満ちた。

「イクだイクだイクだ」

あられもなく口走った。

「おお、イクがいい。この技で廃人になるまで可愛がってやろう。おまえはもうおれ以外の男は相手にできなくなるぞ」

「嫌嫌嫌」

「では、やめてやろう」

「嫌あ」

かなは本気で叫んだ。いま中止されたら死んだ方がましだ。

「そうか、よし」

男はさらに数十回、かなの中で出し入れを繰り返してから、拳を抜いた。

声も出ないかなをうつぶせにして尻を抱えた。

頬げたが布団にこすりつけられるたびに、かなは廻りの家族が何故気がついてくれないのだろうかと思った。

尻からつぶされた。

男の動きは激しかった。

応じる声が口腔から溢れ出す。

不意に男の動きが止まった。

離れるとき、かなは絶望の声を上げげた。

男は戸口の方へ全身を向け、板戸を凝視した。

「誰だ？」

低く訊いた。住人たちはぴくりとも動かない。

外からこんな声がかかっても。

「この先で夜明けにある男と待ち合うて真田屋敷まで行くつもりが、おかしな声を聞いてしまった。女にあれだけの声を上げさせて、家の者に気づかせぬ隠声の法——うぬは忍びだな。だが、外にまで聞こえるとは。おかしな好みが裏目に出たな」

男の全身に敵愾がふくれ上がった。

行きずりの武芸者ならば無視を決めこむが、真田屋敷への訪問者となれば別だ。

素早くかなへ当身を食らわせ、天井へと身を躍らせる。

分厚い藁《わら》の束へ短刀を突き刺し、あっという間に通過孔を開けてしまう。恐るべき切れ味であった。

屋根へ抜けると、家の前の道に立つ着流しの影が見えた。月明かりだけで白昼のごとく視野を確保する忍者の猫眼《びょうがん》である。

男は着物の内側から飛び苦無を取り出した。ずっしりと重い。遠方から致命傷を与えるには、これくらいの重さが必要だ。鏢や手裏剣ではこうはいかない。

敵は武士——とは思えなかった。かと言って忍びとも雰囲気が違う。不気味だが、手間取ってはいられない。東の空は白みかけている。

焦りと——はやりもあった。新たな敵を仕留めて仲間たちに自慢できる。

足場を確かめ、男は苦無を投擲した。

自信の一投であった。狙いは左頸動脈。

敵がすうと地に落ちた。——仕留めた。

苦無の柄までめりこんで見えるのは訝しいが、命中に間違いはない。

男は屋根を蹴って地面に舞い下りた。

猫のように足から降り立ったのは見事だが、その鼻先に突きつけられた刀身から逃れることは出来なかった。

中腰のまま愕然と見上げる顔へ、何倍も美しい顔が、

「いまの苦無の手練――伊賀の忍びと見た。真田の敵対者となれば――服部党の者か」

と訊いた。死しても口を割らぬのが忍者の掟だが、男の沈黙は、死者の復活に驚愕したからだ。苦無は確かに男の首すじを貫いた。柄も見える。

「貴様――どうやって？」

「こうしてじゃ」

声は背後から聞こえた。

ふり向いた男の頭上から、同じ顔が見下ろしていた。

「――双子か？」

「否じゃ。見ろ」

新しい顔が、古い自分の方へ顎をしゃくった。

地面に重いものが落ちた。飛び苦無であった。敵の姿はなかった。

「由利鎌之助の〝双影譚〟――二人目の書く物語はこうじゃ」

白刃が一閃するのを、男は見ることが出来なかった。

地上に転がった首がようやく、血刀を鞘に収める美しい敵の姿を映した。

「服部党のひとり。始末はしたものの土産になるか否か」

つぶやく姿と生首を、早起きの農夫が遠目に見て、その場へへたり込んだ。

早朝、真田屋敷は三人の男を迎えた。

「只今、戻りました」

と霧隠才蔵は、爛と眼を光らせた幸村・大助に平伏し、同じく頭を垂れた二人を示して、

「幸村様とご嫡男・大助様じゃ。名を名乗れ」

「――海野六郎にござる」

と、農夫姿の男が言った。

「――由利鎌之助と申す」

生首を持参した男の方である。

「新たに二人――ふむ、これで」

と幸村がうなずいた。

「何とか九人揃いましてございます」

幸村は才蔵を見つめ、

「おまえが選んだ男たちだ。文句はつけぬ。だが、いまだ八人――ということになるやも知れぬのだ」

「それは？」

才蔵が身を乗り出した。

「その方らはここで待て」

幸村は大助ともども、才蔵を蔵の内部《なか》へ導いた。

「——佐助!!」

片隅に横たわる真田第一の忍者の片目と右手首から先は、白布で覆われていた。すでに乾いてはいるが、赤いものが滲んでいる。

「まさか、こいつが……」

絶句一瞬、

「——徳川の忍びの仕業でございますな？」

「間違いあるまい」

幸村は沈痛な面持ちで若い忍者を見下ろした。

「しかし、これまでの戦いぶりからして、彼奴《きゃっ》らに佐助をここまで追いつめる技の主がいるとは思えませぬ。新たな腕利きが加わったものでございましょう。佐助は何と？」

「——何も言わぬ。眼を抜かれ指を切り落とされた痛みのせいであろう。戻って来たときから死人のようじゃ」

「何も言えぬ死人が戻って参りましたとやら」

才蔵は腕組みした。

「眼球は入れてある。指もつけてある。だが、元に戻りはすまい。もはや、忍びとしての任は果たせぬな」

「すると一生、この蔵の中で飼い殺しの憂き目に？」

「やむを得まい。完治には人間《ひと》以上のものの力が必要じゃ」

「ならば少々、心当たりがあり申す」

背後の声は、あり得ぬ声であった。蔵には佐助を別として三人しか入っていないはずなのだ。

だが、戸口にぼんやりと浮かんだ幽鬼のような姿は——

「海野六郎か？」

才蔵が右手を懐に差しこんだまま訊いた。

「左様。命ぜられたまま座敷におりましたが、今のお二人のやりとりを小耳にはさみ、ならばそれがしがお役に立つかと参上いたした次第で」

先刻の座敷にいながら、蔵内での会話を聴取する——あり得ないことだ。だが、幸村親子が眉を寄せたばかりで、霧隠才蔵は平然と、

「左様か。いかなる治療を施すつもりだ？」

「まずは、ご覧下されませ」

海野は腰の太刀を抜くと、才蔵に手渡して言った。

「それがしの左腕を落とし、その後に傷口を接着させて下されませ」

「まさか、それで切れた腕が元に戻ると？」

「失ったものをふたたび在《あ》りとするには、それなりの手順が必要となり申す。ご覧に入れたいのはそれでございます」

「わかった」

才蔵は腰の一刀を抜くや、上段に――そしてふり下ろした。

右腕は肩から落ち、まぎれもない血しぶきが蔵の一角に奔騰《ほんとう》した。

第八章　これにて十忍

1

見る見る翳の部分が広がる顔に、しかし、不敵な笑いを浮かべて、海野六郎は才蔵へうなずいて見せた。

一刀を鞘へ収め、床へ置いてから、才蔵は切り落とした右腕を摑み上げ、その切断部を肩の切断部に密着させた。

数秒――

「これでようござる。お離し下されい」

海野六郎は、大きく息を吐いた。

才蔵は腕から手を離した。六郎は支えようともしないのに、腕はもう落ちなかった。

切断された筋や骨は神経はいかなる状態にあるものか。さらに五秒ほどを過ごしてから、六郎は左手を添えて、ゆっくりと胸前へ持ち上げた。

「ご覧下されませ」

声と同時に指が動いた。

支えの手を離し、彼は前屈みになって才蔵の足下の刀を拾い、腰に差し戻した。

「もはや尋常な手でござる」

陰々たる声が、満腔の自信を孕《はら》んで、蔵の中に流れた。居並ぶ真田勢を愕然とさせたのは、次の台詞であった。

「これでは、しかし、手前の自慢にしかなり申さぬ。手前が真のお役に立てるのは、この技を他人にも応用できるところでございます」

「何と!?」

身を乗り出したのは才蔵と大助で、幸村はさすがに泰然たるものだ。

「これは、それがしも知らぬことであった。海野よ——おぬしの技を疑う者はもはやおらぬ。早急に佐助の身体を元に戻せ」

「それには条件がござるな」

「何と」

才蔵の全身に殺気が漲《みなぎ》った。

「この技、一見たやすいようだが、実は大層、術者の身を消耗させ申す。いま、手前の心の臓は通常の五倍の速さで脈を打っております。これを教えてくれた人物は、一度駆使すれば一年寿命を縮めると申しておりましたが、正にその通り。生命を削る技でございます。よって、それがしの生命一年分の報酬を頂戴いたしたい」

奇妙な沈黙が蔵の中に満ちた。幸村父子にとってこのような家来も前代未聞であった。

いっとき消えた才蔵の殺気がまた全身を彩る。彼には連れて来た責任があった。

「海野と申したの？」

そのひと声が険呑さを消した。幸村であった。

「正直、おぬしの一年をどう報酬に換算したものか、わしにはわからぬ。だが、この佐助はわしにとって、真田家にとって、掛け替えのない者じゃ。おぬしの言い値を支払おう。幾らじゃ？　申してみよ」

「金一千貫」

言いも言ったり。一瞬、呆気に取られた才蔵の両眼が、今度こそ拭いようのない殺意に燃え立った。

「たわけが。何のためにここへ連れて参ったのか。霧隠才蔵、こ奴を殺って幸村様の下よりおさらばするぞ」

腰の忍者刀が閃いた。

抜き打ちの一撃を躱すに、海野六郎は余りに無防備であった。

跳ね上がった首が床に落ちるのを幸村父子は見た——だが、それは錯覚であった。或いはその方が良かったかも知れない。

才蔵の刃は確かに六郎の首を横に薙《な》いだのだ。そして、六郎は右手を頭頂部に乗せている。

斬られた首を押し留めているのだ、と気がついたとき、真田父子の背すじを冷たい水が流れた。

六郎が、にっと笑った。

「うぬは——不死身か？」

こう尋ねる幸村の声にも、驚きの響きは隠せない。

「そうではござらぬが——ま、似たようなもので」

「で——その技を他人にも応用できるとは？」

「この佐助とやらは運がいい。それがしと会えたことがです」

幸村は大助と、才蔵は由利鎌之助と顔を見合わせた。海野六郎を連れて来たのは間違いだったのではないか、このような大たわけを。しかし、六郎は言った。

「いま、佐助の眼の球と親指とを尋常に戻してごらんにいれる。よおく眼を見開いておられませ」

もとは香具師《やし》でもあったのか、素人とは思えぬ舌廻りでまくしたてると、六郎は佐助の前に寄って、右手を摑んだ。

「おい」

佐助が力なく咎めたが、気にもせず親指を見つめ、

「おや？」

と眼を一線にした。

「これは……ははあ……いかんなあ」

全員の眼が殺意さえ帯びて六郎に集中する。

「いや。やれよ」

と佐助が促した。

「ふむ」

六郎は無雑作に親指の縫い合わせた部分を上から握った。

紫色に壊死した指が、このとき、すう、と生色を取り戻していった。

「いかがです？」

六郎のどこか虚無的な声が、蔵の中に生じて消えた。

「眼は？」

と佐助が訊いた。

「それも」

彼は右手の平を佐助の患部に当て——離した。二秒と要していない。

佐助の右眼がまたたいたとき、まともな眼という眼が、かっと見開かれた。

「おお、おお、やってくれたなあ」

潑剌《はつらつ》たる声とともに、佐助は立ち上がった。

疲れなど一度だに感じさせぬ動きである。

「大したもんだぜ、海野六郎。おかげさまで元通りだ」

返事はない。六郎は憮然たる表情だ。

「さあて、殿、大助様、ご心配をおかけしました。まずいつものごとく、何なりとお申しつけ下さいませ」

廃人から甦った歓喜のせいか、佐助の声もいつもより興奮の響きが濃い。

「ふうむ。何とも怖るべき術者を飼っておる。さすが真田幸村——戦鬼の名に恥じぬな」

紙の筒をつけたまま呻いたのは、言うまでもなく服部半蔵正就だ。

「いかがあいなりましたか？」

と尋ねたのは、その右腕・千内浄羅であった。

正就が事情を説明すると、

「――まさか」

とこちらも呻いたが、すぐに、

「しかし、却ってこちらには良かったかも知れません。あ奴が廃人のままでは、こちらの意のままに操れば操るほど疑惑の念を抱かれるのは必定」

「そのとおりじゃ――しかしな、上手く行き過ぎるとは思わぬか？」

「と申しますと？」

「何もかも、まやかしかも知れぬ」

「佐助の傷が癒えたことがで？　しかし、いかに真田が大軍師とはいえ、かような奇策は却って怪《しんじつ》しまれるばかりです」

「あれは本物じゃ」

「――では？」

「殊によったら、最初から間違っていたかも知れぬ」

「は？」

「よい。それはこれから試してみよう。決して我らの邪魔はせぬよう命じてな。千内――上様からの助っ人はまだか？」

「明後日には到着すると」

「ならば、それからじゃ。真田の監視のみつづけよ。一切の手出しはならぬぞ」

浄羅は黙って平伏した。


使者は翌日来た。

旅姿の武士が三名、真田屋敷を訪れたのは、午後の陽がまだ高い刻限《じこく》であった。羽織には浅野家の紋が縫いつけられていたし、これまでに紀州から訪れた朋輩たちと等しい疲労ぶり、汚れぶりは、服部党の監視たちを怪しませもしなかった。

控えの間で休憩し旅装を解いた後、応接用の座敷に通されると、三人は不作法としか思えぬ荒っぽさで羽織を脱ぎ、

「加賀より参上いたしました、前田利常が家臣、竜垣《りゅうがき》七兵衛宗久と申します。これは徳川殿の忍びの目をくらますための小細工」

堂々たる態度と声で、真相を告げた。

「同じく、榊原藤之助清内」

「同じく、堂内左近丞長置《ながおき》でございます」

九度山へ幽閉したとはいえ、徳川家康が最も危険視している真田幸村に絶えず監視の眼を注いでいるのは、いわば常識であり、豊家恩顧の大大名の筆頭たる前田家の家臣三人が父子の下を訪れたと知れば、家康が彼らに牙を剝くのは、いかなる武将たちの眼にも明らかであった。

竜垣以下の三名が、浅野家家臣に身をやつして現れたのは、当然の策であると同時に、その使命が極めて重要なものであることを示していた。

幸村は平然と、

「これは前田様のご家来衆。遠方よりのご入来、痛み入ります——いよいよでござるかな」

落ち着き払った口調でねぎらった。

三人の使者は眼を剝いた。いよいよ以下に含まれた意味を理解したのである。

それも一瞬、三人は穏やかな顔つきに戻り、リーダー格の竜垣が、

「余分な耳はございませんな？」

にこやかに尋ねた。

「ご懸念なく」

屋敷の内外には選び抜かれた超人たちの眼が光り、耳が澄まされている。いかなる侵入者も盗聴者もその任務を果たすことなど不可能だ。

「ならば——申しあげます」

竜垣が両手を膝の前について頭を垂れた。戻した眼は凄絶な光を帯びていた。

「主人・前田利常には、世に徳川・豊臣両家の戦端を開く刻限《とき》遠からじ。諸大名いずれに就くやと眼を光らせ、耳をそばだてる輩数多し。されど、世の平穏、民の安寧のため

には、徳豊両家の並存こそが要と存ずる。世に悪しきは徳川・善き豊臣との風評根強く、豊臣恩顧の諸大名はこれに乗せられ浮き立つ者多し。さすれば徳川の力押しの締めつけは、諸大名、民ともどもに及ぶべし。この先鋒を蒙《こうむ》るは、それこそ豊臣恩顧の大名の他になし。ここはみな泰然自若を旨とし、世の風評及び徳川の挑発の鞭《むち》に決して踊らされることのなきよう、克己の御旗を掲げるべし――以上でございます」

淡々と、しかし、主君譲りの熱情を秘めた弁舌を、幸村は腕を組み、瞑目のうちに聞いていたが、じきに眼を開いて、

「もしも、この幸村よりも豊家の行末を心に懸けておられる御方がいるとすれば、前田利長、利常様のみ。そのお言葉を決して聞き流しはいたしません」

三人は破顔した。

「いや、その御返答を伺って、我ら三名安堵いたしました。噂では、徳川の真田様への監視の眼は、日に日に強さを増すばかりだと。今のご返事、服部の忍びどもに聞かせてやった方がよかったかも知れませぬな」

「左様」

幸村は立ち上がり、庭に面した障子を開けて、庭へと下りる踏石の上を見た。

木の葉が一葉落ちている。

間者は無しの合図であった。

彼は障子を閉めて、座に戻ると、

「確かめてみ申した。で、前田様は事あれば豊家のために立ち上がるご所存か？」

2

三人の武士の間を刃のように緊張の風が巡った。

最初に、春風と看做《みな》したのは、竜垣宗久であった。

にこと破顔するや、両手を膝に置いて背筋をのばし、

「その心算《こころづもり》たる旨、承っておりまする」

「左様か。それを伺って幸村、九度山にてこの身を朽ちさせる覚悟を固めたとお伝え下されい」

「は、確かに」

三人は平伏した。


誰も知らぬことではあるが、この会談場所から眼には見えない糸がひとすじ、障子の隙間から庭へ下り、長々と真田屋敷の地所を渡って、十キロ近い距離、野を越え山を越え、一軒の廃農家に潜む服部半蔵正就の下に届いていたのである。

「やはり。前田利長、利常父子め、戦場では大坂につくか。それに安堵する以上、真田もまた大坂へ入城するは明らかと見た。千内――真田父子を討ち取る策――早急に捻り出せ」

「承知つかまつりました」

「前田家の意向も伝えるべく江戸へ文を送れ。わしがしたためる。届け役は草七がよかろう」

千内は一礼して、

「実のところ、少々効果の程を案じておりましたが、佐助とやらに呑ませた妖物――大したものでございますな」

「佐助が真田におる限り、幸村は怖るべき相手にはならぬ。いかなる大軍師といえど、その動きが筒抜けと知らぬ以上は愚者にも劣る。真田幸村はそう歴史に残るであろう」

前田、豊臣家につくとの伝文書を携えた忍びが、白い六部姿で九度山を発ったのは、翌日の昼近くであった。

まず、大坂・京の順で、潜伏中の忍び仲間と連絡を取り合った後、駿府へと向かう――コースは単純であった。

忍びの足は四半刻（約三十分）ほどで、紀ノ川に辿り着いた。

近隣の農夫たちが、浅野家に駆り出されて渡した木橋が架かっている。

その半ばまで進んだとき、

「おーい」

と呼ばれた。

六部姿——草七は愕然と声の方を見た。

頭上を。

男が笑っていた。三十前後の農夫面である。服装《みなり》も農夫だ。足場などはない。草七の頭上四メートルほどの空中に男は浮かんでいるのだった。

「服部の忍び」

と男は呼びかけた。

「前田様の動向を古狸に告げ口に行くか。残念だが、ここで行き止まりだ」

「うぬ——真田者か?」

草七の声は、すでに殺気に充ちている。

「違うといえば信じるか?」

「……」

「九度山一帯は、誰も知らぬが、上田につづく真田の領地よ。入るも出るも真田一党の許可が要る。それがない以上、うぬの旅路の果てはここじゃ」

不意に男は身を沈めた。

その頭上で銀色の光が交差した。

地上から斜めに走った棒手裏剣であった。草七はひとりではなかったのだ。

身を沈めた姿勢から、男は軽々と宙をとんで紀ノ川の水流に落ちた。

足首までの流れはさして急ではない。

男は橋上の草七を手招いた。

「護《まも》りがいるのはわかっておった。だが、地上にいては、おれを斃せぬ。どうだ、ここまで来ぬか？　水練の季節ではないが、意外と気分の良いものであるぞ」

草七は橋の上から叫んだ。

「たわけ。おれは先を急ぐ。おまえの相手は服部一党の精鋭じゃ」

彼が走り出すと同時に、男の前後左右を光がかすめた。

河岸からの武器を、男はことごとく上体をふって躱した。小さな水しぶきが幾つも上がった。

「遠すぎる、遠すぎる」

と男は笑った。

「これでは当たっても、肉まで届かぬよ。おれは、彼奴を追わねばならぬ。せっかく水に降りたのだ。うぬらも参加せぬか？」

左岸――九度山の方角――から人影が躍った。

男の前方、六メートルばかりの水中に立ったのは、これも垢じみた農夫姿の壮漢であった。右手に鎌を摑んでいる。

「もうひとりは、彼奴の後を追ったか。このおれに一騎討ちを挑む以上、それなりの術者であろうな、服部党？」

農夫は無雑作に鎌を投げた。

「おっ!?」

それは信じ難い速度で男の肩を裂いた。のみならず、鋭い弧を描いて農夫の手に戻った。豪州の原住民が使用するブーメランは、目標を外した場合、回転しながら投擲者の手元に帰還するというが、男の鎌も同じ技――否、豪人に数倍する手練といえた。のみならず、

「おれの〝曲り鎌〟――よく躱した。真田の忍びよ、だが、これはどうじゃ？」

農夫の声は愉しげだが、笑ってはいない。鎌はまたとんだ。

しぶきが流れを乱した。鎌は二人のほぼ中間地点の水中に吸いこまれたのである。

「うっ!!」

男が眼を見張った。

その顔面に鎌が食いこんだ、と農夫――服部党の忍者には見えた。

水中に消えても鎌は止まらず、見失った敵の死角から跳ね上がって使命を果たす。

「〝水曲り〟だ。かかったな」

農夫は立ち尽くす男が水面に倒れるまで待ち、朱色の流れを確かめてから近づいた。うつ伏せで流れ去る身体を摑んで仰向けにした。鎌を抜くつもりであった。奇怪な技は、道具の仕掛けにも多くを依っていたのである。

鎌の柄に手をかけたとき、電撃が農夫を貫いた。確かに男は血を吐いていた。それなのに、鎌の刃先は男に触れてもいないのだ。

立ちすくんだのは一瞬であったが、鎌は農夫の手の中で向きを変え、その鳩尾を深々と、背まで刺し貫いていた。

彼が水しぶきを上げて倒れると、男はそのしぶきをしたたらせつつ起き上がった。口腔内の血を流れに吐いて、

「少し深く嚙み過ぎたか。しかし、〝曲り鎌〟とやら、是非とも身につけたかったが」

すでに農夫の死体は紀ノ川に運び去られている。

男は敵が走り去った方角へ眼をやって、

「じきに捕らえる。だから行かせた。出られぬぞ、真田の領土からは」

そのとき、橋の手前までやって来た、籠を背負った夫婦者らしい二人の農夫たちが足を止め、男の方が、

「こんなとこで何しとる？」

と声をかけて来た。

「何か探しとるなら、手伝うぞ」

男は明るく笑って、

「捜しとるのは確かだが、もう随分と先に行っておる。ま、のんびりと追いかけるさ」

言うなり、男は〝追いかけ〟た。

軽く膝を落とすや水のすじを引いて跳躍した身体は、夫婦の頭上高くでもう一度膝を曲げ、さらに高々と空中に踊り上がるや、さらにひと跳び——蒼穹の青に溶けこんでしまった。

大分たってから、同じ道を辿って来た別の夫婦者の農夫が、橋上でぼんやりと空を見上げている二人へ、声をかけて通り過ぎたが、彼らは挨拶も返さず、ひたすら呆然と流れる雲を追っているばかりだった。


「もう大丈夫だろう」

恐るべき速度で地を蹴《け》っていた六部姿が、ようやく足を止めた。

紀ノ川から橋本山の麓に到る古道の一本である。山を越えて現在の国道三七一号線「紀見峠」の旧道に到れば、大坂までの安寧な道中は保証される。

道の右方に茂る灌木の間から、低い声が、

「〝曲り鎌〟の伊兵衛が相手じゃ。いかに真田の忍びといえど、易々と抜けては来られまい。まして、この道は見捨てられて五十年に近い。まず後はつけられぬ。だが、これまでの戦いで怖るべき真田と、みなが認めておる。油断は禁物だ」

「わかっておる。行くぞ」

六部――服部党の忍び草七は、ふたたび疾走に移った。

十歩といかぬうちに、天から塊りが落ちて来て、七、八メートル先で人の形になった。それが紀ノ川の流れに置き去った男であることよりも、凄まじい落下が、足音ひとつ立てぬ軟着陸に変わったことが、草七を驚かせた。

「貴様――どうやって？」

思わず空を見上げてしまった。当然だ。

「空を飛んで、な」

と男は石のような顔に似合わぬ笑顔を見せた。

「九度山はまだ続く。逃げられはせぬぞ、諦めろ」

「ぬかせ！」

草七は錫杖《しゃくじょう》をふった。杖の先に付属する環が外れて男を襲った。それは錫ではなかった。周縁を鋭く研ぎ澄ませた鉄環であった。

男が右手をふった。美しい音をたてて、凶器はことごとく弾きとばされている。

男が腰の後ろから抜いた武器を見て、草七は眼を剝いた。

「これは――？」

「〝曲り鎌〟。この柄の中に仕掛けがあるようだな。使わせてもらった」

男はこう説明したが、草七の関心は別にあった。

鉄環をすべて打ち落とすのは不可能だ。現に、数枚は〝曲り鎌〟も届かなかったと見えた。それなのに、一枚残らず地面に刺さっている。

いや、その前に――

「なぜ、おれがこの道を通るとわかった？」

きしるような声で訊いた。

男は楽しげに、

「天の眼からは逃げきれぬ。ましてや、屋根もない古道を通るとは、な」

と返した。

3

「天の眼だ？」

草七は錫杖を構え直した。敵の注意を引きつけておけば、灌木《かんぼく》の茂みに潜む仲間が攻撃の機会を摑みやすくなる。

「おれは、あの橋のところからここまで、地面から百間（約百八十二メートル）の高みを飛んで来た。

そこから見るとな、森の中だとて、木と枝の隙間から地上に蠢く鹿でも熊でも一望の下だ。どのように身を隠しても、頭隠して尻隠さず――いや、この場合、尻を隠して頭は丸見えか。これほど楽な追跡はないわ」

顔をのけぞらせて笑う男の喉を、右の繁みから飛び来たった鏢が貫いた――と見えて、小さな凶器は勢いよく撥ね返されていた。

奇妙なのは、そのとび方であった。接触寸前、不意にスピードを落とし一寸ばかり進んでから、弾けとんだのである。それは見えない発条《ばね》に命中したかのような不自然さであった。

「二人まとめて、道はここで切れる。猿飛佐助の技を冥途《めいど》の土産によおく見ておけ」

声だけが残った。

猿飛佐助と名乗る男は空中にいた。その言葉どおり、一気に百メートルも跳び上がったのである。のみならず、彼はそこで停止した。

「おまえたちの武芸も技もここまでは届かんが、おれの技は届く。さあ、駿府の狸親父の巣まで逃げてみろ」

その声に、地上から光るものが投擲されたが、半ばまでも届かず空しく反転した。同時に灌木と道の上から黒い煙が噴《ふ》き上がるや、みるみる周辺を呑みこんだ。

「ほお、煙玉か。これはやられた。見えぬぞ、見えぬ」

天の彼方で額に手をかざした猿飛の声には、しかし、内容とは裏腹の笑いが充満していた。

「そおれ。見えてきた、見えてきた。煙が二方へ分かれて行く。逃げろ逃げろ。楽しいぞ、楽しいぞ」

そして、彼はぐいんと身を縮めるや、大空を二十メートルもの彼方へ跳躍し、またも着地するや、右手をふりかぶった。

指の間に光るものが見えた。


恐怖が草七を捉えていた。頭上の敵は彼の忍びとしての常識と身体能力を遥かに凌駕《りょうが》する魔物であった。

何処《どこ》まで逃げても天空の魔の眼からは逃げられない――それは確信となって、彼の全身を汗まみれに変えた。

煙の中を走りながら、彼は遠くで、鋭い苦鳴を聞いた。護衛役が殺《や》られたのだ。天からの攻撃を避ける術はない。

煙が切れた。前方に朽《く》ちた農家が見えた。

――天は我を見捨てず、か
朽ちた土間へととび込んだ瞬間、背後の地面に堅いものがめりこむ音がした。

忍者にあるまじく呼吸を乱しに乱しながら、草七は天井の様子を観察した。

茅葺きの屋根は健在だ。単なる板張りの屋根よりも数倍頑丈なことは忍びの初歩である。

草七は必死で被るものを捜した。

土間の隅にそれは横たわっていた。

野良仕事の陽射しを避ける菅笠《すげがさ》である。願ったり叶ったりで四枚もある。躊躇せず、彼はそれを重ねて頭に乗せた。

天魔の放った手裏剣も石つぶても、この屋根天井と笠とを貫けるはずがない。後は逃げる手段を考えるだけである。

安堵の吐息を洩らしたとき、鼻がある臭いを伝えて来た。

愕然と立ちすくんだ。

「――火か？　何をしやがる。木に移ったら山火事だぞ」

天井が煙を噴き、それが炎に化けるまで草七は待った。家が崩れる寸前にとび出す他はない。頼りは四枚の笠だ。手裏剣も受け止める菅《すげ》を固く編んだ四枚の笠は、天の高みから投げ下ろされた手裏剣も防いでくれるだろう。

煙が世界を包んだ。炎が天井を貪《むさぼ》り食らっている。

草七はその瞬間を待った。

まず壁が倒れた。天井も崩れ落ちる。

その下を彼は走った。土間ではなく壁の向こうの森へ。

それから疾風のごとく二町——二百十八メートルを走った。

何も起きはしない。

敵は諦めたのだ。

笑いがこみ上げた。

その頭上へ黒い影が倒れてきた。

「うわわ」

間一髪、忍者の跳躍力で跳びのいた前に、後ろに、右に、左に、次々に倒れて大地を揺らすのは農家を取り囲む樹々であった。誰かが山火事への連動を防いでいるのだ。そして、樹々の切り口は、名刀でもかくやと思うばかりの滑らかさであった。

呆然と立ちすくむ四枚重ねの笠——その頭頂部に激突した拳大《こぶしだい》の石は、地上百二十メートルからの加速度を自分の重さに加えて、笠ごと服部忍者の頭蓋骨を粉砕《ふんさい》してのけた。

草七の痙攣がやんでから、男は軽々と地上へ下り立った。無論、一気にではない。九度山一帯に張り巡らせた見えない糸を渡ってだ。糸は彼方の橋本山やその他すべての山々の木に結びつけられているのだった。

無惨な死体を担《かつ》いで燃えさかる家の中へと放り込み、何処か虚《むな》しげな眼つきでそちらを眺めながら、

「九度山じゃあ真田の猿飛佐助は神さまと同じなのさ」

と声をかけた。

「大坂でもそうなるつもりだが、平地のお城じゃどうなるかわからねえ。冥土から楽しんでな」

なお燃え盛る農家には一瞥《いちべつ》も与えず、猿飛佐助と称する男は地上の道を九度山の方へと戻りはじめた。


謎の男が立ち去って約二時間、煙を上げる農家の周囲に近在の農民たちが群がり、出火の原因と森への延焼を防いだのは誰かと訝しげな表情を交わしているところへ、三人ばかりの山伏が通りかかって、何があったのかと尋ねた。

そのひとりに農民たちが代わる代わる事情を話す間、あと二人の山伏はそれぞれ切り倒された幹を調べ、森の中へ分け入っていたが、すぐに三人揃って農民たちに礼を言い、

九度山の方へ歩き出した。

　現場が見えなくなると、ひとりが右方の木の幹の前で立ち止まり、懐から小型の飛び苦無を抜いて、幹の表面に何かを刻みはじめた。

　呼吸《いき》三つほどの間に残されたのは、文字とも図形ともいえぬ線の構成であった。

　一刻ほど後、これまた二名の行商人らしい男たちと旅人姿がやって来て、火事の現場で足を止め、幹の刻み目の前で立ち止まった。

　ひとことも発さず歩み去った。

　さらに一刻後、托鉢僧《たくはつそう》がひとりやって来て、同じものを見た。

　その少し後、どう見ても旅の武芸者らしい蓬髪《ほうはつ》の二本差しが、編笠を手に現れた。彼も幹に眼をやってからいなくなった。

　夕暮れどきに父娘《おやこ》らしい旅芸人が通りかかったが、こちらは真っすぐ足を止めずに道の奥へ消えた。


　千内浄羅は、半蔵正就の寝所の前で正座し、破れ障子越しに声をかけた。

「最後の二名、到着いたしました。これにて十忍」

　駿府から送られた増援が着いたという知らせである。

　返事はない。

障子の破れ目から、机の前に正座した後ろ姿が見えた。

身じろぎもしない。お頭《かしら》と促《うなが》す声を浄羅は呑みこんだ。少しでも意識の集中を妨げたら、死の鉄槌《てっつい》に見舞われる――全身を巡る血が冷たくそうささやいた。

だが、沈黙の時間《とき》は短かかった。

「千内か――入れ」

いつもと変わらぬ声であった。

障子を閉めて正座し、

「お頭、駿府からの――」

「見ろ」

頭の命令は鉄である。浄羅は立ち上がり、肩越しに机の上のものを覗きこんだ。

決して慣れない嫌悪感が足底から上昇してくるのを、浄羅はかろうじて抑えつけた。

三つのものが机に乗っていた。半蔵の左手と眼球、そして、妖しい脈動を続ける赤黒い粘塊であった。

浄羅は半蔵の横顔へ眼をやった。

殆《ほとん》ど怒りに近い感情がにらみつけさせたのである。

はっとした。

黙っていると、

「何かついているか?」

と訊かれた。

「いえ、何も——」

「こいつをどう思う?」

半蔵が顎をしゃくった先に、流動体がある。

「——手前は何も」

正直な答えであった。得体の知れない妖物としか思えない。それをこの頭に直言する勇気はなかった。

「答えろ」

来たか。

「番犬——と承《うけたまわ》っております」

「忠犬だ。役に立つ。決して逆らわず裏切らぬ」

「はっ」

「ところが、おれはこいつに一片の愛情も感じていない。むしろ、おぞましい」

だから、どうだというのだ。普通の感じ方ではないか。浄羅は眼前の妖物とその飼主との関係など知りたくもなかった。自分でもおぞましいなら、さっさと縁切りしてくれ。

「おれが焼け死ぬはずだったとき、救ってくれた奴は、おれの臓腑を取り去り別のものを入れた。これもその折りに用意された品だ。愛しいなどと思えるものか。出来ることならこの場で焼き殺してやりたい程だ。こ奴のせいでおれはもはや人間とは言えぬ。千内よ」

「は」

「人の世と言う。だが、この世に生きているものは人ばかりに非ず、だ。覚えておくがいい」

「はっ」

胸のどこかで、何をたわごとをと、罵《ののし》る声が聞こえた。

「来い」

自分のことかと思ったが、反応したのは机上の軟体物であった。

それが身を震わせ、太い紐のように半蔵の眼窩に吸いこまれていく光景から、浄羅は目を離すことができなかった。これまで目撃した数少ない――どころか二、三の超人的体技から、この頭は人間《ひと》だろうかとの疑念を抱いたことがある。それがまた強くなった。

「では――行くか」

眼球を黒い穴に嵌めこんでから半蔵は、忍者刀を摑んで立ち上がった。

増援部隊の男たちは、納屋に手を加えた小屋に集まっていた。納屋といっても小作人の寝所を兼ねており、二十畳もの座敷が二つある。

土間に近い方で新旧の服部党は平伏《へいふく》した。

4

「よう来た」

と半蔵は仁王立ちで言った。

「銀堂六舎《ぎんどうろくしゃ》、城所亜久記《きどころあくき》、柴門弦之丞《さいもんげんのじょう》、雅浪寺平内《がろうじへいない》、水司塚凶膳《みしづかきょうぜん》、琢摩牙地久《たくまきちく》、遠野《とおの》了見《りょうけん》、橡陣十郎《つるばみじんじゅうろう》、菅草神内《すげぐさかんない》、萌賀十夢磨呂《もえがとうゆめまろ》——全国に散らばっていたおまえたちを、任務を中断させてまで呼び寄せたのは、いよいよ真田父子を処断せよとのお達しが、大《おお》殿《との》より下されたからだ。だが、ただ彼奴《きゃつ》らを抹殺するだけなら、預り役の浅野家の雑《ぞう》兵《ひょう》どもの力押しで済む。謀反《むほん》のひとことで十分だ。それをせぬのは、大殿のおそばに真田の嫡男が務めておることもあるが、力押しの結果が必ずしも見てくれのとおりだとは限らぬからだ」

三十名近い配下たちは、顔こそ見合わせなかったものの、程度の差はあれ訝しげな表情になった。

力押しの結果が、まやかしということか？

全員の胸中を読んだものか、半蔵はうなずいた。

「浅野の兵たちは、確かに真田父子と家臣たちを討つであろう。だが、それは本能寺のように炎の中に終焉《しゅうえん》を迎えるだろう。後には骨の一片も残らぬ。そして、真田一党はひとりの脱落者も死者も出さずに九度山を落ちのび、大坂へ入城するであろう。我らが手を下さずば、こうなる」

明かりは皿の上の蠟燭二本きりだ。光よりも闇が似合う男たちにふさわしい陰々たる声であった。

「では――」

と応じた声がある。ひとりではない。数名の斉唱だ。

「十数年来、我が服部一党が監視し続けて来た相手が、最後の最後で無能な雑兵どものために逃亡する――このような愚行を黙視《もくし》していられるか――否だ。我らが見張り続けて来た籠《かご》の中の鳥は、我らの手で処分する。ただし」

と光る眼で配下たちを見廻し、

「この鳥は少し手強《てごわ》い。そこでおまえたちの出番となったのだ」

いっとき、闇が沈黙を命じた。

それから――

「真田にも忍びがいると聞いておりまする」

若い男の声であった。

「すでに二十を超える朋輩《ほうばい》が討たれたと知り、こちらへ辿り着くまで我ら十名、血震いのしどおしでございました」

誰の声かはわからない。

すると別の声が、

「真田の忍び――それほどの奴らでございますか？」

半蔵はうなずいた。

「それは間違いない。ただし――その腕の冴えがわかっているのは二人しかおらぬ」

「二人？　して、忍びの数は？」

「女を入れて九人はわかっておる」

「我らより一名足りぬ――これでは互角の勝負とは言えませぬな。まして女とは」

苦々しい声が、明らかに怒りを抑えた口調で言った。

「忍びに武芸の勝負は嵌まらぬぞ、陣十郎」

と年輩の声が笑った。

「しかし、うちひとりはお頭の手によって、我らの傀儡《くぐつ》と化しておる。上手く使えば、こちらにはひとりの犠牲を出すこともなく、真田一党を壊滅させ得る」

これは千内浄羅の声であった。

「それには、手前に少々異論がございます」

新しい声が言った。

「すでに申し上げましたが、この地へ赴《おもむ》く道中で、焼けた廃屋《はいおく》を眼にいたしました。見つけた百姓によれば、乞食が入りこんで火を焚《た》き、消し忘れたのだろうとのことでしたが、家の近くの草の上には血と脳味噌がとび散り、何よりも周囲の木々が、まるで名刀にて断たれたかのごとき切り口を見せて廃屋の方に倒れておりました。あれは何者かが類焼を防ぐと同時に、家の内部《なか》にいる者を追い立てるためにしたことでございます。百姓たちの話では死骸《しがい》は灰になっておりました。また、お頭がつけたという二人の護衛はどこにも発見できませんでしたが、おそらくは斃され処分されたものと思われます」

「ふむ。別の使いを立てなければならぬな」

と半蔵は、むしろ楽しげに洩らし、

「まあよい。それよりも気になるのは倒木の切り口だ。まるで鏡のように滑らかだと聞いている」

ここで考えこんだ。

さっきの声が言った。

「こちらの動きが敵に筒抜けである以上、一党の内部《なか》に間者がいると判断するしかございません。お頭——ひと抱えもある木の幹を一刀両断するなどの技倆《ぎりょう》の主——或いは武器を操る者が真田におるのでしょうか？　ならば、我ら来た甲斐《かい》があると申すもの」

「ひとりおる」

と半蔵は言った。

「だが、彼奴は——」

何故か彼は右眼に手を当て、

「——少々急な初陣《ういじん》になるかも知れぬが、うぬら何名かの手をわずらわせることになりそうだ」

これまでの服部衆とは比較にならぬ妖気が、部屋に渦巻くのを半蔵は感じた。


九度山での真田父子の生活がいかに難儀なものであったかは、幸村が故郷・上田に宛てた書翰《しょかん》等で今の世にも知られている。

彼はたびたび九度山での生活の窮状《きゅうじょう》を訴え、食料、酒、金子《きんす》等を無心しているのだ。

同行した家臣たちは真田屋敷の近くに家を建て、農耕に従事して主人の生活の糧《かて》にしたと言われるが、それにも限度があるし、近在の住民と親しく交わった真田家には、彼らからの届け物も多くあった。しかし、農作物は換金できないのである。

前述した幸村の書翰は、この辺の事情を物語るものとされ、これに基く一種の絶望感が、やがて大坂決戦への参陣を決意させたとも言われる。

だが――

月に一度夜空に満月皓々《こうこう》たる深夜、屋敷の家来たちが寝静まった頃、幸村は闇の中で起き上がり、大助の寝所へと赴く。障子を少し開けると待っていた大助も灯火を点さずに部屋を出て、父とともに、渡り廊下でつながる離れの書庫へ向かう。

二十坪ほどの書庫は壁に並べた書棚と床を埋め尽くした本の世界であった。真ん中に文机と円座が二つ敷いてある。窓は塞がれていた。

ここに到って、戸締りを確認した大助が、書庫の戸口の柱にかけてある吊り鉤《かぎ》に刺した蠟燭を点す。

かすかな炎でも室内を照らし出すには十分であった。彼は吊り鉤を外し、また戻した。すると西側の書棚のひとつが、その中心線を軸にゆっくりと回転しはじめたのである。直角に廻ると、向こう側に書棚半分の空間が生まれた。問題は床であった。大人ひとりがようやくくぐれるくらいの穴が開いている。

二人は木の梯子《はしご》を下りて、地下の作業部屋へ入った。梯子は七十九段あった。

部屋は約五十坪、天井まで四メートル強の広さであった。自然の穴ではない。家来たちが三年がかりで深夜のみ掘りつづけ、土や石は遠くへ捨てに行った成果である。

鉄の炉や吹子《ふいご》、様々な薬液や化学粉末を封じる石の壺が、戸棚や木机を埋めている。

ひときわ目立つのが、南の壁際に立てられている銅製の蒸留器であった。

まず、幸村は炉に石炭を入れて火をつけ、青銅の秤《はかり》に数個の壺の中身を乗せ、意に適った量を机上のぎやまんの壺――フラスコに移す。全て上田から生活必需品に見せかけ、運び込んだものだ。

秤に乗せた虹色の粉末は、上田の蔵で精製を済ませた必需品のエキスである。ほとんどが錫《すず》と銅で、わずかに鉄も混じっている。壺ひとつを満たすために千振り近い刀剣を集め、鋳つぶさねばならなかった苦労も、この成果を見た瞬間に砕け散った。

次に必要なものは、どうしても補充の利かぬ二つの品であった。

北の奥に、これは明らかに他の品とは違う品を納めてあると知れる頑丈な樫の箱があった。ごつい錠前がかけてある。それを外して内部の棚からこれも石の壺を二つ取り出し、うやうやしく捧げ持つように机まで運んだ。

炉の中身は、幸村も大助も組成を知らぬ液体であった。

ほんのひと滴《しずく》垂らしただけで、化学変化が生じた。

粉末の色彩《いろ》を再現していた液体が、まばたきひとつする間に、黄金《こがね》色に変わったのだ。

そのとき、幸村は必ず、

「上手く行ったな」

とつぶやき、大助は、

「当然のこと」

と返す。

大助は分厚い手袋で用心深くフラスコの首を摑む。中身を炉に入れるのは迅速に行わなければならない。フラスコに異常はないにもかかわらず、その表面は火のような熱を帯び、手袋は必ず燃えはじめるからだ。

炉に注ぎ切ると同時に熱は幻のように引き、大助は黒煙を上げはじめた手袋を叩き合わせて出火を食い止めた。

後は残る品——これを与えてくれた者が、「賢き者の石」と呼んでいた塊りを加えるだけだ。それはもうひとつの石壺に入っている。

木製の小挟みがつまみ出したのは、ぎやまんの破片を思わせるかがやきを放つ小指の先ほどの塊であった。

それを幸村が炉に投じる間に、大助は炎の調整にいそしんでいた。

それから約五時間のあいだ、二人は天下の情勢や、徳川豊臣の動き、真田の取るべき道等を語り合うのだが、いつも炉が気になって、心ここにあらずである。最後は沈黙で終わる。

炉に近づく身体は妖しい期待に震え、眼は異様な輝きを帯びている。

かつて同じ実験に従事してきた異国の魔術師たちも同じ表情同じ眼をしていたに違い

ない。

炉の扉を開ける手も震えている。

そして、擂鉢《すりばち》状の底に燦然《さんぜん》とかがやく拳大の金塊を確認したとき、長い溜息が父子の口から洩れる。これもいつものことだ。

「大助よ——誰に伝えられたかは知らぬが、おまえは怖るべき良き伜よ」

「いつうかがっても誇らしいお言葉——大助嬉しゅうございます」

熱も帯びず冷たくかがやき光るそれは、まぎれもない黄金の塊りだ。

これを溶かして型に入れ、黄金《きん》の延べ棒を作るか、そのまま京、大坂の商家で換金するかは、もはや別の話である。

事実はひとつ——九度山での窮乏《きゅうぼう》生活を物語る書状は全て出鱈目《でたらめ》であり、真田一党の生活を賄《まかな》っているものは、遠い過去の闇世界から伝えられた永遠の秘法——錬金術なのであった。

第九章　招喚あり

1

真田屋敷を訪れた一刻後、前田家の家臣は帰途に着いた。浅野家の者たちが、監視下の家に長居をするのは不自然なのである。

幸村は三好清海と海野六郎を加えた家臣六名を護衛につけ、紀見峠まで送らせた。

二刻後、霧隠才蔵が庭先から、

「無事にお帰りになりました」

と告げた。

「服部一党の動きはありません」

幸村は、

「それは重畳《ちょうじょう》。何とはなしに、敵の動きが不穏に感じられておったのだが、単なる虫の知らせか——佐助はどうしておる?」

「すでに新しい手にも眼にも慣れて、あれこれ新しい技を工夫しておる様子でございます」

「ふむ。佐助といいお前といい、本領を発揮してもらうのはこれからだ。決して九度山などで生命を無駄に捨ててはならぬぞ」

「心得てございます。されど——いつ何処《どこ》で果てるとも知れぬのが、忍びの運命とも承知しております」

「それでは困るのだ。わしと大助は早晩に九度山を出て大坂城へ入る。おまえたちは、わしと大助を送り届けるまで死んではならぬのだ。前田殿の使者を陰ながら護ったごとく、わしたちを護ってくれ。おまえたちはすでに従来までの忍び、乱破《らっぱ》とは違うのだ」

　才蔵は深々と頭を垂れて、

「お言葉、ありがたく存じます」

　と言った。

　真田幸村親子が、才蔵や佐助たちのみを忍びとして重用《ちょうよう》しているのではない。

　彼らは何より信頼するに足る直属のボディガード——いわば親衛隊であって、忍びの本来の役目たる諜報活動には、上田以来、諸国探索の旅に出動させておいた陰の男たち——真田忍群が当たった。

幽閉の身でありながら、幸村が世情に知悉していたのは彼らの力による。忍群の男たちは、旅人や僧、物売り等、九度山でも不思議ではない諸人《もろびと》に身をやつして訪れ、「真田淵」や高野山の青い墓標たちの中で、風のささやきのごとく、姿も見せずに諸大名の動きを知らせては去った。

真田家には一切立ち寄らない——伊賀忍者たちの監視の眼に止まらなかったのは、この一事ゆえである。

看破《かんぱ》され、ふたたび九度山の地を出られなかった者たちもいる。それはもう幸村たちには関わり合いのない運命であった。

使者たちが去った四日後、幸村は日頃の忠勤に感謝するとの恒例に従い、家臣たちを屋敷へ招いた。

「みなにも苦労をかけたが、わしと大助は、九度山を出て大坂城へ入る」

幸村の宣言に、家臣たちの間を異様な波が渡った。

それでも部屋は静謐《せいひつ》であった。幸村の決意を一同はとうに知っていたのである。

このとき参集した家臣は、高梨内記、青柳清庵、他一名——いずれも上田から同道し、真田昌幸亡き後も帰郷せず九度山に留まった忠義の者たちであった。幸村が白を黒といえば、躊躇なく叩頭《こうとう》する面々だ。

高梨内記が平然たる表情で、

「殿の御心、我が肉に食い入ってございます。して——九度山脱出はいつ？」

「まだ言えぬ」

「その方法は？」

と青柳清庵。

「言えぬ」

もうひとりが、

「我らはお連れ下さいますのか？」

と質しても、

「言えぬ。だが、いつなりと動けるよう心掛けておれ」

これでは無愛想を通り越して切なくもなる。

だが、居並ぶ古参の面々には、未来への希望に紅潮しこそすれ、失望も落胆も浮かんでいなかった。これが幸村流と心得ているのである。

この年——慶長《けいちょう》十九年（一六一四）、徳川と豊臣、東西両陣営の緊張は限界まで高まっていた。

七月の下旬——大坂城攻防の契機となった「方広寺鐘銘事件《ほうこうじしょうめいじけん》」が勃発する。

鐘に刻まれた銘文——「国家安康」「君臣豊楽」に家康が子供じみた言いがかりをつけたのである。

いわく、「家康の二字を離し、豊臣の二字を続けさせてあるのは、豊臣による徳川への謀反の表明である」

耳にした誰もが、あんぐり口を開けそうなふざけた言い草だが、家康にしてみれば、豊臣との戦いに持ち込めれば何でもよかったのだ。

豊臣勢は怒り――というより困惑し、やむを得ず徳川と袂《たもと》を分かった。

このとき、徳川豊臣両陣営の調整役として粉骨砕身《ふんこつさいしん》の労をいとわなかった大名・片桐《かたぎり》且元《かつもと》も、豊臣の主戦派・大野修理治長《おおのしゅりはるなが》や総大将秀頼の実母・淀君に、徳川の内通者と疑われ、大坂城退去を命じられている。

一説によれば、家康は関ヶ原の戦い以後、決然たる態度で豊臣家滅亡を図るどころか、一大名としての存続の方を願っていたとされる。かつて臣下の礼を取った亡き秀吉への懺悔《ざんげ》の念ゆえであったかも知れない。あるいは、戦火による厖大《ぼうだい》な浪費を懸念してのことだったかも知れない。

彼は自らを征夷大将軍の座に就《つ》けて、豊臣家を完全な地方大名の地位に固定した上で、倅・秀忠の娘、千《せん》姫を秀頼の妻とした。後に燃えさかる大坂城より多大の労苦をもって救出したものの、この時点ではあくまでも徳川豊臣の宥和《ゆうわ》政策を望んでいたと考えられる。

中でも注目すべきは、家臣たちに対して、新年の祝辞は、まず秀頼殿に述べ、自分は次にすべしとの指示を出したことである。

家康が望んでいたのは、豊臣の滅亡による急激強引な政権奪取ではなく、双方納得の上での、穏和な政権委譲であったかも知れない。

だが、この立場は、慶長十年（一六〇五）、二代将軍・秀忠への拝謁《はいえつ》要求を、淀殿が拒否したことで一変する。

亡き秀吉の栄光をなおも現実のものと見なして、徳川の要求を拒否する淀殿率《ひき》いる豊臣勢力を、家康のみは徳川の未来に対する癒やし難い病巣《びょうそう》と認めたのである。

これにはもうひとつの決定的事実が寄与《きよ》していた。

徳川との遭遇を拒否し続けていた秀頼が、浅野幸長、加藤清正らの説得によって上洛、家康と会見したのである。慶長十六年（一六一一）、場所は二条城であった。

このとき、家康七十歳に対して、秀頼十九歳。眉目秀麗《びもくしゅうれい》な美丈夫《びじょうぶ》であったという。

会談後、暗愚《あんぐ》と伝えられていた秀頼への先入観を訂正せざるを得なくなった家康は、秀頼に率いられた豊臣の軍が徳川家を壊滅させる悪夢を現実と見た。ここが家康の凄まじいところであった。彼は想像にすぎぬイメージを覆すべく、現実の豊臣家抹殺を企てたのである。この結果が、方広寺の鐘銘事件であり、後に〝黒衣の宰相〟と呼ばれる金《こん》地院崇伝《ちいんすうでん》が手を引いたものという。

莫大な戦費を注ぎ込んだアメリカが、ついにベトナムを斃せなかったごとく、経済は戦いを決める決定的な要《かなめ》とは限らない。しかし、その重要なひとつたることは確実だ。その面で、家康にはある不安があった。太閤秀吉がその経営手腕によって、全国から集めた莫大な金銀が、手つかずの状態で大坂城に眠っているのである。

たとえ、全大名が敵に廻っても、天下に満ち満ちた浪人たちを集めることは、これで可能となる。関ヶ原で敗北した西軍の兵たちは、なおも徳川憎しの暗い炎を胸中に点し、大坂へと駆けつけるであろう。その数、万を越せば、十分に徳川の脅威となり得る上、浪人中の後藤又兵衛《ごとうまたべえ》・明石全登《あかしたけのり》ら、剛勇と謳われる武将が指揮を執れば、徳川軍を凌ぐ統率と戦術戦略に長《た》けた軍団が誕生することは確実であった。

家康が方広寺の再建を豊臣家に命じたのも、この富の一部を浪費させるためであったが、これはあくまでも一部に留まった。

経済戦ではらちが明かぬと家康は見た。彼には次の手があった。

二条城での会見で彼を戦慄させた偉丈夫――秀頼を堕落させることである。

そもそも秀頼は父・秀吉の血を引いてか、武辺《ぶへん》の筋ではなかった。そこに母の――淀君の溺愛が加わり、武将としての資質はもっぱら戦術戦略等の机上《きじょう》の空論のみに発揮されることとなった。

戦場で息子を失うことを怖れた淀君は、武術どころか、乗馬さえ禁じた。かくて豊臣勢は馬すら駆使できぬいびつな大将を頭に頂く羽目になってしまったのである。

家康の秀頼堕落策は執拗に続いた。

大坂城には間者が入っている。うちひとりが、秀頼の世話役であった。家康の命を受けた彼女は、それとなく料理番に告げて食膳に甘い揚げものを多く乗せた。現在でいう高カロリー食である。

秀頼は父に似合わぬ大兵《だいひょう》――六尺五寸（約百九十五センチ）であり、当然、食事量も破格であった。カロリーを過剰に摂らせれば、いうまでもなく途方もない肥満児が出来上がる。

様々な記録によれば、慶長十九年（一六一四）、二十二歳の秀頼は、この世のものとは思えないでぶであり、人手を借りなければ自由に動けず、乗馬などとんでもないという異形者であった。三年前、家康を脅えさせた美丈夫は、ここまで堕落してしまったのである。

そもそも大坂の陣における秀頼の役割というのが、実はよくわからない。

当時の戦さでも、総大将というのは安全圏に引っこんでいて、たまに戦場へ出ては、疲弊した兵たちを鼓舞するのが役目である。戦術戦略の最終決定者というのもあるが、これは有能な人物ならではの役で、無能者が受け持つと危うい事態が生じる――ま、本当の無能者ならば、有能な参謀たちが甘言《かんげん》を弄《ろう》して陣の奥へとご退席願い、逆に何とかなるだろうが、なまじそれなりの能力《ちから》と自己顕示欲の所有者だったりすると致命的である。

正直、秀頼がいなくても、十分に徳川と対抗できる逸材は、大坂側にも揃っていた。

だが、そうではない連中も健在だったのである。それも、豊臣家重臣中の大物として。

彼らは、戦さにおいて錬磨の勇士たちよりも、淀君の意志を尊重した。否、自らの意見を巧みに淀君に納得させ、最高決定者＝秀頼の意見として下賜《かし》、文官、武辺者ともに服従させてしまったのである。

家康は織田有楽斎《うらくさい》などの人物も離反用の間者として城内へ送り込んでいたが、その働きもあったであろう。

いつしか大坂城は、戦さを知らぬ総大将と文官たちが舵を取る虚《うつ》ろな巨城と化しつつあった。

敵の陰謀もある。

味方の工作もある。

どちらともいえぬ者たちの動きもある。

権力争いとは無縁の人々の思惑もある。

だが、後から見れば、それらは皮相《ひそう》の小事に過ぎる。結局は人間とは無縁の、なにかしら巨大なものの意志に従っているとしか思えない。

宇宙が誕生したとき——否、それ以前から、豊臣の運は天命としての滅亡に定められていたのではあるまいか。

2

大坂決戦における家康の自信に揺るぎはなかった。

たとえ、秀吉の黄金があろうと、金で集められる者たちは所詮烏合《うごう》の衆である。底力を出し合えば、勝負は数日を待たずして決まる。

懐刀——本多正純《まさずみ》も、〝黒衣の宰相〟——金地院崇伝も声には出さず、しかし、圧倒的な信念をもってうなずいたものだ。

ただひとり違った。

天海である。

「あれは安易に落ちませせぬぞ」

と彼は言った。

「何故じゃ?」

問い返す家康の口調は激しいが、何か欠けていた。

「勝利は動きますまい。なれど、家康様の全身は冷や汗にまみれ、手と顔は血にまみれる——その上の辛勝と存じまする」

天海は右手を上げた。分厚い鈍器を思わせる手であった。指は武骨な石の柱を思わせた。

彼はそのうちの人差し指を折った。

「まず、真田が加わりましょう」

中指も折った。

「真田が加わるということは、あの奇怪な一族の技が大坂につくとの意味でございます」

「何を言う、天海。それを言うならこちらにも——」

「殿——向こうは真田とこみでございまするぞ」

卑俗な言い方を天海はした。それは却って家康の胸に冷たいしこりを生んだ。

「いかにこの世のものならぬ技としても、否、技である以上、それを操る者は限られまする。殿——殿は真田を凌ぐと自らをお考えあそばされますか？」

「いいや」

ぴしゃりと返した。この辺はさすがというべきだ。

「わしがいかなる手を打とうと、軍略用兵では真田に到底及ぶまい。それゆえ、真田は九度山から出さぬ」

「それならばよろしゅうございます」

天海は笑顔になった。家康は騙されなかった。

「隠すな天海」

と言った。

「昨夜、占《うらの》うてみ申した。真田はじきに九度山を脱けて大坂城へ入りましょう。そして、殿は惨憺《さんたん》たる敗北を喫しまする」

「では――それまで何をしても？」

「無益――と存じます」

「すると、九度山にいる服部一党は全滅か？」

「そこまでは」

「浅野に押させても、いかんか？」

「それは――殿はなさいますまい」

「無益な血が流れるによって、な――どうしてもいかんか？」

「占いにはそう出ております。黙って行かせるが最上の策と存じます」

「ふむ。決着は大坂か」

「御意」

天海はうなずいた。

「わかった」

この後、家康は忍びのひとりを呼び、真田一党脱出の折りも手を出してはならぬと伝えるよう命じた。

知らせは翌日の朝、韋駄天《いだてん》のごとき忍びリレーによって、服部正就の手にもたらされた。

正就の顔面は悪鬼のごとく歪んだが、彼はそれを抑えて、

「上様よりのご厳命じゃ。我らは以後、真田家には手を出さぬ。よいな」

念を押すように言った。

一同は蜘蛛のように平伏した。

そして正就が去ると、円座を作って血光を放つ眼を見交わした。

「お頭は、念を押されたぞ」

「されば――好きにせい。ただし責任は負えぬぞとな」

全員が不敵な表情をたたえた。

「まずは、真田一党が九度山を去る日時を確かめねばならんが、それは猿飛から伝わる。我らが動くのはその前からだ」

誰の声かはわからない。誰ひとり唇を動かしているようには見えないからだ。忍者特有の声なき会話であった。

「真田はこの土地から出られぬ、というわけだ」

「左様。彼奴《きやつ》らに何が起こったかも知らぬ間にな」

「だが、我らと入れ違いに発《た》った使いは、苦もなく斃された。それも、お頭の話によると、その猿飛とやらと同じ技を使う者の手によって。真田も気づいているに違いない」

「そう考えるのが妥当じゃろうな」

「お頭は、しかし、猿飛がこちらの傀儡《かいらい》と信じているぞ」

「それはお頭自身が術をかけなすったからじゃ。こう申しては何だが、自信過剰というやつよ。おれは真田者など信じておらぬ。その猿飛、霧隠とやらが噂通りの忍びなら、いつまでも傀儡に甘んじておるわけがない」

「すると——我らを油断させるための罠か？」

「では、こちらの取る手は——かかったと見せて？」

「向こうはこちらの動きをすべて察しておるとして、今日のご下知を知れば、我らの打つ手を見透かすのは簡単じゃ。恐らく、我らをおびき出して抹殺せんものと企むに違いない」

「真田よりの知らせを待とう」

「それが良い」

「それが良い」

幾つもの頭が上下し、円座を点していた蠟燭の炎がゆれて、束の間、闇が世界の支配者と化した。すぐに光が反攻に転じたが、もはや円座の影たちは何処にも見えなかった。

真田屋敷では、外からでは想像もつかぬ手際の良さで出奔の準備が整えられつつあった。

幸村はいつものように邸内を歩き、庭を散策しながら、すれ違う者たちに、十月の六日だ、とささやいた。

佐助や霧隠の寝所へは行かず、自らの部屋で軍学書を読みながら、

「十月の六日じゃ」

と、つぶやいた。

すると、彼だけが感じられる天井や床下の気配が或いは緊張し、或いはなにも言わず、そっと消えていった。九月半ばのことである。

九度山の木々は冬に備えて屹立し、葉は容赦なく黄ばんだ。

人々は背を丸め、凍えた息を吐きながら野良仕事へと向かった。

十月に入ってすぐ、幸村は大助を伴って高野山の蓮華定院へと向かった。早朝であった。

葬られた史上名高い武将たちの霊に参拝し、大坂の勝利を願うためである。

付き添いを断り、鬱蒼たる木立に囲まれた墓碑の間を巡りながら、大助はふと父の姿

が見えないことに気がついた。

呼んでも返事はない。

朝の光が周囲を白く濡らしている。

――敵か？

愕然と右手が動いた。

腰の小刀ではなく、懐の内側へ。

取り出したのは――奇妙な形をした短筒であった。

火縄銃ではない。銃身は六本あった。

握りの上についた発条《ばね》を引き起こし、大助は四囲の気配を探った。

異常はない。

聞こえるのは風と――鳥の声だけだ。

「ここだ」

背後の声に、大助は弾かれたように身を捻《ねじ》った。

五メートルほど離れた小路の上に、ひとりの僧が立っていた。

それがさっき訪れた蓮華定院で迎えてくれた数名のひとりだと知って、大助の眉が寄った。

「父上を何処へやった？」

その心臓へ銃口を向けて、大助は鋭く訊いた。

「いま、ある人物と会っておる」

と僧は言った。

大助の眉がさらに険《けわ》しく寄った。

発音がどこかおかしい。

電撃が背すじを貫いた。

大助は、それが記憶にあったのだ。

「おまえは――僧に憑いているのか?」

「いかにも」

と僧は笑った。声だけで。

「いま、ここへ父上を戻せ」

「できぬな。二人の会見は天命だ」

「天命?――相手は誰だ?」

「じきにわかる。ここで待て」

「動くな」

大助は、短筒の狙いを定め直した。

「人間の生涯というものは、最初から定められておる。誰によってかはわからんがな。

おまえが、いま、わたしに銃を向けておるのもそうよ。真田大助、おまえにその短筒の作り方を教えたのは誰だ？」

名指しされた若者は眼を見張った。

「それは——私がこの手で」

「そうか。良い」

僧はうすく笑った。

「その銃ならば、六人一度に倒せるであろう。射《う》ってみい」

近づいてくる僧を見て、大助は一瞬とまどったが、すぐに非情と言ってもいい顔つきになって、

「まず、右手を射つ。それで父を戻さなければ左腕、右脚、左脚と射つ」

と言った。

「ご随意に」

引金が引かれた。

僧の右肩に穴が開いた。

僧は平然と歩きはじめる。

大助は気を滾《たぎ》らせて右腿を射った。

かすかに全身がゆれたが、動きは止まらなかった。左脚、右腕と射ち込んだ時点で、

大助は後じさった。

「――何故、効かぬ？　おまえは――何者だ？」

「その鉄砲と弾丸はわしが与えたものだ。従って、わしには効かん」

大助は呆然と、硝煙立ち昇る短筒を見つめた。

その目の前で足を止め、

「暫時《ざんじ》待て。幸村は大層な相手と歴史に残る会談をしておるわ。ただし、歴史には残らぬが」

と僧は言った。

「相手は――だれだ？」

家康であった。

明らかに城と覚《おぼ》しい質素な一室で、幸村は宿敵と相対しているのだった。

確かに高野山の墓所を巡っていたことも、その途中でめまいも違和感もなく気づいたらここに正座していたことも、もはや気にならなかった。

ただひとつ――これは現実だ。

目の前――上座に腰を下ろしている七十過ぎの老爺《ろうや》が家康というのは、眼がそう認識する前にわかった。

「関ヶ原以来ですな、徳川殿」

家康もうなずいた。それに妙な虚ろさを感じて、

「どうなされました？」

家康は溜息をひとつついて、

「何故ここにいるのか、わからぬのだ」

と返した。彼もまた、未知の力で自らの現実から新しい現実へと放り込まれたに違いない。

3

「すると我らは共に、招いた相手に対する盟友という次第ですな」

幸村は笑った。

「ふむ。そうなるの」

家康は、むっつりと応じた。狸親父と後に評される権謀術数の権化の貌《かお》である。

「誰に招かれた、ここは何処《いずこ》か、などとは訊くなよ、幸村」

「我らはあくまでも己の意志に従って生きて来たと思うておりましたが、どうやら間違いだったようですな」

「ふむ」

「ですが、彼らもまた、より大きなものに動かされている――こうも考えられますな」

「ふむ」

「豊臣と徳川――これは相争えと命じられただけで、本来は同志であったやも知れませぬ」

「ふむ」

「異を唱えられませぬか」

「唱えたとてどうにもならぬ。幸村よ、たとえ何者かに操られていようと、わしらは不《ふ》倶戴天《ぐたいてん》の敵なのじゃ」

「逆ろうてはみませぬか？」

家康の表情が変わった。涼やかな声に打たれたように見えた。

「我らは当月六日、九度山を下りまする。黙って行かせてはいただけませぬか？」

「ふむ」

「それが傀儡《くぐつ》師への謀反の狼煙《のろし》になるやも知れませぬ」

と幸村は微笑した。この状況の異常さを毛ほども異常と思っていない。それは家康も同じであった。尋常ならざるのはこの二人の方かも知れなかった。

「何故だ、幸村よ？　何故、彼奴《きゃつ》らはわしらを意のままに動かそうとする？」

「この国を自在に操るのが目的かと」

そう答えてから、

「それのわからぬ徳川殿でもありますまい」

弄《いら》うように言った。

家康は苦い笑みを崩さず、

「筒抜けじゃぞ」

と言った。

「その点に関しても、それがしある意見を持っております」

「ほお、それは？」

「彼らをここへ導いたものは、我らを相争わせんとするものとは別の一派ではないか、と」

「ふむ」

少しも変わらぬ家康の口調からは、幸村のひと言から受けたショックがどの程度のものか、想像がつかなかった。

少しの沈黙を置いて、

「何故にそう思う？」

「いま我らを会わせれば、天下は豊臣の掌中《しょうちゅう》に入ること——異存はございますまいな？」

「ふむ」

家康の細い眼は、殺気さえ帯びて幸村の腰に焦点を合わせた。

小刀がある。家康も携えているが、いまここで死力を尽くせば、どちらが勝つかは自明の理だ。

「それが、招いたものの望みかも知れぬぞ。何故、わしを刺さぬ？」

「そうではないと忖度《そんたく》いたしまするが故に」

「理由は？」

「仰せの通りの目的ならば、放っておけば済むことでございます。どちらが勝つかは天の慣らいとうそぶいておればよろしいかと」

「ふむ。我らに和睦をすすめておると申すのか？」

「左様でございます」

「それは何者か？　そして、我らを戦わせんとする者とは、どのような奴らか？」

「どちらも遠い遠い昔、異国の海上にて栄え、やがて海底深く没し去ったものたちの残党でございましょう」

「ふむ」

家康の眼が光った。

「ひとつはこの国の総帥を徳川、豊臣のいずれかに任せ、ひとつは、双方に任せんと試《み》るか」

幸村はうなずいた。

「徳川殿はすでに一度、それに応じております」

「ん？」

黒いものが家康の顔を包んだ。

「何だ、それは？」

「関ヶ原の後の評定で、私めを殺さず幽閉と決めたことで」

「ふむ」

家康は、うなずいた。天成の記憶の閃きがそうさせたのである。

東軍に加わって武勲をたてた幸村の兄・信之、及びその義父・本多忠勝、本多正信、井伊直政らを通しての助命嘆願こそが、家康が不動と決めていた幸村の死罪をその精神から傾かせ、消し去ってしまった最大の要因といわれる。

だが、違う。実は違う。

「本多忠勝・正信・井伊らの嘆言があろうとも、わしはお主を処断するつもりであった。それを変えたのは、関ヶ原の二日後、寝間である者の声を聞いたからじゃ。それをおまえに伝える必要はあるまい。確かにわしは別のものに操られた。だが、それがおまえを延命させた全てではないぞ」

「……」

「真田一族が手にしたこの世ならぬ技術——否、この世ならぬものでありながら厳としてこの世にある技術。それを失わせてはならぬと思うた。たとえ、わしが理解できなくとも、失くしてはならぬ技じゃ。それがおまえたちを救うた」

「……」

「だが、幸村よ、真田一族がその滅びの日を九度山に迎えるなど、わしは信じてはおらなんだ。案の定、お主は奇態な忍びを駆り集め、その技術を伝えんとした。確かめたとの知らせは来ぬが、間違いはない。わしの知る奇怪なもののひとりが、後に真田十勇士と呼ばれる輩に注意せよと告げたのは、それ以外に考えられぬ。やがて、お主らはその十人と九度山を出て徳川に叛旗を翻す。わしはついに奇怪なるものの指示を破ることを決めた。あの技術を手に入れるためもある。だが、徳川の世を覆さんとする力を放置はできぬ。幸村、生きてこの地を出ることは叶わぬぞ」

「お静かに」

　真田の総帥は唇に人さし指を当てた。

「我らの融和を画策したものたちに聞かれますぞ」

「とうに知られておるわ。たとえ声に出さずとも彼奴らなら察する。幸村よ、諦めい」

「我らの脱出を妨げることが出来ますかな?」

「ふむ」

家康は苦々しい表情になった。石でも噛み砕きそうだ。

「難しいであろうな。だが、こちらにも打つ手はあるぞ」

「天海大僧正の飼い犬ども」

幸村の静かな笑みが、天下の覇者の背に冷たい水を走らせた。

「大和の片田舎で培われた牛糞馬糞の忍法が、我が真田の技に対抗し得るか否か、お試しあるか？」

「ふむ——彼らだけではない。服部一党も一緒だぞ」

「この幸村の差配を受けたものたちが国中から集めた戦士たち。しかも、徳川殿のおっしゃった技術《わざ》とやらを伝えてありますぞ」

「ふむ」

家康は、また考えこんだ。それから不意に顔を上げて、天井を見つめた。

「おい、聞いておるな？　残念ながら、ことここに到って、わしと真田が手を結ぶわけにはいかん。わしについたおまえたちの朋輩も許すまい。真田の大坂行きは許さぬ。それが不都合というのなら、いまわしを殺めるがよい。あの秀忠が後継ぎでは、明日にでも徳川は滅びるであろう」


父上。

遠くで声が聞こえた。

大助か。

幸村は眼をしばたたいた。

墓石の向こうから足音と見慣れた顔が走り寄って来た。

「父上ご無事で？」

「ああ」

幸村の返事は短い。

「憎に憑いたものから聞きました。父上は徳川殿と話していたと」

「かも知れぬ」

「――それは？」

幸村は顔に拳を当てて数度、軽く叩いた。

「頭の中に水が溜っているようじゃ。何もかも歪んでおる。そういえば、家康殿と会うていたような気もするが、確かとはいえぬ」

「では、いかな語らいをお持ちになったのかも？」

「覚えておらぬ。語らいなどあったものか」

語尾が消えてから、

「あと五日――この地を発つ前に、しておかねばならぬことがある」

「承知しております」

「敵も、な。発つまでに幾たびとなく襲ってくるだろう。いちいち応戦するのも面倒だ。佐助――おるか?」

「ここに」

樹上から若々しい声が降って来た。深傷の名残りはどこにもない。

「服部党に、九度山発ちを告げ、戦いを申し込んで参れ」

「は」

「そうじゃな。五日の晩。陽が落ちてすぐ、〝真田淵〟が良かろう」

「は」

「こちらは五名、向こうは何名でも良いと申せ」

「は」

「行け」

「は」

枝のゆれる音もせず、木の葉の一枚も落ちなかった。幸村は大助の方を見て、

「参ろう」

と言った。

「佐助から文が届きました」

配下の声に、服部半蔵正就は閉じていた隻眼を開けた。

寝所の板の間に正座した姿は、人型の石のように見えた。

事実、彼は糸ほどの呼吸を繰り返す――それも三分近くをかけて吸い吐く、忍者としても生命の限界ともいうべき死息に身を委ねていたのであった。

単なる精神集中に留まらず、彼岸と触れ合うための寸瞬を求める〈死生願座〉の間、彼は死者というより石に等しかった。

声の主は千内浄羅であった。

「何とある?」

浄羅が口にした内容は、先刻、幸村が佐助に伝えたものであった。

「佐助はどうした?」

「去りました」

「討手《うちて》はつけたであろうな」

「は。菅草神内と柴門弦之丞を」

「幸村が九度山を発っても役には立つ――しかし、ここが潮時であろう」

半蔵はふたたび瞑目《めいもく》して、

「真田からひとり消えるか、服部側から二人が消えるか」

と息に乗せた。

4

佐助は服部一党の隠れ家から真っすぐ真田庵へと向かっていた。

一本道の右は畑で左は森だ。

森から子供たちの声が近づき、すぐに四人組の形を取った。三人が男である。年齢はみな同じ——四、五歳だ。

佐助を見て走り寄って来た。男の子は細い竹の棒を握っている。雑兵の真似だろう。

「えい」

斬りかかって来た。

速さも角度も異なる竹棒の間を、佐助は上体をゆすっただけで抜けてしまう。三人は眼を剝いた。

「凄えや」

「待てえ」

「逃がさねえ」

小さな剣をふるって追いかけてくる。佐助はうすく笑って歩幅を狭くした。

駆ける足はすぐ追いつく。

だが、子供たちは同時に眼を丸くした。

佐助はゆっくりと歩いている。自分たちは全力疾走だ。それなのにどうしても追いつけないのだ。

「畜生」

「待ちやがれ」

「追い抜くぞ」

口々の叫びが途切れ途切れの喘鳴《ぜんめい》になるまでに、時間はかからなかった。

「もう駄目だ」

と路上にへたり込む子供たちへ、佐助はようやく足を止め、

「よく頑張ったな」

と労った。

「だが、その足では万年かけてもおれには追いつけん」

「どうして――だ？」

男の子のひとりが、息も絶え絶えに訊いた。後の二人は大の字で宙を仰いでいる。

「おまえたちは普通の歩き方――おれのは忍法だからだ」

「にんぽう？」

「達者でな」

佐助はにやりと笑って歩き出した。

胸に小さな空隙が生じていた。

道の前方に立つ小さな影がこれを埋めた。

さっきの女の子だ。全力疾走した少年たちの前にいる。

「餓鬼どもと一緒にいれば、不意討ちが利くと思ったが、さすがに猿飛佐助――隙がない」

少女はあどけない声で言った。

「おれを殺めろとは半蔵の命令か？」

「そうだ。真田が九度山を捨てると決めたとき、おまえの役目も終わったのだ。生きて真田屋敷には帰さぬ。命を奪《と》る相手の名前くらいは知りたいであろう。柴門弦之丞と覚えておけ」

佐助は苦笑した。わずかに遅れて戦慄が身体を貫いた。

少女が走り寄って来た。子供の走りだ。女の子の走りだ。

右手がふられた。

何処に忍ばせてあったものか、風を切って飛来する五寸釘を、佐助は跳躍しざまに躱した。

「おお!?」

少女が眼を剝いた。佐助は音もなく、五メートルもの高さに停止したのである。言うまでもない、九度山の空に張り巡らせた不可視の糸だ。

「これを見た以上、おまえは死なねばならん。なぜ、そんな娘に化けた」

「わからない?」

少女は佐助を見上げて微笑した。無垢のかがやきが、佐助の鉄の殺気をわずかに動揺させた。

その右腿を鋭い針が貫いた。骨まで貫通した。無垢ゆえの油断の喚起——これこそが柴門弦之丞の秘技であった。だが、

「あっ!?」

驚愕の声を放ったのは少女の方だ。どう考えても、よろめくか落ちるかするはずの佐助が、針もそのままに大きく跳躍したではないか。

「空中で——」

二十メートルの上空にふたたび立った佐助に、少女——柴門弦之丞の呻きが聞こえたとは思えない。

彼は三度《みたび》跳んだ。

見えざる糸の性質か、或いはそのかけ方か、彼の身体は信じ難い瞬発性に乗って、柴

門弦之丞から三百メートルも離れた森の中に降下していった。

「しくじったか」

と少女はあどけない顔を毒々しく歪めて吐いた。それから、にやりと笑って、

「――だが、もうひとり先におる。頼んだぞ、神内」

こう言って着物の裾をからげるや、一歩を踏み出そうとした。

その背後から声をかけた者がいる。

「おれと遊ばぬか、服部党」

弦之丞は凍りついた。

このおれとしたことが、背後に近づいた敵の気配に気づかぬとは。こ奴は間違いなく、真田の手の者だ。

だが、精神の凍結は一瞬であった。

彼は平然とあどけない声を舌に乗せた。

「佐助の仲間か？　いつから見ておった？」

これを可憐な口調で言うから、聞く方は冷厳な胸中に生あたたかい風の音を感じざるを得ない。

「最初からだ。おれは佐助と一緒にいた。おまえたち全員の顔も覚えたぞ。おまえたちもおれを見た」

「――」

弦之丞の沈黙は記憶を辿るためであった。

佐助の来訪時から退去まで、彼は弦之丞を含めた服部一党の注視にさらされていた。断じて仲間などいなかった。

ふと――石の自信が揺れた。

いた――か？　何か――農夫の服装《なり》をした男がひとり。だが、なぜ誰も何もしなかった？　いや、やはりそんな奴はいなかったのだ。

「信じておらぬな」

背後の声は嘲《あざけ》りを帯びた。

「服部と天海――どちらも乱波中の精鋭を備えておると聞いたが、おれひとり、衆人環視の中で見抜くことが出来ぬとは、とてもとても」

「うぬは？」

「望月六郎。覚えておけ――と言ってももう無駄だが」

少女の身体が独楽《こま》のように舞った。

鋭利な光が後方へ走る。

その頭上を黒い影が越えた。

着地した影はそのまま走り去り、立ちすくむ少女の右手から、数本の針が地面に刺さった。小さな頭部が頂きから顎まで裂けたのは、次の瞬間であった。

森に入るなり、佐助は腿の針を引き抜いた。

骨まで届いていないのは幸運であった。

「おかしな技を使いおって」

吐き捨てた言葉は、あどけない少女の姿を持つ忍者こそが、口にしたかったものだろう。

彼は袖口を引き裂き、傷口に巻いた。真田庵の方角へ歩き出す前に、もと来た方をふり返り、

「望月は無事か」

超の字がつく個人主義者とは思えぬひと言を洩らすや、腿の傷など信じられぬ速度で草を分けはじめた。

足を止めたのは、五十歩ほど進んだ後のことである。

驚きというより感心したような声を洩らして立ち尽くす前方には、何処にもある森の風景が広がっているばかりだ。

「もとの場所に戻ったか」

笑いさえ含んで言った。

ここは彼が宙から舞い下りた森の一点だったのだ。真っすぐ進んでいたはずが。どの

ような魔力が方向感覚を失わせ、もと来た道を辿らせたものか。

佐助は、しかし、また歩き出した。

今度は百歩ほどで止まった。前方には、二度分け入った光景があった。

「このまま森から出られぬと飢え死にか」

誰かに話しかける口調であった。すると、

「そのとおりだ」

と木立ちが応じたのである。

「おまえは、おれの術中に嵌まったのだ。〈迷い路〉というてな。おれを斃さぬ限り、おまえは死ぬまで堂々巡りを続ける他はない」

「ふうむ」

佐助は地を蹴った。

頭上二メートル足らずに、ひとすじの糸が張ってある。ただのひと跳びだ。

だが、次の瞬間、彼は真っ逆さまに落下し、間一髪、両手をついて避けるや、軽々と跳ね起きた。

「空へも行けぬか——いよいよ、おまえを始末するしかないな」

姿なき声の主へ、佐助は白い歯を見せた。

その身体を光るものが貫いた。

黒い棒手裏剣が地べたを貫いたとき、佐助は数メートル後方に跳んでいた。

さらに来た。

ふたたび後方へ跳躍し、

「うおっ!?」

と呻いたのは、着地点がもとの場所だったからだ。彼は右手をふった。続けざまに飛来した三本の手裏剣は、すべて打ち落とされた。佐助の両手首から肘にかけては、箔ともいうべき極薄の鉄環が嵌められているのである。

だが、右腿に走る激痛に彼はよろめいた。

その鳩尾と肩に二本の凶器が吸いこまれ、猿飛佐助は虚空を摑むような動きを見せてから、前のめりに膝をついた。

その前方、二メートルほど離れた藪の中から、すうと立ち上がった影がある。

農夫姿だが、その殺気、眼配りから言うまでもなく、服部党のもうひとり菅草神内に間違いない。

「他愛もない。猿飛佐助とは逃げることしかできぬのか」

背中に刺した山刀を抜き放ち、ずいと踏み出した足が、不意に止まった。

眼の前へ光るすじが降って来たのだ。

何気なく払いのけ、次の瞬間、神内は愕然とその手を見た。五指はことごとく失われていた。のみならず、左の肩に凄まじい痛みが食い込み、何をする暇もなく、左腕が切り離されて、どっと地に落ちたではないか。

「貴様!?」

悪鬼のごとき形相で突進した左足が膝から斜めに両断された。

血風を巻いて転倒したその首すじに、短い鎌がうなりをたてて吸いこまれ、その頭骨を粉砕してのけた。

目撃者がいても、何が服部の精鋭を斃したのかは、ついにわからなかったろう。

血臭が立ちこめる森の一角——相討ちとしか見えぬ死闘の場から、ひとつの影が立ち上がった。肩と鳩尾を貫かれた猿飛佐助であった。

立ち上がると鳩尾の手裏剣は、あっさりと抜け落ちた。

佐助は膝を叩いた。鉄の響きが伝わってきた。腕と同じ鉄箔を、彼は膝部に巻きつけておいたのだ。だが、いくら薄物とはいえ、鉄の板を巻いて猿のごとく宙を疾駆できるものか。

佐助が肩の手裏剣も抜いたとき、神内が伏せていた顔を上げた。すでに死相であった。声も出ない。その表情を見て、

「自分を斃したものの正体が知りたいか。鋼の糸よ」

と佐助は身を屈め、何かをつまみ上げた。

第十章　忍び疾風《はやて》

1

光るすじ──としか神内には見えぬ。

「おれはこれを、隠りの里で死にかけていたある老忍から譲り受けた」

細い光はもう見えなかった。佐助がしまったのかもわからない。

「隠りの里では、老いた者は平気で処分される。なまじ放逐して里の姿をしゃべられるとまずいからだ。だが、その老忍だけは、一軒家を与えられ、手厚く看病されていた。理由は誰も知らぬ。里の忍者たちも語ろうとしなかった。だから、彼がおれを家へ呼び、おれにだけこの技を伝えようと言い出したときは、正直、この爺《じじ》い気が触れたかと思ったものだ」

だが、呆れ返った佐助は、同時に驚愕しなければならなかった。寝床から起き上がった老人は、彼を裏の林へ連れ出し、ひと抱えもある楠の大枝を数本、右手の一閃で切り落としてみせた。佐助の眼には、いかなる物体も動きも認められなかった。のみならず、老忍は軽く地を蹴るや、約二十メートルもの垂直上昇を果たして、そのまま空中に停止したではないか。

「おまえのところからは鉄砲以外、届きはせん。だが、ここからならば」

彼は、右手をふった。

とびのいた佐助の足下に数本の手裏剣が突き刺さり、彼はかたわらの立木に隠れた。

木は彼の頭のすぐ上から切り倒された。

大枝と同じ鏡のような切り口に、佐助は息を呑んだ。

「これは糸だ」

老忍は佐助の眼の前に立った。二十メートルを下りて音ひとつ立てなかったのである。

そして、右手を突き出し、

「見えるか、いや見えまい。女の髪の千倍も細い糸だ。鋼だと思うが、よくわからん」

と言った。

「この歳であそこまでとび上がれるのも、枯枝のような腕をろくに動かしもせず木立ちを切り倒せるのも、みなこの糸のおかげじゃ。だが、操るのは難しい。ほれ、受け取れ」

光るすじは、老忍の手から佐助へと渡ったのである。

受け取ろうとのばした指と指との間に、鋭い痛みが走った。

こぼれる鮮血をまず口で吸い止めたのは、手がかりを残してはならぬ忍びならではの常道だ。

老忍は凄まじい笑みを浮かべて、

「ひとつ間違えば断つ前にこちらが断たれる。空中に立ったときも、真っぷたつになって落ちては笑い話にもならぬ。わしにこれを伝えた男も、千人近い武将や刺客、忍びに会ったが、操れると見込んだのはわしひとりと話しておった。わしも忍びになって七十年以上、この隠りの里で四十数年、数多くの忍びどもを見て来たが、これと思ったのはおまえひとりじゃ。恐るべき技じゃが、わしひとりで終《つい》えるのはあまりに惜しい。おまえが継ぐがよい」

佐助は、その糸をくれた相手は何者か尋ねた。

「髪も瞳も黒かったが、肌は白く、顔立ちも異国のものじゃった。わしもおまえと同じことを訊いた、海の向こうから来たとだけ答えた。それ以来、わしが覚えているのはひとつきりじゃ。この国には、彼らの仲間が数多く入りこんでおる。この国の指導者どもが想像もつかぬ技と力を持ってな。この仲間たちは指導者に近づき、技によって取り入り、やがてこの国を自由に動かすのが目的じゃ、とな。わしは驚いた。だが、男は自分はそんなつもりはないと告げた。それで仲間とも別れた。仲間は自分を追っている。いつか見つかって斃されるか、その前に寿命を全うするか、どちらにしても、自分が持てる技をおまえに伝えるのが自分の最後の望みだと」

それから、日々の修練を終えた後、佐助は林の中で奇怪な糸の技を仕込まれた。

半月とたたぬうちに傷ひとつ負わなくなった彼を見て、老忍は感嘆した。

「我れ、ついに及ばず」

こう言ってから半年で修業は終わった。

「教えることはもう、何もない。おまえはひょっとしたら、あの男の遠い縁者なのかも知れぬな。よいか、この技におまえの天稟《てんぴん》が加われば、いかなる忍びも敗れぬ忍法が生まれるであろう。わしの持つ糸は全て渡しておく。だが、これだけは忘れるな。この世の中には、わしに技を教えた男の仲間がたんとおる。わしはついに会わず終いだったが、戦乱の世がつづく限り、いつか同じ技同士が相まみえるやも知れぬ。それだけは忘れるな」

「老忍は、その日のうちに死んだ。彼の糸はすべておれに譲られた。確かに、この糸のおかげで、おれの技はその数を増し、いかなる敵も退けて来た。おまえもそのひとりになったことを誇りに思うがいい」

蜿々《えんえん》としゃべったようで、実は二分とかかっていまい。

その間、神内は土気色の顔で佐助を睨んでいたが、ついに地に伏した。

佐助は目もくれず、

「やはり疑っていたか、服部半蔵。そのツケをいま払わせてくれる」

正確に服部党の居所の方角へ顔を向けると、こう言い捨てて地を蹴った。


忍びの集団である以上、服部党はことごとく、並みの人間を超えた五感プラス第六感を備えている。

いま、彼らは真田一党の大坂行きを防ぐべく、アジトたる農家の内部では忍者刀を研ぎ、苦無を磨き、火薬を調合し、別の者たちは農夫に身をやつし、樹上に草むらに忍んで畔道を行く農夫たちに眼を光らせ、風の匂いを嗅ぎ、空気の明暗を探っていた。

だが、誰ひとりとして、こう考えたものはいなかった。

地上五間（約九・一メートル）の高みから、蜘蛛《くも》のごとくゆっくりと垂直に舞い下りて来ようとは。

佐助は音もなく、屋根の上に下りると、それ以上何もせず、大の字になって陽の光を浴びた。

萌賀十夢磨呂と椽陣十郎は、農夫に身をやつしてアジトの北を固めていた。

「真田の忍び、来ると思うか？」

夢磨呂が街道沿いの木立ちに背を持たせかけてつぶやくと、その足下に腰を下ろしている陣十郎が、

「来るとも。お頭の話が確かなら、並々ならぬ技倆《ぎりょう》の持ち主だろう。油断は出来んな」

「話半分と思うか？」

「我らの前に二十人を超す仲間が斃されておる。話半分とはいえまい。ま、近いうちにわかることよ」

そして、彼らは街道とその周囲に六種の感覚を集中させた。

東から西へ。白頭巾を巻いた尼僧が歩いて来た。風体からして、高野山へ向かう旅の途中らしい。袈裟と僧衣の上からも艶めかしい肢体の動きに、二人の忍者は生唾を呑みこんだ。

「これは——稀なる美女だ」

「尼で一生を送るなど勿体ない」

二人の前を過ぎるとき、尼僧はかすかに会釈をして過ぎた。

彼女はさらに歩を重ね、じきに九度山へと入る合図ともいうべき大きな曲り道にさしかかった。

左右は森である。

右方の木立ちの間から、喘ぐような声が流れて来た。

尼僧は足を止め、耳を澄ませた。間違いない。官能の声は糸のように細く、しかし途切れず流れてくる。

近くの農夫の営みであろう。尼僧は歩き出そうとしたが、足は動かなかった。喘ぎ声はさらに熱く、淫らな調子を加えていたのである。

怪事はこのときすでに生じていた。尼僧の唇からも、同じような声が洩れはじめたのである。

数秒が過ぎた。

尼僧は僧衣の上からもわかる豊かな胸を揉みしだき、ついにかたわらの林へとよろめき入り、木立ちの一本に身をもたせかけた。

その前に、空いている左手は僧衣の裾を割って奥へと滑り込んでいる。朱唇が洩らす声がいつの間にか喘ぎに変わり、その喘ぎが自らを狂態に誘ったものと同じリズムで放たれていると気づくより早く、尼僧の肉は、濡れた音を立てはじめた。

地に這う姿を見たものはいない。独り慰みの時間《とき》が長く熱く流れた。

尼僧は何度も達し、何度も果て、そのたびに倒れて、またはじめた。

黄金の光がふりまかれる森の中の、誰も知らぬ秘戯図であった。

すぐ近くで、

「どうだ、陣十郎、このままおれの声を聞かせつづけている間、女は日の本いちの指使い師となる」

「くく、いつ見ても羨ましいような、呆れ返るような」

「いちど、この味を知ったら、最早、連日のごとく指で行わずにはいられない。しかし、おれの〈淫声〉無くしての行為は決して絶頂へは致らず、十日もたたぬうちに廃人と化してしまうのじゃ。それを防ぐには、おれの命に服する他はない。女——尻をめくれ」

ためらいもなく、布地の下から、白い肉が膨《ふく》れた。

「退屈な時間《とき》だが、じきに血に染まる。そのとき生きていられるかどうかはわからぬ身じゃ。御仏にはすまぬが、それに捧げた身体を汚させてもらうとしよう、女——念仏を唱えよ」

すでに忘我の官能に沈みこんだ尼僧の口から、祈りの言葉が洩れはじめたとき、萌賀十夢磨呂はその尻を抱えた。

御仏に仕える女人を、仏への祈りを唱えさせながら犯す——無惨な仕打ちだが、これを受け入れた女は、彼の命じるままに目標に近づき、殺戮の刃をふるうに違いない。

「おお、高い声を出すのお。陣十郎、おぬしの〈幻菩薩〉を置け」

「承知」

相棒が懐から取り出したものは、木彫りの菩薩像であった。

彼はそれを数秒見つめ、足下に置いた。

朋輩の動きが立てる濡れた肉の響きに耳を傾けながら、

「真田の忍びども、我らが出向く前に、向こうから来ぬものか。ひとり残らず、この〈幻菩薩〉の手で、本物の菩薩の下へ送ってやろうほどに」

その声が終わらぬうちに、彼と淫らな二人の間の地面を白い影が駆け抜けようとした。

人形の首が廻ると、その下顎ががくりと下がって、細い光が影の胴体を貫いた。

地面に倒れ、全身を痙攣させているのは、一匹の野兎であった。その身体を斜めに一本の鍼《はり》が貫いている。

椽陣十郎は、実に思念によって無機物の像を自在に動かし得る忍者なのであった。

もとより木像は手足と首の関節のみ稼動し内側には鍼を射ち出す仕掛けもあるだけのからくりにすぎない。それを動かすための手段が備わっていないのだ。通常は外から糸やその他の手段で作動させるのだが、陣十郎は吹き込んだ念によってそれを行う。かくて無動の人形は、約半刻（一時間）の間、接近する気配を探り、索敵し、確認し、発条《ばね》仕掛けの鍼を発射するのだった。

森の中に二つの苦鳴が絡み合いながら流れた。

2

「こら、いくら良くても声が大きすぎる。こうしてふさいでやろう」

夢磨呂は尼僧の口に手を当てた。すぐ指に変わったところを見ると、狙いは別にあったようだ。

尻と口と――二ヶ所を犯しながら、

「どうだ、女。自分の指とおれのものと、どちらがいい？」

達する寸前の声は虚ろであった。

それに女が答えた。

「どちらも児戯だ。服部の鼠」

かっと驚愕の眼を剝く前に、夢磨呂は、自らの秘所をまさぐっていた女の指が、女体に出入りする器官に巻きつくのを感じた。

「き、貴様は――!?」

その声が陣十郎の可聴域に入る前に、忍者の男根は陰嚢ごともぎ取られていた。

陣十郎は気配で朋輩の異変を知覚した。

自らがふり返る前に、菩薩像の首が廻る。

死の武器は、しかし、勢いよく一回転して元の位置に戻った。

その三間ほど前方に、黒い巨影がそびえていた。これも僧衣をまとった坊主頭の大男だ。子供の頭ほどもある拳に握られた樫の六角棒は、六尺を越えるサイズがやわな木の枝に見える。

「うぬは――？」

分身の鋮攻撃よりも、自らの腰の鎌に手をかけるとは、よほど驚愕したらしい。そんな陣十郎へ、禿頭の巨人は男らしい笑い声を送った。

「服部党よ、うまく農夫に化けたつもりが、やはりしっくり来ぬわ。弟を女に変えて歩かせてみたら、案の定、下手な化粧を脱いで出て来たか」

「最初から二人であったか。だが、弟が女に化けたとは、どういう意味だ？」

夢磨呂が相手にしたのは確かに女だ。それまでの行為で陣十郎にもはっきりとわかっている。

「おれは、真田幸村さま麾下のひとり、三好清海――あの女は弟の伊佐よ」

「左様――お見知りおきを」

左様は骨太の男の声で、以下は女そのものだ。

陣十郎は身体を廻して、二人を視界に収めた。

右の隅で艶然と微笑しているのは、間違いなく先程の尼僧だ。その瓜ざねの美貌も、裾を乱した肢体も女に違いない。

だが、女の手が布地を左右に開いて覗かせたものは——？

陣十郎が思わず、大きい、と胸の中で呻いたほどの堂々たる男の品《もの》であった。

「おれは男でもあり女でもある。女としては、おまえの仲間が愉しませてくれた。いや、猪突猛進だが、大した持ちものであった。おまえのものは、残念ながら味わう機会がない。ここで死ぬからじゃ——うっ⁉」

尼僧——伊佐入道は鳩尾を押さえてよろめいた。その指の間から鉞の端が覗いている。菩薩像のしわざだ。反対側——清海の方を向いていた首が、信じ難い速度で廻り、必殺の鉞を放ったのだ。それまでのいかにもからくりらしいぎこちない動きからすれば、恐るべきスピードであった。

横殴りに風が襲った。

清海の棒だ。

それが鉄器だと陣十郎が知ったのは、間一髪、三メートルもとびずさった草の上である。そこから一跳《ちょう》。ふた抱えもある巨木の幹が彼を隠した。

「やるな、服部党」

清海はにこやかに笑った。戦いの最中とは思えぬ人懐っこい笑顔であった。

「だが、それではわしから逃げられぬよ」

言うなり、彼は六角棒を投げた。それは木の幹に半ばまでめりこみ、凄まじい衝撃を与えた。

頭上で悲鳴が上がり、人影が落ちて来た。巨木の震動に弾かれたのである。

なす術もなく落ちていく椽陣十郎の胸もとを、細いすじが貫いた。地上に激突したときにはもうこと切れていた。

「頭をひとつ叩いたら、作り主を裏切りおった」

手にした菩薩像のひしゃげた頭部を済まなそうに撫でながら、清海は苦笑した。それから、美しい弟の方へ、

「伊佐、無事か?」

「おお、このような鍼ごとき」

声音も男のそれに変わって、彼は全身に力をこめた。

鳩尾の鍼はあっさりと抜け落ちた。

「刺さる寸前、男に戻って筋肉を締めた。一寸も刺さりはせぬ」

「愉しんでおったようだな?」

清海は好色な眼つきを隠さずに訊いた。

「近寄るな」

伊佐は嫌悪を隠さずに眉をひそめた。

「なぜ、いかん？　おまえのように色っぽい女ははじめてだ」

「今は男だ。殿に申し上げるぞ。あれほどに好色ではあっても、衆道のみは心底お嫌いのようじゃ。うぬは弾きとばされるぞ」

「わかった——口を閉じておれ」

清海は苦々しく返したが、眼はなお陰火のごとき欲情が妖しく点っていた。


この少し前、幸村と大助は馬で真田庵を出た。

これは父子が良くやる遠乗りで、真田淵の方まで走り、また戻ってくるだけの単純な疾走であった。

それは屋敷を見張っていた服部党の監視から、たちまち攻撃部隊に知らされ、次のような会話がなされた。

「——囮だの」

「間違いなかろう。しかし、こんな見えすいた手を、幸村が使うかどうか」

「我らを舐めておるのよ。手を出してみろと挑発しておるのだ。見張りは伴無しと言って来た。そのようなことがあってたまるか」

「ではどうする？　彼奴らは程なくこの地を去ると公言したのだぞ。それでなくとも、大坂の動きはかような辺地にも届いておる。近在の農夫たちでさえ、真田様は近々お発ちになると信じておるのだ。いまここを見過せば、悔いを千歳《せんざい》に残すことになるぞ」

影たちは殺気を湛えて動いた。


馬の背にゆられながら、大助は右隣りを疾走する父へ、

「服部一党——尾いておりますぞ」

「わかっておる」

大助はうなずき、苦笑を消してから、

「我らの方は目下九人」

と言った。

「ふむ」

「あとひとりで十人になります」

「わかっておる」

「真田十勇士という名を考えておりますが」

「いい名じゃ。好きにせい」

ふたりはやがて真田淵に着いた。淵はいつもと同じく満々と黒い水を湛えていた。

「何名だ？」

馬から下り、幸村は腰に手を当てて反り返った。

「四人だ」

陰々たる声が頭上から降って来た。

「では、我らは二名当てだな」

大助の不敵な笑みに、

「ほお、知っていたか」

「そのために出て来たのだ。うぬらが来なければ話にならん。みないるか？」

「おぬしら二人――我ら四人が揃って手を出すまでもない。わしひとりで始末をつけてやる」

「左様か」

大助がまた笑った。

「では、参れ」

彼は両手を腰の大小にかけていた。

「四人ともじゃ。無駄な時間をかけたくないでな」

空気が凍りついた。

誰がそれを砕く。

幸村も大助も全身を五感と変えた。

頭上から空気がのしかかって来た。

五間近い樹上から舞い下りて音ひとつ立てないのは忍者の常だ。だが、それを知り抜いている真田父子が、今回はほおっと唸った。

その男は岩を思わす巨体であった。三メートル四方を占める身体は、しかし、岩ではなく頭部から爪先まで、黒光りする鋼で覆われていた。

否、両眼は開いている。

この忍者は肉そのものが鋼の形質を備えているのだった。

それでいながら――

ふわりととんで高さは並みの忍者の跳躍を超え、大助へとふり下ろしたその長刀の速度は、強くしなやかな筋肉なしにはあり得ないものであった。

間一髪でとびずさった大助の両手に黒い武器が光った。

短筒に切り縮めた蓮根を取りつけたような形状の武器は、つづけざまに火を吹いた。

この時代、まだ短筒式の連発銃はない。火縄という発火装置を使用する限り、無理なのだ。アメリカ合衆国において、サミュエル・コルトが世界初の輪胴式《リボルバー》連発拳銃を実用化するのは、二百年も後――一八三六年のことである。

しかも、その連発銃――パターソン・モデルは、一発ごとに撃鉄《ハンマー》を起こしては引金を引いて発射するシングル・アクションと呼ぶものであった。大助は引金のみを引いた。

そのたびに銃は火を吹いた。

だが、鋼の巨人は両眼をカバーしながら突進してきた。

鉛の弾丸はことごとく弾き返された。

親子は森の中に逃げた。

見よ。巨人は木を避けなかった。その前進を妨げる木立ちは大小を問わず根もとから倒され、或いはへし折られた。

「大助」

幸村は林の中にそびえる岩塊の蔭に隠れた。

大助がつづいた刹那、巨人が拳をふるった。

吹っとんだ破片の打撃を、親子はすでに五間も離れて躱した。

「やるのぉ」

「確かに」

二人はふたたび〈真田淵〉の水際に戻った。

つづいて林から出た巨人へ、

「大したものだ。名を聞いておこう」

と幸村が声をかけた。

「これは稀代の名将から直々にお言葉を——嬉しゅうござります」

と黒光る顔が笑った。

「服部党、銀堂六舎と申しまする」

「銀堂か、他の三名は何処におる？」

「さて、林の中か岩の蔭か」

「それは、我が手のものに任せよう」

幸村は微笑した。

「なに？」

「大助」

このとき、真田大助は右手に木の小函を握っていた。表面に細長い桿《かん》がせり出している。その一本を彼は倒した。

黒い水面を突き破って、一個、いや三本の黒い物体がとび出したのは、次の瞬間だった。

それは後端から灼熱の炎と白煙を噴出しながら、巨人の頭部へ吸いこまれた。

巨人の剛腕が唸って一本目を払いのけた。父子が地に伏した。

凄まじい火球が生じた。凄まじいとは熱のことだ。銀堂六舎の鉄腕は、その下の鋼の骨までが熔解したのである。二発三発目を躱すことはもうできなかった。

頭と胸も火球と化した。彼はよろめき黒い水に落ちた。

水柱は灼熱の水蒸気となって、地上の真田父子に降り注いだ。

3

黒い風が三つ、木立の間を渡っていった。

風は口をきいた。

「まさか、あのような武器を備えておるとは思わなんだ」

城所亜久記が声の脅《おび》えを抑えようと努力しながら洩《も》らした。

「しかも、正確に我らが忍んでいた場所を狙って来おったぞ。間一髪でとびのかなかったら、今頃は肉の塊りじゃ」

これは雅浪寺平内という男である。

最後のひとり遠野了見が大地を疾走しながら、身をひとつ震わせた。

「あの大助という伜、いや、あの父子――何者じゃ？」

沈黙が落ちた。

〈真田淵〉からアジトへと戻る途上の森の中である。

「信じられん。あの〝鋼人《はがねびと》〟銀堂六舎を、ああまであっさりと」

城所亜久紀がまた口を開いたのは、その光景を思い出したからだ。仲間とはいえ、彼らの攻撃をことごとく跳ね返してきた〝鋼人〟の六舎を、あのような奇怪な武器で一瞬のうちに仕止めるとは。その武器が彼らの常識を越えたレベルにあることが、全身に汗の珠を結ばせた。

しかも、大助はまた射った。

完全に気配は忍ばせていたから勘に頼った乱れ射ちだ。ところが、それは驚くべき近距離に落下し、三人の服部党の頬を焼き、手指を落とし、肘を打ち砕いた。

おのれ返礼を、とは行かなかった。第二撃を食らったら間違いなく殺《や》られる。忍者たちの胸に灼きついたのは、この考えであった。

だから尻に帆をかけて逃げた。

彼らが足を止めたのは、〈真田淵〉から五分も走りつづけた森の中であった。

安全の地、と確信した刹那、勝手なことに屈辱と怒りが燃え上がった。

「えーい。何たることだ。このおれたちがたったふたりの獲物も斃せずに逃げ出すとは」

「このままではおかぬぞ」

「まず策を練り、すぐに戻るとしよう」

揃ってうなずいた。

「彼奴らまだあそこにいるか？」

と城所亜久記が疑惑の眼を〈真田淵〉の方へ向けた。

「いいや。明らかにおれたちをおびき出すための出走だ。もうおるまい」

雅浪寺平内が唇を嚙んだ。それから、はっとしたように二人の仲間を見た。みな同じ表情をしていた。気づいたのだ。

その瞬間、彼らは五感だけの存在と化して散った。

城所亜久記は巨木の大枝へ、雅浪寺平内は岩陰へ、遠野了見は草の中へ。さすが服部党、木の葉一枚ゆらさぬ鮮やかな隠形ぶりであった。

はたして、一分とたたぬうちに、三つの影がもといた場所へやって来た。

根津甚八、筧十蔵、海野六郎だと、服部党も名前と顔は知っている。

「おらぬな」

と根津甚八が周囲を見廻した。潜む三人が、ぞっと鳥肌が立ったほどの凄惨な眼差しであった。

「莫迦ではない。おびき出されながらも無事に逃げた――逃がされたと悟ったのだろうよ」

と海野六郎が頭を軽く搔いた。

「しかし、ここで気配を断ったとなると、我らの追跡に気づいたとみえる。さすが服部党と言っておくか」

今まで沈黙していた筧十蔵が、精悍な顔を歪めた。笑ったのである。

「左様」

「左様」

三人は声を合わせて笑った。

「消え方からして、別れたものと見える。我らもそうするか」

根津甚八の提案に、後の二人もうなずいた。

彼らが三方へ走り出ると、草むらと岩陰と樹上から声とは聞こえぬ声が、

「莫迦な奴らよ、まとまっていれば良いものを。自ら独りになりおった。今度はこちらが追うぞ」

「承知」

「よし」

三つの影をさらに三すじの風が追う。

遠野了見は、分散地点から北へ数分走ったところの辻堂下で汗を拭う海野六郎を見つけた。

「もう息を切らしたとは——彼奴、本当に忍者か」

侮蔑の念を抱きはしたが、そこは忍び、これが瞞着ではないかと考える余裕はあった。

「どれ」

太い松の陰で、彼は身を屈め、地面に落ちていた小指の先ほどの石をひとすくい取っ

て、さらりと口に放りこんだ。

同時に息を吸いこんだ。空気がごお、と鳴った。胸がふくれる。いや、腹もまた。驚くべき肺活量であった。だが、真に驚嘆すべきは、次の瞬間、一気に吐出した空気の威力であったろう。

それは石つぶてを運んだ。

汗を拭く海野六郎のやや左前方から直進した小石の一団は、彼の全身を貫通したのみか、辻堂をも貫いた。海野の肉体はぼろ布と化したのち砕け飛び、辻堂は文字通り、木《こ》っ端微塵《ぱみじん》に粉砕されてしまったのだ。

さらに驚くべし。この凄まじい破壊行為を行った了見の身体は、胸から下腹部にかけて、背中の皮とひっつきそうにへこんでいるではないか。苦悶に歪んだその顔は、凄まじい吐気の代償か。

へこみが徐々にならされ、胸郭も腹筋も常態に復してから、ようやく了見はひと息ついた。

それでもぜいぜいと喘鳴《ぜんめい》をくり返しながら、彼は破壊地点へと歩き出した。無論、海野六郎の姿はない。

かなり離れたところに散らばった血糊や肉片を確かめ、

「仕止めたか」

と、うなずいたその背中から腹へ、灼熱の痛覚が走り抜けた。

ふり向くことも出来ず横倒しになったその眼前に、ひとりの男が立った。四散させたはずの顔を認めただけで、了見はこと切れた。

「おまえが吹きとばしたのは、もうひとりのおれよ。分身《わけみ》の法は服部党も使うだろうが、所詮はひとりの駆使する技。だが、おかげで、またおれを造り出さねばならん。甚八、十蔵――おれに手間暇かけさせた奴の仲間を逃がしてはならんぞ」


筧十蔵を追ったのは、雅浪寺平内であった。

彼は二百メートルほど前方を走る十蔵の足の響きと気配を地面から感覚していたが、急にそれが消えた。

距離を詰めると危険――咄嗟に判断し、平内はかたわらの木立ちに飛び移った。

次の行動に移る前に、声が聞こえた。

「聞こえるか、服部党――おれは幸村様麾下《きか》の筧十蔵。どちらが飛んで火に入る何とやらか、競い合おうではないか」

「よく名乗った。真田の田舎忍法が服部党に通じるかどうか、その身で試すが良い」

「ほう、ではまず見せてもらうとするか」

その声が終わらぬうちに、路傍にすうと人影が湧いて出た。確かに先刻の真田組のひとりであった。

「いい度胸だ。では行くぞ、真田の忍者。あの世で己れを手にかけた男の名はと問われたら、服部党雅浪寺平内と答えるがいい」

声は全く別の方角の地面から聞こえた。十蔵が自然とそちらへ向きを変えた瞬間、その首と平内の唇とを白いすじがつないだ。

糸は細い針であった。

吹き針だ、といっても、これは眼前の――少なくとも至近距離での相手の目つぶしに使うもので、いかに忍者といえど、二メートルも離れたら役には立たない。それを雅浪寺平内は十メートルの距離をおいて、眼にも止まらぬ速さで吹きつけ、しかも、正確に頸動脈を打ち抜ける精度とパワーを保っているのであった。

だが――

「うっ!!」

と首すじを――全く同じ位置を押さえてよろめいたのは、平内の方であった。彼は落ちた。それでも猫のように軽やかに着地を決めたのは、見事としか言いようがない。

「おれの術がわかったか?」

と十蔵は不敵な笑みを浮かべて訊いた。

「ああ。よおく」

答えた平内の手指の間から、朱色のすじが漏出した。

「おれの〈遠矢《とおや》〉をどうやって打ち返したかは知らぬが、狙った箇所まで寸分違えぬとは恐れ入った奴よ。今からでも遅くはない、服部党へ入らぬか」

「この期に及んで勧誘か。そっちこそ怖ろしい男よ。だが、おれは灰になっても幸村様に尽くすと決めておる」

「そうか。では惜しいがここで死ぬがいい。おれの技——打ち返してみるか」

平内は右手を鳩尾に当てて押した。

こみ上げて来たものを、彼は吐いた。

地上の真田忍者めがけて。

十蔵の全身は銀色に染まった。数千本の細針が貫いたのである。細いがそれは長さ十センチを越えていた。平内の〈技〉とは、その数より、飛翔距離より、針自身が微妙にくねって体内へ侵入したことに違いない。

十蔵は倒れた。腰の一刀を抜き打つことも出来ぬぼんくらぶりに異常を感じるよりも、平内は自らの技を誇った。

彼は懐に手を入れ、光る塊りを取り出した。針の束である。それをひと呑みすると、首がひと廻り膨れて見えた。針が胃に落ちたのを確かめ、平内は猿のごとく易々と木からおりて、十蔵の死体に近づいた。

とどめを刺すべく、腰の刀は抜いてある。

あと二歩というところで、死体がこう言った。

「残念だったな、服部党。針は刺さったが、場所を変えさせてもらったぞ。ふう、それにしても厄介な技を持っておるな」

苦しげな十蔵の言葉が終わる前に、平内の手から鏢がとんだ。

十蔵の全身がかがやいた。鏢は光に呑みこまれ、だらしなく地に落ちた。平内はその前にとびのいた。光は空中で彼を包んだ。着地するや全身に赤い粒が盛り上がり、鮮血の糸を引いて流れ落ちた。

光は無数の針であった。

「おまえの針を返した。ただし、本来狙ったところへな」

十蔵の言葉を理解する前に、服部党の忍者は息絶えていた。

冷ややかにその死体を見下ろし、

「さて、甚八とあとひとり——まあ、間違いはあるまいが」

と、十蔵は自分でも確信のない方角へ顔を向けて見せた。

4

長いあいだ屋根に潜んでいる必要はなかった。

最後の三人が農夫姿で出て行くと、服部半蔵だけが残った。

佐助は土間から入った。

奥の座敷に半蔵がつくねんと正座していた。眼の前に切った囲炉裏に粗朶《そだ》をくべる姿は、忍びの大頭領というより、素朴な農夫そのものに見えた。

「来たか、佐助よ」

「ああ。用向きはわかっているな?」

「無論だ。配下はみな手放した。ここにはわしとおまえしかおらぬ」

「おまえと忍法比べをする前に、ひとつ訊きたいことがある」

佐助はやや首を傾げた。それは明らかに困惑を示していた。

「おれはおまえの流した泥に頭を盗まれた。それは確かだ。そのくせ、おれには何も強制しなかった。何故だ? あの泥はまだおれの内部にいる。しかし、何もせん——何故だ?」

「じきにわかる。それより、ここで闘《や》るか?」

「ここもあちらもあるまい。伊賀甲賀を束ねる忍びの総帥よ、この農家の中で切り倒してくれる」

佐助の若い顔にはそれ故の野蛮な鬼気が溢れている。

空気が鳴ったのも、そのせいかも知れない。

半蔵の身体はその音に逆らって動いた。背後の壁と尻の下の畳が切り抜かれるのを、彼は天井で見た。

見えない刃が彼を追う。

突然、天井が四角に抜けて半蔵を呑みこんだ。

舌打ちを残して佐助も後を追う。

見えない糸が天井に新たな脱出孔を開いた。半蔵と同じ部分を抜けるのは、待ち伏せの罠に入るのと等しい。

屋根に躍り出た佐助は、半蔵の姿を求め——眼を剝いた。姿は見えなかったが、気配は感じられた。

真上に。

十メートルの高みに。

「半蔵、うぬは!?」

佐助は自分の叫びを聞いた。

「ははは、驚いたか、猿飛佐助。うぬの猿飛の術――これではないか？」

何の予備動作もなく、半蔵の身体はさらなる高みに舞い上がった。

その手もとが光った。

佐助の右手が動くや、見えない糸に巻き取られた光は、美しい尾を引いて半蔵へと躍った。

突如、それはばらばらに崩れ、地上へと降り注いだ。見えない糸をこれも不可視の糸が断ったのである。

「はは、少しは驚いたと見える。おまえはこの糸をどうやって手に入れた？　わしは異形の男からだ」

返事もなく、無限長の刃が半蔵の右肩に食いこみ、すうと左脇腹まで斜めに切り抜いた――とは佐助の想像だ。糸は肩の手前で空しく跳ね返された。

「半蔵」

糸に乗り、わずかな筋肉の動きで百メートル四方を自在に跳梁する。それが「猿飛」の由来だ。

まさか服部党の総帥も身につけていたとは。

同じ糸に乗り移った刹那、半蔵の笑顔が上へと流れた。

蒼穹に吸いこまれ、みるみる点と化し、眼前から消えた。

佐助は追わなかった。敵こそ一枚上手と認めた証拠に、口もとには笑みが、何処か空しい笑いが浮かんでいた。

しかし、彼の眼は別のものを見た。

真田庵の方角から昇るひとすじの白煙であった。

「戻れの合図だ。何が起きた？」

糸の上から一気に身を翻らせたとき、その両眼にはこの若者ならではの闘志の色のみが溢れていた。


夕暮れの空の下を戻るとすぐ、奥の間へと通された。

十畳ずつの部屋を区切る障子を取り外し、掛軸を背に着座した幸村の右隣りに大助が、左隣りには香月が並んで一同を驚かせた。香月はもと服部党の一員であった。

その前には水を湛えた大きな鉢が置かれていた。中には一尾の鯛がゆっくりとたくましく遊泳中であった。

さすがに理解を絶したのか、根津甚八が、

「殿、その鯛は？」

と訊いた。

幸村は破顔した。何ら含むところのない、いつもの笑顔であった。

「切り札じゃ」

全員、

「は？」

という表情になるのへ、香月の方を向いて、

「行け」

と命じた。

はい。と応じて香月は鉢に手をかけ、あっさりと持ち上げた。たおやかとしか見えないが、さすが我らの同類と一同は改めて納得した。足音ひとつたてずに出て行くと、

「この村との別れも近い」

幸村は感慨深げに伝え、

「その前に服部党を始末せねばならぬ」

と静かに一同を見廻した。空気が変わった。一同の背に冷たい水が流れたのである。

「お言葉ながら、我らが手で彼奴らはほぼ殲滅《せんめつ》させましてございます。残るは首領の服部半蔵のみ――なお我らをつけ狙う限り、日を置かずに始末いたします」

真正面を向いて告げる根津甚八へ、幸村は静かな眼差しを与えていたが、

「甚八よ――おまえに会わせたい者がおる」

「は？」

幸村は大助を見た。大助は廊下の障子に手を叩いた。

そこから三つの人影が入って来たのである。

一瞬、居並ぶ男たちの間に驚愕の気が渡り、たちまち消滅した。なおも漂う気配は三人の男たちから放たれている。

いま新たに現れた三名——根津甚八、筧十蔵、海野六郎——と瓜ふたつの、正座した三名から。

「バレたの、服部党。この家からは逃がれられぬぞ。冥土の土産じゃ、名を聞いておこう」

と大助が声をかけた。残り六名はすでに円陣の中に彼らを置いている。

三人がにやりと笑った。

「これは見事だ、真田の忍び。しかし、その三人。根津甚八に化けたこのおれ——城所亜久記が、ここへ戻る途中で斃したはずだが」

「二人とも崖から落としてか」

と新しい——本物の甚八が白い歯を見せた。

「まず、うぬがおれに瞳術をかけて金縛りにし、ついで二人もろとも〈真田淵〉近くの崖から落とした。だが、それは気の迷いよ」

甚八は偽甚八に笑いかけた。

「術にかかったのは、おれに非ずおぬしの方だ。その眼の光——これが遮った。よおく見ろ」

甚八の手が両瞼をいじったようである。眼球から鱗のようなものが落ち、彼はそれが乗った手の平を偽者の前に突き出した。

「出雲の阿国から貰った品じゃ。これを瞳に被せるといかなる瞳術も効かぬ。今にして思えば、あの女も異形のひとりであったのか。おれが術にかかったふりをしてみせたのは、おれに化けて幸村さまの下へ参上すると、得意気にしゃべったからだ。恐らく他の服部党も加わるであろうとな。崖から落ちて助かった理由は簡単よ、佐助が九度山一帯に張り巡らせた見えざる糸に引っかかったのだ。触れても切れぬ秘訣は学んであった」

「くく……さすがじゃ、真田の忍び」

と偽甚八は笑った。空威張りとは思えぬ自信に満ちた声で言った。

「おれの〈操り睨み〉よく破った。一度きり、な」

三人の全身へ鏢が集中した。

「むっ!!」

真田の武器は両手で覆った顔以外、すべて火花とともに弾き返された。鎧かたびらか!?　と察した刹那、真田の男たちは眼を閉じた。その網膜に真赤な光点が点ったのだ。

鉄と鉄の上げる火花。偽甚八——城所亜久記の眼だ!

よろめく男たちの間を、三つの影が走り、庭に面した障子を突き破って外へ出た。

「追え！」

叫んだのは霧隠才蔵だ。

とび出した全員の足は敵に勝ったが、すでに彼らの姿は庭から消えていた。

そして——猿飛佐助の姿も、また。

言うまでもない。佐助は空中にあった。九度山上空に張り巡らせた糸をひと踏みすれば、百メートル二百メートルの跳躍が可能だ。真田庵を離れて二分としないうちに、地を走る偽者のひとりをその衣装で見破った。

海野六郎だ。

——仕止める。

敵の姿がないのを確かめ、佐助は糸を放った。捕らえる気など毛頭ない。振り子のように動いた糸は、偽六郎の身体を股間から頭頂まできれいに裂いて、彼を地面に転がした。

——血が!?

出ない、と確認した刹那、佐助の身体は空中にあった。

糸が切られた！

だが、猿飛の名を継いだ若者は、鮮やかに身をひねって、別の糸に爪先で立った。

その糸も切れた。

「わわっ!!」

石のように落ちていくこと事態は、その忍者にとって大事ではなかったろう。だが、彼は為す術もなく落下し、地上から一メートルほどの位置で跳ね上がってから停止した。その身体は、彼の手ならぬ彼の糸で金縛りにされていたのである。

音もなく、三つの影が取り囲んだ。

「おまえが切ったのは、これだ」

海野六郎の服装をしたひとりが右手を突き出した。手の平に泥をこねてつくったお粗末な人形が乗っている。

「おれの名は水司塚凶膳。これは〈夢傀儡《ゆめくぐつ》〉という。猿飛佐助よ。観念せい」

「へっ、おれはまだ生きてるぜ。おまえたちを始末する前に訊いてやる。おれの糸を切ったのは誰だ?」

「おれよ」

とふたり目——筧十蔵の偽者が右手をふった。佐助の右頬が裂け鮮血がしたたった。

「今朝、半蔵さまより頂戴した。いやあ、使い勝手がわからず、五指全てを落としかけたぞ。今も到底完璧とは言い難いが動けぬおまえを二つにするくらいは出来るだろう」

「あの半蔵とかいう奴、何者だ?」

佐助の問いに三人は顔を見合わせた。

「いずれお頭も冥土へ行く。そのとき訊け」

最後のひとり――偽の根津甚八が右手をふり上げた。

――こりゃ、危《やば》い。

佐助ははじめて死を意識した。

どんな縄でも抜け得る体術が彼にはあった。

だが、この糸の呪縛だけは、
偽甚八が右手をふり下ろそうとした。

「待て」

四人は一斉に声の主へ眼をやった。

半蔵が立っていた。三人から殺気が消えた。

どうやってここへ、などという疑問は持ちようがない首領なのだ。

「お頭」

「ご苦労」

言うなり、半蔵の右手が閃いた。

いちばん離れた位置の偽筧十蔵――琢摩牙地久が、その首半ばを真横一文字に裂かれながらも、鮮血を噴き上げつつ倒れる朋輩を見た。

「裏切ったな」

救いようのない死相を浮かべつつ、牙地久は半蔵を見なかった。足下に広がる血海の表面を見つめた。素手の殺戮者《さつりくしゃ》が映っている。彼はよろめきつつも腰の一刀を抜いた。

「見ろ。おれの〈血鏡〉——」

身体ごと刀身は血の海に沈んだ。その寸前、牙地久の首は宙に舞い、身体のみが勢いをゆるめず血の中に突っ伏した。

「危ねえ危ねえ」

こう言ったのは佐助である。彼は地上にいた。先に二人の配下を斃した服部の糸は、佐助の網も断っていたのである。

「借りが出来たな——いや、これで帳消しか」

半蔵は左の肩を押さえていた。血の鏡面に敵を映し、その虚像を斬れば実体もまた血を噴く——〈血鏡〉の刃は、佐助の救助がなければ半蔵の心の臓を貫いていたのである。

「そういうことだな」

と半蔵は笑った。

「そういうこった。改めて——行くぜ」

佐助が新たな血闘に身構えたとき、遠くから鉄蹄の響きが聞こえて来た。

ふと、そちらへ眼をやり、戻したとき――半蔵の姿は消えていた。

天地の何処からか、低い笑いが聞こえたような気がしたが、それもすぐ消えた。

地を鳴らして駆けつけたのは、幸村父子と霧隠才蔵、根津甚八であった。

佐助が手短かに事情を物語ると、

「よくやった」

と幸村はうなずいた。何故か、それが自分に向けられたものではないように感じて、佐助はとまどい、それから凄まじい驚きと戦慄が胸中にふくれ上がるのを実感した。

「殿――まさか、あいつが最後の――ひとり……」

後に真田十勇士と謳われる猛者たちはいまだに九人。「穴山小助」を欠いている。

「あれは本物の半蔵ですか、それとも？」

返事はない。

「あいつが俺の眼をえぐり、指を切り落としたのは、海野の蘇生術を知っていたからですか？　そして、殿様はすべてをご存知で……いつから――でございます？」

おれの問いかと佐助は自問した。

「何のことやら」

と幸村は微笑した。いつもの温顔であった。

「九度山の地を去るときは迫っておる。参るぞ、佐助」

こう言って、馬首を巡らす主人の背を、佐助は呆然と見つめるしかできなかった。

幸村父子が家臣ともども九度山の地を去ったのは、慶長十九年（一六一四）の十月初めとされている。大坂城へ入った彼らの戦いぶりは歴史に記されているがごときである。

ここに、遠い過去に滅んだ文明と、その生き残りたち、その技術が翳を落としていたかどうかを知る者はいない。

ただひとつ、真田の宿敵ともいうべき徳川〝神君〟家康の最期を述べておく。

元和二年（一六一六）一月の末近く、鷹狩りに出かけた家康は、冬の凍気に打たれて倒れ、現・藤枝市にある田中城に運ばれた。このとき家康七十五歳。弱り切った彼を京の豪商・茶屋四郎次郎清次が見舞い、持参した鯛を伴の娘が手ずから天ぷらにしたという。家康はそれをたらふく平らげた晩から、猛烈な下痢と腹痛に襲われ、四月十七日に亡くなった。

これを通説とする見方が一般的であるが、揚げ物のせいで死まで三ヶ月。長い猶予期間であった。彼のみか幸村父子に関する歴史上の謎を考えた場合、たやすく首を横にふれる者は少ないのではあるまいか。

家康と幸村——彼らの背後に揺曳していた異形の影たちが、この国の歴史に何を遺し、それがいつの時代まで長らえたのか、知るものはその影たちのみであろう。

文庫版あとがき

世は真田ブームらしく、その方面のTV化に合わせて、本編も文庫化がなされることになった。

奇《く》しくも、真田と言えば大著『真田三代』が浮かぶ。病いに斃《たお》れた作者が、編集者時代に私の担当者だったこともあって、最近、港町の高台にそびえる風雅な家を訪れて来た。

居間に飾られた写真を見たとき、ともに古武道の取材に日々を過した時期を思い出し、さすがに眼頭が熱くなった。まだこれからだったよな。何てこったい。

私は時代小説も書くが、専門家ではないので、そちらの方面から見ると、いつも多少ガタついているのは否めないが、彼はプロの中のプロ。どれを取っても厖大《ぼうだい》な知識に裏打ちされた鉄壁の作品を仕上げていた。

真田といえば左衛門佐幸村であり、六文銭の旗印の下に集まった十勇士の名とともに語り伝えられて来た。

十勇士は実在のモデルがいるにせよ、空想の産物であって、最近は表舞台に立つこともなくなって来たが、数十年前、総帥・真田幸村は彼らの陰に隠れた軍師的存在でしかあり得なかったのだ。

それが、フィクションたる十勇士はいつの間にか影を薄くし、実在の幸村は敗色濃い大坂側を守るべく死闘を繰り広げた武人の鑑として、その姿を人々の前に登場させている。時は過ぎるのだ。

初出誌の連載時、私の目的は十勇士の復活にあった。それが成功したかどうかは、読者の判断に委《ゆだ》ねたい。

手に汗握る痛快篇たることは保証する。すでに亡き、もと担当者の大作への挑戦だと言ったら、彼は怒るだろうか。

平成二十七年六月某日
ふたたび「真田風雲録」(63)を観ながら

菊地秀行

解説

縄田一男
（文芸評論家）

私の文庫本の解説の書き方は、ほぼ決まっている。夜も更《ふ》けた頃から、付箋《ふせん》を貼りながら親本を読みはじめ、大体、草木も眠る丑《うし》三つ時頃に読了。本を置いて眠りに入る。何故、すぐ書かないのかというと、読んだ直後は未だ興奮さめやらぬ状態にあるので、この状態を冷やさなければならないからだ。

そして、朝六時頃早起きをして——これが、大抵、精神的高揚が収まり、ストーリーやテーマがきちんと整理されている状態なので——書きはじめることになる。

だが、今回ばかりは困った。こと菊地秀行の『真田十忍抄』（二〇一三年十一月、実業之日本社初刊）に限り、この程度の睡眠ではまったく興奮が収まらないではないか。真田VS徳川という構図の下で展開する、猿飛佐助らと服部忍群との死闘、その水面下で蠢《うごめ》く妖気を孕《はら》んだあやかしの歴史等々。これはもう菊地秀行にしか書けない、いや、彼の作品の中でも最も傑出したものの一つではあるまいか。

解説者がこのような状態にあるので、一つ一つ、この作品の意味や作者の目配りについて、記していく他、私には手がない。

まず、作者の名誉のために記しておくが、巻末に記された初刊の年月日を見ても分かるように、この作品は、来年二〇一六年のNHKの大河ドラマ「真田丸」の便乗作品ではない、ということだ。われらが菊地秀行は、そんじょそこらの三文作家がするようなことは決してしない、傑出したエンターテイナーなのである。

そして、その菊地秀行をもってしても、真田十勇士を描く場合には縛《しば》りがある。

本書の冒頭で、真田幸村の命を受けた霧隠才蔵と猿飛佐助が、次に、三好清海、伊佐入道が登場、さらには、根津甚八と筧十蔵がなかなか剣呑《けんのん》なシチュエーションの中で現れ、彼ら凄腕の忍びは、結局のところ、幸村にスカウトされていくのである。

作者も「第五章　十人」の中で、十勇士を講談師の空想の産物とした上で、

　ここに明治・大正期の人口に膾炙した「立川文庫」なる媒体が介入し——

と記しているが、立川文庫は正しくは「たつかわぶんこ」と読む。

大阪の立川文明堂から刊行された講談叢書で、講釈師二代目、玉田玉秀斎《ぎょくしゅうさい》とその妻山田敬《けい》、および、敬の長男阿鉄《おてつ》らの共同制作による、これまでの講談本が講釈師の話す談話を筆記していたのに対し、こちらは、講談を種本とした創作の色彩が強いのが特色となっている。

この立川文庫の五冊目に『真田幸村』が入り、四十冊目に『猿飛佐助』が、五十五冊目に『霧隠才蔵』が、六十冊目に『三好清海入道』が、というように、真田幸村配下の十勇士の陣容も次第に整えられていった。諸国を漫遊して勇者を得るという発想は『西遊記』からヒントを得ており、さしずめ、幸村＝三蔵法師、佐助＝孫悟空というわけである。

こうした忍びたちのスカウトの場面は、十勇士を描く場合にはなくてはならぬもので、前述の〝縛り〟がある、といったのはこのことである。

しかしながら、その縛りの中に新たな趣向を盛り込むのが、作者の腕の見せどころである。立川文庫の猿飛佐助は非常に明朗でこれに大正デモクラシーの影響を見る、という指摘もあった。

そしてここからはもう作品の核心に触れるので、解説を先に読んでいる方は、本文にとりかかっていただきたいのだが、〈隠《なば》りの里〉で酸鼻を極めた忍びの修業をした『真田十忍抄』での佐助の武器は、天地に張りめぐらされた鋼による糸であり、これによって敵を惨殺し尽くす。そして、ここからが肝心なところだが、里の老忍から渡されたこの糸が、何故、これほどの殺生力を持つのか、それは一切説明されていない。

たとえばこれが〈山田風太郎忍法帖〉の『甲賀忍法帖』における己れの髪を手足のように扱い身体の体毛が針と化す蓑念《みのねん》鬼《き》の場合なら、「彼が髪の毛を自由自在に操れるのは髪そのものに自律神経が通っているためである」などと、一片の医学的根拠が付与されている。

敵方ではあるが、服部党の忍者、橡《つるばみ》陣十郎の術を、

実に思念によって無機物の像を自在に動かし得る忍者なのであった。／もとより木像は手足と首の関節のみ稼働し内側には鍼を射ち出す仕掛けもあるだけのからくりにすぎない。それを動かすための手段が備わっていないのだ。通常は外から糸やその他の手段で作動させるのだが、陣十郎は吹き込んだ念によってそれを行う。

と記している箇所が多少それめく。

が、伊佐入道が、どのようにして両性具有の術を使うのか、あるいは、由利鎌之助の〝双影譚〟はどのようにして為せる忍法なのか——詳しい説明も、〈山田風太郎忍法帖〉における魔界の論理も『真田十忍抄』にはない……いや、本当にないのか？

第四章にあるではないか、魔界の論理の代わりに「異界との密約」が——。

その異界の者とは「遠い昔、異国の海上に栄え、やがて海底深く没し去ったものたちの残党」であり、彼らがいるならば、「この世に生きているものは人ばかりにあらず」ということになる。しかし厄介なことに、この残党たちは二派に分かれ、一方は徳川に

憑《つ》き、一方は真田に憑いているのである。特に後者は、幸村の息子大助にカービン銃や潜水艦を発明させており、九度山の最大の秘密こそ――いや、もはや、いうまい、いうまい。

そしてこれらのことから何が見えてくるかといえば、本作が菊地秀行が、心の底から敬意を払っている山田風太郎へのオマージュであり、返り討ち覚悟で紡がれた〝風太郎越え〟の試みである、ということではないか。

まず第一に、本書の題名の『真田十忍抄』だが、〈山田風太郎忍法帖〉の長篇に、真田を扱ったものがないということ。そして第二に、作品に登場する忍者たちを魔界の住人ではなく、異界の契約をした者に仕える人外の化生としたことなどがそれを示している。限りない風太郎愛を抱きつつも、あくまでも自分のフィールドで勝負する。それこそ、菊地秀行の真骨頂ではないか。

そして、私の頭は、冷静になるどころか、ますます興奮しているのだが、ラスト近くで、真田大助が幸村に、

「あとひとりで十人になります」

とも、

「真田十勇士という名を考えておりますが」

とも記しているように、穴山小助がまだ登場していない。にもかかわらず、単行本版

の「あとがき」に記されているような事情により、急転直下完結してしまう。

同じくその「あとがき」で作者は、「機会があれば、もう一度チャレンジしてみたいが」云々と記しているが、穴山が入って十勇士が揃《そろ》って活躍する『真田十忍抄Ⅱ』をぜひとももものして欲しいところだ。

本書を読んだ読者のすべてがそう思うだろう。菊地さん、ここはもう一汗かきどころですぞ。

平成二十七年六月二十二日

「風雲急なり大坂城　真田十勇士総進軍」（57、傍点筆者）を観ながら。

本書は、二〇一三年一一月に刊行された同題の作品（小社刊）を文庫化したものです。

実業之日本社文庫 き15

真《さな》田《だ》十忍抄《じゅうにんしょう》

2015年8月15日　初版第1刷発行

著　者　菊《きく》地《ち》秀行《ひでゆき》

発行者　増田義和
発行所　株式会社実業之日本社
〒104-8233　東京都中央区京橋 3-7-5 京橋スクエア
電話 [編集]03(3562)2051 [販売]03(3535)4441
ホームページ　http://www.j-n.co.jp/
DTP　株式会社ラッシュ
印刷所　大日本印刷株式会社
製本所　株式会社ブックアート

フォーマットデザイン　鈴木正道(Suzuki Design)

ISBN978-4-408-55244-6（文芸）